Unicorn
独角兽书系

巫师之印

金斯顿城 \ 卷一
WITCHMARK

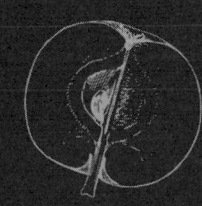

[加拿大] C. L. 波尔克/著　詹义彪/译

THE KINGSTON CYCLE

重庆出版集团　重庆出版社

WITCHMARK

Copyright © 2018 by Chelsea Polk
Published by agreement with Donald Maass Literary Agency through The Grayhawk Agency Ltd.
Simplified Chinese translation copyright © 2020 by Chongqing Publishing House Co., Ltd.
All rights reserved.

版贸核渝字（2020）第075号

图书在版编目（CIP）数据

金斯顿城．卷一，巫师之印 /（加）C.L. 波尔克著；詹义彪译 .—重庆：重庆出版社，2021.1
书名原文：Witchmark（The Kingston Cycle Book 1）
ISBN 978-7-229-15390-8

Ⅰ.①金… Ⅱ.①C… ②詹… Ⅲ.①长篇小说—加拿大—现代 Ⅳ.①I711.45

中国版本图书馆 CIP 数据核字（2020）第 215044 号

金斯顿城（卷一）：巫师之印
JINSIDUN CHENG (JUANYI)：WUSHI ZHI YIN

[加拿大] C.L. 波尔克 著　詹义彪 译

责任编辑：魏雯　郭思齐
装帧设计：文子
责任校对：刘小燕

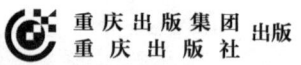

重庆出版集团 出版
重庆出版社

重庆市南岸区南滨路162号1幢 邮政编码：400061 http://www.cqph.com
重庆出版社艺术设计有限公司 制版
重庆市国丰印务有限责任公司 印刷
重庆出版集团图书发行有限公司 发行
E-mail:fxchu@cqph.com 邮购电话：023-61520646
全国新华书店经销

开本：890mm×1230mm　1/32　印张：11　字数：250千
2021年1月第1版　2021年1月第1次印刷
ISBN：978-7-229-15390-8
定价：64.80元

如有印装问题，请向本集团图书发行有限公司调换：023-61520678

版权所有　侵权必究

目录 / Contents

001	第一章	急诊
010	第二章	秘密协商
021	第三章	卑微的老鼠
035	第四章	誓言
047	第五章	奇迹
059	第六章	文书背后的暴行
077	第七章	韦尔斯顿街　西1455号
086	第八章	幻觉
100	第九章	歌迎冬至
123	第十章	哈尔斯顿街　西1703号
141	第十一章	季度单据
154	第十二章	弥合
164	第十三章	白柄弯刀
176	第十四章	游行日

184	第十五章	星辰
194	第十六章	羁绊
208	第十七章	更崇高的利益
222	第十八章	妥协
233	第十九章	大屠杀
249	第二十章	回归日
268	第二十一章	延期
285	第二十二章	特劳特街 东3125号
304	第二十三章	黑珠与白袍
321	第二十四章	霜之月
334	第二十五章	解救者

第一章 急诊

办公室里不见马西森医生的踪影。我便攥紧那份备忘录，冲下楼去找她。备忘录的纸是鼓式印刷的，散发着令人兴奋而甜美的芳香，上面的墨水已经浸湿了我的手。她竟要让十六个病人出院！这不可能。就算只让十位病人出院我也做不到，这样会让他们的家人陷入危险。

楼梯间回荡着我匆忙的脚步声。楼梯间里略呈绿色的煤气灯变换到了大厅里的白金以太灯。熟悉的现代灯光是如此刺眼，到处充斥着噪声，我努力克制着内心的畏缩感。接待处的工作人员挥手示意我过去，但我没有注意到她手上的留言条。

"你见过马西森医生吗？"

"二十分钟前她就出门了。"她向左歪了歪头。

走的还真是时候，消息还没来就跑了。不过她也无权在病人达到出院标准前就放他们回家，责任还是在我身上。

"你已经不是第一个来问的了。"她把我的留言递了过来，"部门领导和董事会成员……走得都很早。这次是个坏消息，对吗?"

"强制病人出院。"

她把留言卷成管状，塞进了贴有标签的小盒子里。"好吧，这是在给士兵们的归来腾地方，对吧?"

的确如此，但就算我们知道了也不会降低病人出院的概率。我瞥了一眼那些纸条。全都不是用橙纸写的，所以我把纸条塞进了外衣口袋里，放在皱巴巴的备忘录旁边。"罗宾·索普现在在哪?"

"没看见。护士们正在开会。"

这倒霉的备忘录，连得到罗宾同情的机会都没有。"谢谢你，晚安。"我礼貌地点了点头后便朝出口走去，神情恍惚地推开了那扇沉重的大门。

外面安全感十足。我很清楚这一点，但我穿过医院大门的时候，还是扫了一眼外面的树木。还好，压弯树枝的是成熟的苹果，而不是敌人的压力。

十足的安全啊。我如今身处金斯顿的家中，兰尼尔那永恒的夏日和无尽的战火已与我山海相隔。马车轮子和自行车胎在雨水浸湿的街道上嘶嘶作响，丝丝冬意飘散在清新的空气中。我想从口袋里摸出一根烟，却想起自己早已不再随身携带了。或许罗宾会让我吸一根。劳累一天后，我需要抽支烟来舒缓一下。

各种铃声突然在远处响起，有马车的铜铃声，自行车铃的颤声，还有人们的喊叫声。一辆马车在拐角处疾驰而来，已经完全失控，惊得骑自行车的人纷纷作鸟兽散。车夫使劲扯住缰绳，压下全身重量刹住马车。"急救!"车夫喊着，尽力使那两匹受惊的马平静下来。

寒气直往我的肚子里灌。我们这儿可不是急救医院。虽然自战场上回来后我就再没碰过手术刀,可他们要是需要外科医生,我也得重拾使命。

马车门砰的一声开了。一位肩膀宽阔的绅士跳了下来,怀里还抱着一位病人。病人转过脸来看我,我的心顿时悬到了嗓子眼。从那蜡黄的面色来看,他不只是生病这么简单,明显已经奄奄一息了。他颤巍巍地举起手,抓住我的上衣领。

我把手叠放在病人的肩膀和膝盖上。"先生,我是辛格医生。接下来就交给我处理吧。"

"我是在街上发现他的。"那位先生并没有松手,反而抓住了我的胳膊,我们俩用身体构成了一把担架。他在病人上方向我点点头,"我是崔斯坦·亨特。"

他抓起我的袖子,我们飞奔起来,像是必须要赶在锡制手榴弹爆炸前跑开似的。他是从哪学会转移伤员的?

那个病人再次朝我伸出了手。

"先生,你叫什么名字?"

"尼克·埃利奥特,"病人说,"救救我,星辰者。有人要谋杀我。"

我惊得踉跄了一下,险些跌倒。亨特先生睁大眼睛看着我。

"他在说胡话。"我的借口显然站不住脚。埃利奥特先生怎么会知道我的真实身份?

人们挤在了大厅的无线电广播旁,我们冲过去时齐刷刷地瞪大眼睛盯着我们。一群能干的护士从会客大厅里大步走了出来。

罗宾从中溜了出来，跟我们来到一间空闲的治疗室。亨特先生可以在黑暗中走弯道，避开垃圾堆，简直和我在战争中共事过的军医一样出色。

他后退一步去开灯。刺眼的以太白光让我头皮发麻，同时也照亮了埃利奥特先生苍白的脸庞，他眼睛周围青肿的凹陷处泛着深紫色。

我耸耸肩脱下了大衣，罗宾接了过去并准备帮我摘下圆顶礼帽。

"有人在茶里……给我下了毒。"他气喘吁吁地说，"求求你，星辰者。救救我。"

别说得这么大声。我撕开他满是呕吐物的衬衫。鲍鱼壳制的纽扣在地板上叮当作响。我赤手搭在他的胸口上，不禁倒吸一口冷气。

埃利奥特先生身上的光环似新春的绿叶一般。一个带着巫师光环的陌生人，居然会死在我的桌子上？

这是一场灾难。

罗宾递给我一个听诊器。他获救的希望完全取决于脉搏的跳动，那吃力且毫无规律的呼吸声在他瘦小的胸腔里颤动着。"还有静脉输液器吗？"

罗宾打开补给柜。"没有了。"

"去找一个来。不，两个。快。"

罗宾飞快跑了出去。我把手指放在埃利奥特的胸前。他心中那道深红色的光芒颤抖着。灰色的颗粒聚集在他的胃和肾里：阴暗，但具有金属感。他是被毒死的，而不是死于变质的食物或脏水。要救他可真得靠魔法了。

我手脚肌肉紧绷，且不住地颤抖着。要是救他的话，他就会把一切都抖出来，然后我就会被送进精神疗养院。也有可能更糟，我会被家人从疗养院里救出来。

埃利奥特先生吞吞吐吐地说："我离真相太近了。他们需要灵魂。那场战争……"

他突然作呕，从我身边翻过身去吐了出来。我紧紧地扶住他。"别说话了。"

他费力地喘着气，嘴里没有停下的意思，"克里斯托弗爵士，一定要找到杀害我的凶手。"

我惊呆了，"我是辛格医生。"

他摸索着抓我的手，"答应我。"

一道噼里啪啦的静电从我身上掠过。泛着绿光的藤蔓从他指间窜出，缠绕在我手臂上。我奋力挣扎，但藤蔓还是从他紧握的指间伸展出来，紧紧地缠住了我。

我跟跟跄跄地向后退去，想挣脱开来。他握紧病床，但还是摔到了地上，发出一声惨叫。泛光的藤蔓不断沉缩，逐渐没入我的皮肤。

尼克·埃利奥特抬起了头。他已经走到了生命的边缘，抓着我的手在不断颤抖。

"请收下吧，"他说，"用来拯救他们。"

没时间问我要救谁，或者去哪里救。灵魂，他说道。他知道我的真名。

"克里斯托弗爵士，拜托了，"他喘着气说，"士兵们……他们应该知道真相。"

拯救我的病人吗？我更用力地抓住他的手，"我答应你。"

尼克的力量缠绕着我，试图与我的力量相连。他需要我来完成这件事。我想喘口气，便放弃了与藤蔓的斗争并伸出手去。

我已多年没与他人进行力量相连了，以为再也不会了。他的痛苦令我浑身颤抖，他的绝望扼住了我的咽喉。他把体内每一个微粒都传给了我，他的力量充盈着我。

随着另一个景象的出现，治疗室渐渐消失在了身后。我在下楼的路上绊了一跤，踩在破旧的地毯上，上面还印有粉红色的玫瑰图案。我的五脏六腑仿佛破碎了，我跌跌撞撞地走过小块的黑白瓷砖，来到一扇玻璃门前。我必须找人帮忙，必须活下去。

泛光的藤蔓褪了色，他的身体变得软弱无力。我不再是埃利奥特先生了，他最后那些关于危急时刻的记忆随着生命的逝去而消失了。我试着去感受他的脉搏和呼吸，但这已成了毫无意义的流程。他已经死了。

"迈尔斯！"

罗宾站在门口，手里抓着一个输液包。把东西放在柜台上后，她在我旁边跪了下来，"你受伤了？"

我的皮肤忽冷忽热的。针头从我的指尖蔓延开来，液体逐渐爬上了我的右臂。

"我没事，"我说，"帮我把他弄到桌子上。"

他的力量快要从我体内涌出来了。我必须时刻检查，确保我走的每一步没有把光溢出来。他究竟对我做了什么？我挣扎着站起来，想把尼克·埃利奥特的尸体抬起来。

罗宾盯着我的肩膀,"先生,你在这里做什么呢?"

冰冷的恐惧感让我如芒在背。

亨特先生正站在我身后,缩在一个角落里,他在那儿已经目睹了一切。

我的手像冰一样冷。他只要相信自己没有眼花,就会把情况告诉罗宾。他还会告诉现场所有人,有一个巫师对我施了魔法,称我为星辰者。更糟糕的是,还叫我克里斯托弗爵士。可我怎么会没有注意到他呢?

"打扰了,"他说,"我并不想碍事。人在这种情况下永远不知道该怎么做。"

我眨了眨眼睛。居然没有谴责我?他在干什么?

"很抱歉让你看到这些,"罗宾说,"他很痛苦。你愿意去医院大厅里待一会儿吗?或者我再去找一间空闲的治疗室……"

就该这样,把他弄走。

"没关系,我没事。"他朝她轻轻鞠了一躬,笑得彬彬有礼,然后才注视着我,"医生,你不坐下来歇歇吗?你看起来像是受惊了。"

这个天杀的。他在玩什么把戏?他明明什么都看到了,但还是礼貌而关心地看着我。我挺直了身子。"我很好,谢谢。我只是恨自己救不了他们。"

罗宾和我把尼克·埃利奥特搬到桌子上,伸直他的四肢,帮他合上了还瞪着的双眼。

亨特先生站在检查桌的桌脚边，双手抄在背后，"他说自己是被谋杀的，对吗？"

"这要等尸检后才知道，"我说，"无论如何都要报警。"

左边的柜子里放着床单。我在尼克·埃利奥特的尸体上铺开一张，给他裹上白色的水洗亚麻布，"你说你是在街上发现他的？"

亨特先生用力扯了扯床单的一角，使它均匀地落下来，"在西14街和韦尔斯顿街。"

"西14街？那儿离韦克菲尔德十字医院更近呀。"罗宾弯腰捡起纽扣。

"他自己说要到这儿来。"

我的心怦怦直跳，一下，又一下。一个巫师不去金斯顿最好的医院，却要来这里找我。我慢吞吞地走到治疗室的石槽水池边，打开了热水。我打湿了一块深红色的肥皂，一只手在另一只手上来回搓动，想让自己冷静下来思考一番。亨特先生明明都看到了，但却一句话也没说。

"我们要把情况上报。"我说。

"我去叫他到楼下。"罗宾开始在堆满医疗文件的柜台上忙活起来，"你要做尸检吗？"

涂过肥皂后，防腐的石炭从我滑溜溜的手上散发出酸味来，"明天再做吧。"

"可你明天还有午餐会募捐活动。"

"该死。"我用亚麻布毛巾擦干了手，"对不起，先生，我必须参加这个活动。还有什么需要我帮忙吗？"

"事实上,"亨特先生为我递上工作服和那顶质量还算不错的帽子,表现得像是我的仆人一样。

我把外套搭在左臂上,把帽檐抓在手里。那该死的备忘录在口袋里皱了起来。

"我想和你单独谈谈。不会占用你太多时间的。"

该来的还是来了。威胁,勒索。不管他怎样保持沉默还是来了。

"可以去我办公室谈。"

第二章 秘密协商

爬了 80 级台阶总算到了办公室。我的胃在翻滚，脚后跟隐隐作痛。我艰难地拖着脚步，尽量抬起头，不让人看出我的虚弱。有个巫师曾把我叫做星辰者。要是亨特先生把这事报告上去，我就会被关进巫术检查室，永远无法清清白白地出来。

亨特先生跟着我的步伐上了四层楼梯。"你每天都爬这些楼梯吗？"

"还不止一次，"我说，"进来吧。"

他只需扫一眼就可以看清我办公室的全貌。我几乎没有足够的空间放桌子，客人坐的椅子闲置时，都是折平了靠在宽阔的窗台上。他只得侧着身子坐，不然的话，在书桌和顶着天花板的书架之间就容不下他的膝盖了。

他俯下身，仔细查看装订成册的廉价小说，又笔直地站起来，看我收藏的少量医学期刊。他的视线从一堵墙转到另一面，然后做了个鬼脸。

"这儿也太小了吧。"

听到他的嘲笑，我的后背瞬间僵住了。没必要说得这么直白吧。我这至少可以清楚地看到南面的花园，有多少医生羡慕不来，"你想找个隐秘的地方谈呀？"

"我想你不会比我更希望有人偷听吧。"

他脱下手套，摘下帽子。要是在其他场合，我见到他会挺开心的。他的头发长得足以编成一根金绳。辫子披在肩上，垂在上衣的翻领处。他的正装毫无瑕疵，就如同尼克·埃利奥特并未因病受损的容貌一样。他穿着最时髦的衣服，长着一张荧幕人物般的脸——皮肤金黄匀称，骨骼清奇，那双蓝色的眼睛仿佛可以洞察一切。他嘴角上的皱纹表明他天性开朗，眼睛里的光芒表明他发现了一些有趣而又不显得残酷的东西。他是我这么多年来见过最帅的男人。真是可惜啊，这样的绅士没有去当演员。

正因为有绅士这一身份，所以他的外套是上等羊绒的，手套是优质小山羊皮的，但他的风度中包含着许多金钱、安逸和特权之外的东西。所以他伸手时，我就配合地握住了。他脸上泛着涟漪，仿佛我是透过旧玻璃看到他的。经过多年的训练，我可以让自己的表情看起来很愉悦。但他脸上却是一副摇摆不定的纠结模样……这是什么意思？

"所以，你什么都看到了？"我说。

"是的。"

"都听到了？"

"恐怕是的。"

"你可以保持沉默，如果……"

他嘴角上扬，眼神变得迷离起来。"现在我可以威胁、勒索

WITCHMARK / 011

你了，对吧？我是该向你要钱呢，还是让你干点坏事呢？"

我正对着他抬起头，摊开我的拳头。"我知道你不会说出去的，对吗？现在说也晚了。"

他逐渐收起了笑容。"请原谅，我只是开个玩笑。医生，我们都不想和巫师扯上任何关系。要是有人知道埃利奥特想用魔力触摸你的话……

"我就完蛋了，"我叹了口气，"你想要什么就直说吧。"

"我想找到你。"他说。

"你不是在找我，"我说，"我又不是什么大人物。"

"你也是个巫师吧，还是个星辰者。"

他果然知道。那他知道克里斯托弗爵士是什么意思吗？胃部痉挛了，我想减慢呼吸使其平静下来。他用直率这把利刃直击我的要害。他正在寻找一位巫师，打算插手我的事并参与其中。我必须摆脱他。但是，我心里清楚得很：这人虽然长得还行，怕是会对我纠缠不休。

我什么也没说。人们说话是为了打破沉默，构建联系。我耐心地站着，注意着他，等着他先发话。

他对我笑了笑。没有任何安抚的话语，也没有一丝犹豫，"我想知道是谁杀了尼克·埃利奥特。"

是他干的吗？我把桌子横亘在我们之间，把报告放在我的记事簿上，"为什么？你又不认识他。"

"因为我是利他主义者。"

要不是我有教养，我指定要当面嘲笑他。利他主义者。还确实是，"一定还有别的原因吧。你为什么想知道是谁杀了他？"

他歪着头,眼睛像猫一样在反光,"有点意思啊,医生。你没有否认他是被人杀死的。"

哦,这个杀千刀的,"我要做了尸检后才知道。"

他把身子向我探过来,"那你现在可以做吗?"

"我必须在女房东锁门之前赶回家。"

"呃。你想让我直说是吧。"亨特先生靠在我的文件柜上,"我想知道魔法为什么会消亡。"

我一动不动。魔法消亡了?并没有。他错了……

该死的!他是故意这么说来给我下套。我得赶紧把话圆回来。

"这样啊,"我说,"我为什么一定会知道呢?"

"我要你帮我查出来。我在艾兰见过的巫师只有你和尼克·埃利奥特。埃利奥特先生虽然死了,但你还活蹦乱跳的。"

我丧失了从未掌握的谈话主导权。"你想让我帮你找出是谁毒死了尼克·埃利奥特,而且另一个会让你——不,这太疯狂了。我帮不了你。"

"你可以的,克里斯托弗。"

我突然有点喘不上气。这……

我还是被发现了。

快跑,我告诉自己那没用的双腿。

"你害怕了,"他说,"其实大可不必,我和你一样危险。"亨特先生举起一只紧握的拳头。他的手指边缘泛着红光,他张开手,一束微小的光映入眼帘。从中心发出的光比蜡烛和煤气灯还要亮,几乎和以太一样亮。

WITCHMARK / 013

如果他说的是实话，那只能说明两件事：他是一个衣着华丽却出身低微的巫师，或者他是一个像我一样的流浪巫师。他给我展示这个魔法表演，是为了赢得我的信任。他确实可以告发我，但我也可以反过来告他。

　　如果他没撒谎的话。

　　但如果我知道怎样对我有好处，我就会告发他。

　　我最后一次虚张声势，"不好意思，你是怎么发出那道光的？"

　　"这样。"他把光举起来，放在了我的手上。

　　"什么……"

　　另一种自我的感觉触动着我，在感觉到力量与我相连之前的一刻，我内心忐忑不安而又充满希望。我把手抽了回去，光线却还附在手指上。没有他的触控，光线就会摇曳不定，逐渐黯淡，消失。

　　"与它相连吧，"他说，"像抚摸一颗心一样和它接触。"

　　光线稳定了下来，变得暗了一些。它在我指尖上立稳，我感觉血液在不断奔涌，这种魔力让我感觉自己站得更高、看得更清、力量更强了。

　　这种感觉真让人着迷。

　　他再次触控了我，引导着我去连接力量。"你还活着，行动自由，可塑性强。"

　　那道光微微亮着。我有了控制它的诀窍，懂得如何利用一滴滴能量让它燃得更旺。

　　我把视线从那道光移到了亨特先生的脸上。他温暖的微笑反射出了我内心的惊奇。我看不见我与光之间的联系。我试着哄它变亮。

一阵微风把略微松散的窗玻璃吹得格格作响。一股凉风吹得我的煤气灯忽明忽暗，凉意慢慢渗入我的脑袋：我们没有被人发现吧？

我攥紧了拳头。在光熄灭之前，我的身体还处于深红色的团团黑影之中。现在，我感觉自己变得既寒冷又渺小。

我已经逃不出他的手掌心了。

"帮我找出是谁杀了尼克·埃利奥特。在霜夜降临前，我教你的所有东西都归你。"他用大拇指和食指的第二指节托着下巴，再次审视着我，"我觉得，你得从如何隐藏自己的身份开始。星辰者啊，在人们眼里，你太过耀眼了。"

转机就在他打开的那扇门外面。如果我能通过看到魔法光环的方法，在出身高贵的法师眼中显得和普通人一样平凡，那我就可以重新在金斯顿自由行动了，"下一步呢？"

他犹豫了一下，"我得回家了。"

必须在霜夜来临前。如果他八天以后走了，会给我带来多大的麻烦呢？

我知道麻烦肯定不小，"我帮不了你。我要照顾病人。"但是，尼克·埃利奥特在死前绕过了一家更好的医院，想告诉我一些有关战争和士兵的情况。他到底是什么意思？是谁想置他于死地呢？

"我永远也不会要求医者抛弃病人，"他说，"但如果我能教你一些可以用来帮助他们的东西，难道不值得一试吗？"

WITCHMARK / 015

我接触病人时看到的景象确实十分古怪,他会不会能帮上什么忙?

不。不会有奇迹的。无论尼克·埃利奥特知道什么,真相已经被他带进棺材里了,除非有人不惜一切要把真相挖出来。如果我的病人对暴力的极端恐惧成了事实,他会了解他们的烦恼吗?他懂得他们为何受苦吗?

三楼楼梯发出了吱吱嘎嘎的响声。亨特先生惊恐地瞪大了眼睛,我们慌忙调整动作。我坐了下来,好像我们一直在办公桌前聊天。他摊开客人坐的椅子,无精打采地坐在上面。此时过道里还没有脚步声。突然,外面传来了绉胶底鞋的走路声。是个护士。

我松了口气。

人影在结霜的窗户里显得又黑又短,门外传来了熟悉的敲门声。罗宾推开门,侧着身子走了进来。"报告可以先留到明天。警察不会来了。"

"不来了?为什么?"

"大家都被另一桩谋杀案吸引了。杀手和上次一样,都是老手。据我所知,案情极为恐怖。"

罗宾注意到了亨特先生,连忙低下了头,"对不起,我不是有意打扰你们的。"

他站了起来,"小姐,没关系的。"

"这位是罗宾·索普太太,"我说,"罗宾,这位是崔斯坦·亨特先生。"

"很高兴见到你,索普太太。"他朝着她手的位置鞠了一躬,

"医生，我该告辞了，这样你也可以回家了。我希望你能认真考虑我的提议。明天可以给我答复吗？"

我有点摇摆不定。我知道，跳出为自己塑造的假身份而卷入其中有点轻率，但不管尼克知道什么，如果这能帮助到我的病人……

"下午来吧。我要参加一个午餐会，四点才下班。"

"很期待明天见到你。"他扶了扶帽子就走了。我皮肤还在刺痛着，仿佛他还触控着我，指引我保持光亮。

罗宾双手保持着叉腰的动作，直到亨特先生的脚步声传到第一层楼梯口。他离去的声音一消失，她就转过头来看着我。

"什么提议？"

我的钢笔歪歪斜斜地放在记事本上。我把它们排放好，并整理了一下我面前的报告。"他想知道尼克·埃利奥特是不是被谋杀的。可以给我支烟吗？"

她咧嘴一笑，"不行。只有在倒霉日才能抽。"

"我失去了一个病人。这还不够倒霉吗？

"算不上。如果这是一场谋杀，那位高帽先生又何必这么在乎呢？"罗宾眼睛眯着问道，"他不是说他在街上找到了埃利奥特吗？"

"是的"。

"会不会是他杀了尼克·埃利奥特，现在想阻挠调查呢？"

罗宾可真机灵。既然他说了，为什么埃利奥特先生不指控他呢？"我没想过这个问题。"

"我觉得你可以告诉警察，他对这件事的兴趣是不是有点过

WITCHMARK / 017

头了，"罗宾说，"毕竟，警察才是负责调查的人。"

"我现在就该写报告……"

她大步走了过来，夺走了我的钢笔。"他们可以等的，迈尔斯。回家吧，躺床上好好睡一觉，祝你明天的募捐活动一切顺利。"

"你不在，我一个人可怎么办？"

"你可以应付的。"罗宾把帽子递了过来，一心想看我回家的背影。

快到家的时候我闻到了一股焦味。很快就看到了气味的来源——一座窄小的木屋在街道中间燃烧着，山墙也着了火。只见一个满脸煤灰的女人，麻木地望着她家人从房子里拖出堆在大街上的家具。围观的人们送来了毯子和水，在一旁默默祈祷。

我立马从自行车上跳下来。"我是个医生，"我喊道，"大家都没事吧？"

一个穿着焊工皮外套的大块头把一个脸色苍白、呜咽不断的小女孩带到了我面前。"她哭得停不下来了。"

"你是她父亲吗？"

"邻居而已。她父亲还在出版社上班。现场的人们都在这观望，但离得最近的消防车还远在特劳特街。"

火焰的热量使我绷紧了脸，寒冷的晚风吹得我脖子后面发凉。天空乌云密布，燃烧的房子升起了黑烟。"邻居都不在吗？"

街上的人们把家具、工具箱、制服和食物从家里搬了出来，他向人群挥手致意。此刻，风还站在我们这边。但瑞文街东19号街区那些高高瘦瘦的房子，个个摩肩接踵，一阵风就能使屋顶连片烧起来。到时候一辆消防车就会开过来,背靠着火的街区,像撒尿般往火上滋水。

凉风吹过我的脖子,尖厉的鸣笛声传进我的耳朵,并且越来越近了,感觉像是有以太存在。一辆时髦、价格惊人的黑色汽车甩着长鼻子开了过来,人群连忙避让。

我畏缩不前,把哭泣的女孩抱在怀里。我抚摸着她的脸颊——她已经吸入了一口煤烟,但呼吸外面的新鲜空气会让她好起来的——我看着沉重的车门打开,一个男人出现了。

他的穿着像是要出席歌剧首演或一场宴会。他绕过车头,打开副驾驶车门,向里面的女士鞠躬致意。在一片淡紫色的香烟烟雾中,她从车里款款走出。一条闪闪发光的黑色长袍披在她优雅白皙的四肢上,还有一件雪狐披肩缠在肩膀上。从她那贵族式的长鼻子和冰冷苍白的头发中,我看出了她的出身。她是一个加勒比人,一名风暴歌者。要是我被她发现,一切就都结束了。

我用年轻的病人作挡箭牌,想挡住我的脸,我的心仿佛快要跳了出来。琥珀色的灯光照在她的皮肤上,她没有看我,也没有看街上的任何一个人,而是把注意力集中在了火焰上方的那堆云朵。那个男人在她身后两步的地方等着。她仰着头站在那里,肩上披着毛皮,就在街上人群的眼皮底下施展出了魔法。

她看起来毫不费力,但是她副手的膝盖却耷拉下来,她想要多少能量就从他身上拿多少。我猛地颤抖了一下。要是我没有逃脱,被吸走能量的就是我了。我会和风暴歌者的仆从一个下场,力量消逝得无影无踪。

风暴歌者和她的应声虫回到车上时,我连忙转过脸去。他们

WITCHMARK / 019

很快驶离了我的视线。云层在头顶上翻滚，凝聚着水汽，巨大而又黑暗。水滴开始落在旁观者仰起的脸颊上。我怀里的小女孩停止了哭泣，一滴雨点打在她的额头上，她从我怀里爬了出来，哭着说："下雨了！下雨了！"

我的皮肤开始发痒，我忍住了呕吐的想法。

很快，被疏散的邻居们身上穿的睡衣就贴到了皮肤上，若隐若现的。他们把这场雨誉为奇迹，都松了一口气。对他们来说，这确实是一个奇迹。殊不知，是那个珠光宝气，穿着毛皮衣裳的富有女人救了他们的家；他们怎么可以这样呢？魔法很罕见，没有给人带来好运。我骑上自行车，以最快的速度朝东驶去。

我必须装作很渺小，像老鼠一样不起眼。如果亨特先生能教我如何保护我的力量，我就不会再从家骑车去上班了。我虽然只能待在伦敦东部，但我可以在那里享受美食、看电影，在下班后放心地参与社交活动。如果尼克能解决困扰我病人的噩梦和冲动，我就不能对他置之不理。

当我穿过东32街和喜鹊路的交叉口时，路面还完全是干的。我差点就被发现了，尼克的力量让我有点恶心。我之所以能够逃脱，只是因为我不值得他们注意。我能活下来是因为我本应死了。

我抓紧车把，更使劲地蹬着车轮。

第三章 卑微的老鼠

早晨六点半，我到博勒加德退伍军人医院时，花园四周高高的铁栅栏上的麻雀惊得飞走了。我在摸索着自行车锁的时候手套还没摘下来，但尼克的力量和运用它的需要让我的手指感到刺痛。以前从故事里听过巫师是如何将自身的力量交给一个承诺去追寻或复仇的人，但我无法用这种蛮力——尼克的魔法来解开这个谜团。如果不与人接触，我就无法完成工作。我必须坚定信念，希望这种能量充盈的感觉赶快消失。

我穿着最好的鞋，后跟的声响回荡在大厅里。无线广播寂静无声，周围的座位空无一人。我向两位穿着红色军官制服的外科医生道了早安。他们身上的奖章晃来晃去的，用反对的眼光盯着我的灰色法兰绒衣服。是反对，而不是恐惧或厌恶。如果有人知道我的秘密，肯定会传遍整个医院。我的呼吸变得更畅通了。

在精神康复病房的护理站，一半的以太电灯仍处于关闭状态。病房护士们笑脸相迎后又继续工作，丝毫没有受到我的打扰。

当时还没人知道。

我打了个冷颤,从一个钩子上取下我的白大褂,我真希望能在里面再穿一件开襟羊毛衫。咖啡机刚把咖啡煮好,一个护士便帮我把报纸放在桌子上,这里的灯光是整个护士站最亮的。

"谢谢你,"圆圆的脸蛋,金色的头发,高高的个子。凯瑟琳·斯莫尔一点也不小嘛,"凯特。"

凯特点了点头。"医生,你待会儿要换制服吗?"

"我没带。"她懂我意思吗?"穿着不太舒服。"

她认真打量着我,"你去过克鲁了。"

我的整个旅行都是在那里度过的。"361号流动医院,"我确认道,"博勒加德退伍军人医院"。

她话里的疑虑消失了,"我在安娜公主家曾有三个兄弟。"

曾有。"他们有谁回来了吗?"

"艾伯特马上就要回家了。"

"真让人兴奋"。

她的笑容逐渐僵化。

我拿出手帕,但她已经有了。她所有兄弟都死于珀西爵士战争。失去的兄弟姐妹留下了一道摸起来很痛的缝隙。轻拍着凯特·斯莫尔的手,我情不自禁地想起了自己的亲人。她定了定神,着手收集夜间日志,把报道了那两个金斯顿人的两份报纸留给了我。

《先驱报》的头版刊登了一张格雷丝·汉斯莱爵士为金斯顿最新的以太电池交换站剪彩的照片。标题是《汉斯莱的胜利》,接着是"为士兵们的归来及时准备的300个新工作岗位"。

我用手指擦了擦格雷丝爵士脸上的墨迹，把《先驱报》推到一边。

《星报》停刊了，只留下一个耸人听闻的标题，报纸醒目的大标题上只有一个词："恐怖！"

一些大胆的摄影师冒着被捕的危险，把照片摊在头版上，他们必须有钢铁般的勇气才能走进屠宰场。我知道墙纸上那些黑色的条纹是什么样子，白色床单下的表单太小，太安静了。

我读了下士詹姆斯·巴克利的故事，他拿起一把菜刀，先刺向了自己的妻子和孩子，然后再向自己挥刀。邻居们说他从战场上回来后就变成了一个沉默而孤僻的人。

中毒与此无关。尼克的故事将填补以太无线接收器和电话服务竞争广告之间的空白。

"简直糟透了。"凯特放下值班日志，在我身后读着，"你认为——"

我引起了她的注意，但我们都不敢说。我把《星报》从我的记事本上推开。"你想要那张纸吗？"

她把纸折了起来。"病人不应该看这个。"

"你可以试着忍住。"男人们会从收音机里听到这个故事。他们会互相讲述，故事会越讲越长。

咖啡机咯咯的声音停止了。我把椅子往后挪了挪，她说："你要不加牛奶的咖啡吗？"

"是的，谢谢。"

柜台上放着一份昨天的备忘录，提醒我必须让三分之一的病人出院。由于还沉浸在昨天的兴奋中，我几乎把这件事给忘了。

"有人见过马西森医生吗？"

"今早没见过。备忘录吗？"凯特把咖啡杯递给了我，我用手捧着，里面还热气腾腾。

"当然。"

"医生，没人想让这么多人出院。"

在尚未治愈，甚至是在证实我几乎无法想象的事情之前，病人都不该出院：我所在的医院里的退伍军人和下士詹姆斯·巴克利有比他们的战斗服役更多的共同点。如果我让一个人回家，让他血债血偿，我永远不会原谅自己。如果尼克·埃利奥特知道什么能帮助他们的话，我就需要了解清楚。"我知道。但他们还没满足出院的条件。"

凯特拍了拍我的肩膀，让我去看晚报。昨晚的值班记录太让人沮丧了：病人失眠了。病人不愿服用补药，还十分倔强。

克罗斯比医生十有八九是上的夜班。

我回头一看，证实了这一点——他坐在电话室里，咬着嘴唇，墨水从他的玻璃笔筒里淌了出来，足以漫延好几英里。我回过头去看那些值班记录，知道了哪些人在黑暗中辗转反侧，哪些人做了噩梦，是谁在昏暗的走廊里拖着脚步，在无人看守的情况下挨过漫漫长夜。

值班护士早晨的低声交谈结束了。我连忙回避。

你很安全，迈尔斯，别傻了。

我扯了扯鞋带，抬起头来，伸着脖子走着。然后又转过头，来到了没有灯光的北走廊。

小杰拉尔德起床了。他把拐杖拄在前面，靠橡胶假肢在木质地板上行走，拐杖发出了沉闷的咚咚声。他在一对拐杖之间走得颤巍巍的，歪歪扭扭的身子全靠一只赤脚撑着。拐杖敲击在地上发出的嘎吱嘎吱声！不禁让我后背发凉。

一个护士把他拉回了床上，我拦住了她，"现在情况还是不妙啊，小杰拉尔德。"

"早上好，医生。你怎么没穿制服，"忧虑的皱纹布满了他的前额，"到底出了什么事？你不和其他人一起去吃午饭吗？"

"不去了。"我双臂交叉，摆出严厉的姿势。但我还是向他眨了眨眼睛，减轻他的忧虑，"谁让你这么烦躁的？"

"老杰拉尔德，医生。"他的脸顿时紧绷起来，一头黑发像皱巴巴的枕头一般，"他拿到了洋中脊玄武岩。"

"他说的？"

"他跟我说的。昨天晚上，他不肯跟克罗斯比医生讲话。"杰拉尔德在克罗斯比医生面前有些闪躲，他的拐杖在不断移动的重量下发出吱吱嘎嘎的声音。我又打了一个寒颤，手指戳到了我的后背。

"好吧，去看看他愿不愿意跟我说话。"

我们连忙赶回12号病房，步伐扬起了地面的灰尘。这是一间天花板很高的房间，从朝北的窗户可以看到煤尘飞扬的天空。在这里，睡眠不足的病人不会受灯光的打扰。有七个病人躺在床上。

老杰拉尔德仰面躺在靠近门口的第四张床上，眼睛盯着天花板看。疲倦使他的脸上布满皱纹,他把指甲抠进了手掌。他的嘴唇在无声的话语中动着,他一遍又一遍地喃喃自语着一个短句。

小杰拉尔德扑通一声倒在自己的床上,用灰色的毛毯盖住腿。"医生来了。"

老杰拉尔德转过头来,看了一眼小杰拉尔德,"你怎么说出去了。"

"没办法,"年轻的杰拉尔德说,"如果是我,你也会这么做。"

"你还年轻,"老杰拉尔德说道,仿佛他们之间差了十多岁。

"你已经成家了,"小杰拉尔德说,"我连个心上人都没有。他们又该怎么办?"

差不多了。我倚在他们中间,给他们每人倒了点水喝。老杰拉尔德沉默了。小杰拉尔德双唇紧闭,谈话被打断让他有点沮丧。

我给老杰拉尔德拿了一杯酒。他看了看,小心翼翼地喝了一口。

"我知道你今天不舒服。我们没必要谈这个。"我其实也不想谈。如果老杰拉尔德跟我说要亲自到绚夏福地去,我就得把他强行送回精神疗养院。我痛恨剥夺病人选择绝望的规定,这样只会让他们丧失对我们的信任感。

所以我把谈话转移到了更安全的话题。克罗斯比医生已经抱怨过了,但我还是问了。"你睡了吗,老杰拉尔德?"

"没有,"他说,"我吃补药的时候他一直在做梦。"

啊。真相逐渐明朗了。"他梦见什么了?"

"杀人,"老杰拉尔德说,"以及从中得到的极度快感。他梦见自己杀了病房里的所有人。小杰拉尔德,斯尼菲,可怕的护士——罗宾,以及他笑的东西。我睡不着,医生。"老杰拉尔德抓住毯子,"你不知道他会干什么。要是我睡着了——"

他那双棕色的眼睛睁得大大的,用目光扫视着整个房间。他用嘴深深地吸了一口气。如果我给他量一下脉搏,他的心跳肯定会加速。他整晚都这么惊慌失措吗?

"那你喝点补药吧,老杰拉尔德,"年轻的杰拉尔德说,"我会坐着。我会盯着他的。"

"不行。他会——"老杰拉尔德的肩膀耷拉下来,"我不喝。"

我对他的坦白并不感到惊讶。这里许多人都存在着老杰拉尔德那样的错觉。现在他需要有足够的安全感才能睡得着。这可不是什么奇迹,甚至都没有人会注意到。尼克的力量让我的指尖感到刺痛,焦躁,几乎不受控制。

没有人需要知道我到底做了什么。

"我有个主意。如果我让他睡着的话,那你就可以安心睡觉了。"

"你能做到吗?"

"让我试试,好吗?"

我在口袋里摸来摸去,把怀表从表链上取了下来。睡上几小时而已,不会有人注意到的。这会变成早晨的例行公事。我抓住了他的手腕。他的心怦怦直跳,虽有点精疲力竭,但仍在为生命而跳动着。新月形的伤痕染红了他的手掌。我的目光从平常的焦点上移开,锁定在老杰拉尔德身体里滚烫的生命轨迹:他呼吸时

WITCHMARK / 027

急促的空气，他心跳时的脉搏，以及老杰拉尔德头脑里积压的红褐色污泥。

我举起了手表，"盯着手表。眼睛顺着它转动，仔细听我的声音。"

我来这儿之前，从没见过这样的东西。我的一些病人让它在自己的脑袋里旋转，一堆小昆虫在他们的脑壳里肆虐，覆盖着他们大脑中隆起的皱纹。这可能是病人的疯狂之处。这可能是最严重的病人的噩梦和致命的诱惑的来源。我太害怕了，不敢触碰它。但是杰拉尔德的病情越来越严重，我不得不让病人出院。

只有一个病人。我用我满溢的能量，触及能量翻腾的边缘。

"想象有一个箱子，"我说，"一个漂亮、结实的箱子，他在箱子里面。箱子是密封的，他出不去。"

老杰拉尔德的呼吸缓慢而深沉。我把大量的红棕色能量聚集起来。

"现在想象箱子逐渐变小。越来越小。他仍然被困在箱子里，但是由于箱子变小了，所以他也变小了。小极了。不那么重要了。"

我强迫它折得小小的，潜伏在他大脑的双叶下面。虽然微乎其微，但却不愿消失。"你做到了，"老杰拉尔德说，"那就可以把他关起来了。"

它使人力量充盈的感觉淡去了。我的呼吸更自由了，但我还处在能量满溢的边缘，"去睡觉吧，好吗？打个盹也行。如果需要的话，我会派护士给你打一针。"

其他病人都醒了，等着轮流跟我说话。如果我留下来，就会错过换班会议。可如果我现在离开，我和病人之间的信任就会破碎，这需要更多的工作来弥补。

这个选择根本就不是选择。

我在比尔旁边坐下，他在我的博勒加德军营里是理查德王子的第一骑兵。他和老杰拉尔德一样，也做过同样的噩梦，梦见杀人、谋杀、病态和阴暗的欢乐。今天早上，当比尔抓住我白大褂的袖子，挺起身子时，我想起了报纸上的巴克利下士。

"帮帮我，医生。他想杀了你。"

十一点的时候，我在努力记着我所有的笔记。我最后的记录只有一两行字，都因我的匆忙模糊了。金斯顿慈善会举办了这次午宴，亨特先生的话还一直萦绕在我的脑海里。所有在场的人都看到了我发出的光芒。

这种好处有多重要？这事对我们来说很要紧，可是这值得那百大家族中的任何人注意吗？在斯坦利家或是在佩尔弗雷家，有人在拥挤的房间里认出了一个死人时眼睛睁得老大。这种可怕的景象让我恶心。我想象着从旅馆里跑出来，被抓住，然后被带回家，并且把我的力量交给一个风暴歌者。格雷丝有时会去做这些事。如果她在那里会怎么办呢？

我的想象完全消失了。我不能冒险。我身不由己地卷入了那些是是非非，错过了马车，文书工作，报告，还有尼克·埃利奥特。

简直完美。我没有做紧急护理评估。

我走向急救室，收集了一些空白表单，多存了几份放在办公室里。我还得打电话要一份死亡检查文件。等文件到的时候，我估计已经忘了时间。

"迈尔斯！"罗宾叫道。

见鬼。

"罗宾，"我说，"你要开始换班了吗？"

"医生们，我们会加倍努力来弥补你们的损失。"罗宾系着一条毛茸茸的围巾，塞在一件女式大衣的领子里，"你得快点，马车来了。"

她领着我上楼，到我的办公室里。她的鞋底在橡胶楼梯踏板上发出吱吱的声音，在铺着瓷砖的楼梯平台上磨擦着。每一种声音传到我耳朵里都是如此的刺耳。

"你几点开始上班？"

"十一点。"

"现在都已经十一点多了，"我说，"你在外科病房吗？"

"迈尔斯·辛格，我认识你，"她说，"你手里拿着表单。你会想，我只需要把这个记下来，这样我就不会忘了。接下来，你知道的，就是所有的马车都走了，你会错过整场午宴。"

又见鬼了。"不会的。"

罗宾摆摆手，不理会我的反驳，"迈尔斯，你从来没有受邀参加过慈善活动，这很重要。不要自毁前程啊。"

她站在门口，等我穿好大衣，然后送我到街道上。马车已经在那里等候。罗宾一直待在原地，直到我选好要坐的马车。当马夫们发出咯咯声，把马牵到路上的时候，她向我挥了挥手。

注定要失败的。我向对面的医生点了点头,他是没有穿红色军官制服的人之一。"参加午餐会有什么讲究吗,到时候会有演出吗?我从来没去过。"

"别担心,"他说,"午餐不像晚餐那么重要。等有人问你,你的部门需要什么,再去谈论这个话题。你的专长是什么?"

"精神病。"

他咯咯地笑了,"好好享受你的午餐。"他望着窗外,结束了谈话。他的轻视让我感到些许宽慰。我身处最底层,可以远离视线,不被注意到,不为人所知。

我们来到了艾登希尔酒店,这个由钢铁和玻璃制成的指状物耸立在银白色的天空下。我们一行二十四名医生,都穿着西装、长礼服和正装。我们的身影成倍地出现在墙上烟熏过的玻璃镜子里,一下涌进了星光舞厅。

二十多张八人圆桌统一摆在一侧;休息区则在另一侧,供能量站站长在此休憩。几百个玻璃球从天花板上垂下来,我们一大群人挤在下面。每个玻璃球都放射着柔和的以太光,让人群沐浴在光芒中。好似夜空下,萤火虫发出的星星点点的光亮。穿堂风吹得地球仪晃来晃去,咔嗒咔嗒响个不停。在谈话的嘈杂声和尖锐的以太哀鸣声中,几乎注意不到地球仪的存在。

侍者端给贵族们的一部分香槟酒,神不知鬼不觉地逐渐流到了我们这些下等人的手里。我拿起一杯,站着不动,喝下第一口冒泡的酒。酒味芬芳扑鼻,仿佛可以嗅到绿草和草地上花儿的气息——是在瓦尼尔小姐的鹿之谷里?也许是。我偷了一点宴会厅的墙土,富有的主人们都坐着,我让人群挡在我和他们之间。

马西森医生从人群中走了出来。她穿了一件午夜天空色的沙漏礼服。这和她金色的皮肤和黑色的头发很搭，但她那副表情显得有些不耐烦。

我努力挤出微笑，"马西森医生，你看起来容光焕发呀。"

她打量着我的法兰绒西装，"你没穿制服。"

"我要留着在校友重聚的时候穿，"我说，"想象一下，要是我把蟹肉浓汤洒在上面的话。"好像艾登希尔会屈尊给慈善团体的成员提供蟹肉杂烩似的！我只好忍住不笑出来，"我想和你谈谈关于备忘录的事。"

"我不能免除你的病人出院令。你太不走运了。"

"马蒂。"

"没门。"

"他们还没完全康复。"

"确实没有。十六张床对出院的病人来说还不够。别灰心。"她拧了拧我的领带，"你从来没有得到什么好处。"

"如果你愿意，我可以躲开，回医院去。"

她又担心起我口袋里的装饰方巾，"放松点。想象他们是你的病人。对你的病人来说，你就是个奇迹。你可以和他们自由交谈。别担心。"

也许这就是母亲对待自己的方式，即使你已经是一个成年人了。也许她会帮我打好领带，然后问我是否还好。

我露出了痛苦的微笑，"谢谢你，马蒂，你的心肠可真好。你最好进去，做个演讲——"

"事实上，我正在找你，"她说，"跟我来吧。一直有人让我做个介绍。"

看来是在劫难逃了。"我吗?谁会想——我的意思是,我们要见谁?"另一个医生。另一个精神病医生。没有什么大人物。请吧。

马西森医生把我拖到一条天鹅绒绳子旁,把我们和最富有、最重要的参会者——东道主隔开。我的希望重重地摔在镶木地板上。我跟着她的步伐,但每走一步都会使我胸口周围的束带收紧一格,然后又收紧另一格。

她带我们直奔一群穿着高档日间服装的时髦年轻人。他们穿着与电影里颜色不一样的西装和丝质长袍,在那里吞云吐雾。他们把头发梳在脑后,看上去闪闪发亮,十分精致。他们的首领懒洋洋地躺在一张靠背长椅中间,听着那个坐在她座位扶手上的男人说话。她仰起头笑了起来,周围的人也跟着笑。

马西森医生踉踉跄跄地停了下来,用穿过我身体的那道螺钉把我固定在地板上。那个首领盯着我,像是掐住了我的喉咙。她的嘴张着,和我一样呆若木鸡。

我们俩都看见一个鬼魂站在我们面前。

"克里斯。"我妹妹说。

"格雷丝,"我回答说,"我现在叫迈尔斯。"

是命中注定吧。

在这个星光闪烁的房间里,有那么一会儿,大家都屏住了呼吸。

"迈尔斯。"她突然和我对视了一下。她什么时候长得这么高了?我以为除了在报纸的照片里,再也看不到她了。可现在她就在这里，用威士忌般的棕色眼睛看着我，和我们母亲的眼睛如此相似，和我的也是。

"我还以为你死了呢。"

我所认识的那个女孩的模样就在这个女人的身体里——她的下巴更尖了，柔软的脸颊消失了，下巴上的酒窝和我的一模一样。那天早上，格雷丝一直在画蝴蝶，我从卧室窗户旁的榆树上爬下来，永远地离开了她。

或者更准确地说，离开了她，直到现在为止。

我有跑掉的想法。但我不能跑，不能引起骚动。现场的目光和体面的需要让我动弹不得，逼我挤出微笑，仿佛这一切十分美好。

"那是因为我没有给你留言。"

"你这个混蛋。"她紧紧地抱住我。

这是我的妹妹啊。我举起双臂，也拥抱了她。她把我紧紧地搂在怀里，在我的耳边低声抽泣。当她哭着来找哥哥时，我还像从前那样摇晃她是不行的。将自己挣脱出来然后跑掉，跑到我的腿累断为止也是不现实的。

我妹妹找到了我，我的自由也就到头了。

第四章 誓言

格雷丝陪我走到她的桌旁,我的名字在她左手边的餐具前。办事效率可真高。我替一个脖子上挂着半磅珍珠的女人把左边的椅子拉了出来。

我向右弯过身子,压低了声音,"其他所有人都像多米诺骨牌一样倒下了吗?还是有一位董事长坐在我旁边靠厨房的位置上?"

格雷丝拍了拍我的肩膀,笑了起来。

"请见谅,我们都太好奇了,"坐在我左手边的女人说,"我们忍不住关注起你和汉斯莱小姐的重逢。"

我的重逢。我撇了撇嘴,把头侧到左边。"真是太惊喜了,"我说,"我好多年没见到她了。"

"迈尔斯是和我一起长大的。"格雷丝抽泣着说道。当她告诉我一些不完全的事实来支持我的时候,我尽量不让自己放松下来,"我们小时候形影不离,但他参军当了医生。"

到目前为止,她说的都对。她替我保守了秘密。为什么呢?

"真棒呀。"护士长拿起杯子,"为你们的重逢干杯。"

我们举杯畅饮。可我的酒尝起来却是苦涩的。

小菜一个接着一个上来了,品尝这些菜需要用到沙拉叉、鱼刀、红白酒杯。我的脸上露出了年轻人应有的微笑,但格雷丝却心如止水。我那脾气暴躁的妹妹已经成长为一个女人,她可以随心所欲地引导对话,她也乐意用她的赞同和我们家族的资金来祝福博勒加德退伍军人医院。如果我留在这里,为这个世界做些力所能及的善事,能让她满意吗?

并不会。她会带我回到家人的束缚之中。她不会放过我的。

昨晚,一个知道我名字的巫师死在了我的怀里。今天,是我近十三年来第一次和妹妹一起吃饭。我不喜欢巧合。尼克知道我的真实身份,却在准备把关于战争的秘密告诉我之前死去了。

我小心翼翼地吃着,以免被烤羊肉噎住。如果战争的秘密真实存在的话,王室内阁肯定知情,坐在权力宝座上的男男女女都是隐巫者——女王的秘密法师之一。

"你没事吧,迈尔斯?"

我拿起水杯,略过了回答。我妹妹是个隐巫者,但想象她给人下毒的画面简直太荒谬了。我妹妹会怎么杀人呢?也许是一道闪电,或是一柄利剑吧。此外,她还没有进入议会,更不用说担任内阁职位了。

"我没事。"

格雷丝啜泣着说道:"别吃甜点了,好吗?你走之前,我想单独跟你聊聊。"

桌子上的每一只眼睛都盯着我。"哦,格雷丝。你知道我有多喜欢吃甜点。我应该回到我的病人身边。"尼克·埃利奥特还在医院的停尸房等我呢。

"求你了,迈尔斯?"

出于礼貌,我无法拒绝,尤其是在上流人士面前。我们向桌上的人们鞠了一躬后她便带我走向电梯,那里还有一对穿着丝绸和羊绒的夫妇在等着。她按下一个按钮,镀金的电梯就从18层升到了顶层。电梯里的所有人都盯着指针指向每层楼的数字。

那位衣着考究的女人往右边走了;格雷丝则向左转,来到一扇镶了黑檀木的门前。她领着我穿过一套豪华的现代套房,套房的颜色有黑色和银色的,还有烟熏色与玻璃色的。我的脚步埋进了地毯里,透过平板玻璃窗,可见的景色可以一直延伸到大海上。

格雷丝抓住我的肩膀。"我以为再也见不到你了——"

我挣脱开了她的手。"别碰我。"

格雷丝呆住了,瞪着我,好像我打了她一巴掌。"你真的认为我会——"

"我不能冒这个险。"我必须离开这里,否则她会在我周围施一个缔结咒,然后将它锁定。从那以后,她就拥有了我的力量,就好像是她的一样,想怎么用就怎么用。无论我藏在哪里,她都能找到我。

我将成为她的附属品。

她又向我伸出手来,"你必须同意接受力量缔结。"

我又后退了一步,"我知道那是假的,格雷丝。"

她举起双手。"我只是想和你说说话。我好久没见到你了……"

我以为再也见不到她了,"往后退。"

"不管你说什么。"她退着说道,"我很高兴见到你。我们先不谈力量缔结。你是什么时候回来的?受伤了吗?"

我们相距五英尺,我并没有回答,她又退了回去。我还是开口了,"几个月前。我……他们抓到我了。"

"我知道,"她说,"我想办一场葬礼,但父亲坚决不同意。他说这样弄得好像我们彻底放弃了。"

"父亲如果想要什么,从来不会向任何妨碍他的东西低头。"

格雷丝紧闭的嘴终于张开了。"克里斯——"

"迈尔斯。"我感觉呼吸不畅,"你有和其他人缔结过吗?有我认识的吗?"

"没有,"格雷丝说,"我从来没有缔结过任何人。"

我立刻走到门口,摸索着门锁。

"迈尔斯!求你别走。"

我猛地打开门,寻找楼梯间的方位。

"迈尔斯!我的血在上面!"

我回头来,"你发誓。"

她立马从口袋里掏出了一把刀。我关上了门,但手还放在门把上。她用白色的刀刃划过皮肤,"我将力量与这个承诺联结在一起:没有你的同意,我不会把你的力量转移到我身上。"

鲜血涌上她的掌心,她画了一个具有独特风格的G字母,象征着一道闪电,"我以巫师之印和鲜血发誓,我的誓言绝无半句假话。"

她伸出手。鲜血又渗入了她的皮肤，咒语已经永久成为她身体的一部分。

现在我可以信任她了。

我拉起她的手，用手指在上面抚摸着。她的手掌上横着一道细细的伤疤，融入了其他掌纹，成为一道新的财富线。

"你感冒了。"我说。

"你有了新的巫师之印。"她挠了挠手指，"是在战争中得到的吗？"

"有了什么？"

"一个巫师之印。你一直有粉红色的那块，但新的那块是绿色的。就在这儿，还有那儿。"她的手指在我头顶上盘旋，一个在我的太阳穴附近，另一个在我的后脑勺上，"你还是看不到光环。"

我耸了耸肩，"我做不到的事情太多了。"

格雷丝捂住嘴，为自己的无礼感到懊恼，"至少你可以在战争中幸存下来。"

但我并不值得。"这倒是。"我说。

"我们知道你去了那儿。父亲还发现你去了医学院。"

"他为什么不把我拖回去？"

"他以为你会主动回家。我们把你失踪的事瞒了好几个月。"格雷丝说，"然后你就离开了。收到电报知道你失踪后，他很伤心……"

"什么？他在乎吗？"我发出了一声冷笑，"他可能在收到电报前就开始在你面前检阅潜在的次巫了吧。你怎么会瞒着他这么久?"

她抿了抿嘴,"你失踪后,他就疯了。他命令军队去追踪你。"

我后退了一步,"**父亲**逼迫约翰斯顿将军去突袭天堂营了?"

"万恶的地方。"格雷丝皱起眉头,好像闻到了什么难闻的气味。

"我们得给那儿起个名字,"我说,"苦涩的讽刺似乎最好。"

格雷丝耸了耸肩,望着天空。我惊叹于她面容的变化——她长大了,成为一个女人了。可她还是一副老样子,仿佛一直没有什么改变一样。"这——这个名字不好吗?"

一股冰冷的、球状的压迫感在我的脑壳后轻轻碰了一下。是一个幽灵。我用手指拂去的一段记忆,"这附近不会碰巧有什么喝的吧?"

"当然有。"格雷丝说。

我来到一张熟铁材质的玻璃咖啡桌前,并在其中一端找了个铺着天鹅绒的座位。格雷丝给我倒了一杯用一滴水稀释的高脚杯威士忌。我第一口喝得太多了,超出了合理的范围,有点不礼貌。我把空杯子放在我们两人之间的桌子上。

格雷丝坐在我左边的座位上,把切割水晶瓶放在角落里。我向右挪了一下,把脸转过去看外面的风景。

在我左边的窗户里,一艘艘船从蓝河口驶出。我的手指向西边,艾尔斯湾像是东边的相框,勾勒出了金斯顿最古老、最富庶的地段,从象牙色的银行和贸易公司,到宫殿顶上淡绿色的圆顶。目光所及的所有街道都种满了长着金黄色和红色叶子的树木。比起我离开的时候,这里已经有了极大的发展,建筑更加高耸,更加繁华了。

我本应永远离开,不应该如此迷恋金斯顿。

人们沿着道路的格子线移动着。城市的脉动生活在我们脚下显得是那么的渺小和忙碌。他们中的一些人也有姐妹,那他们会对我妹妹说什么呢?

我很想你。我们不能再见面了。这不是你的错。"我还以为再也见不到你了。"我说。

"你为什么要离开?"

"我想治病救人。"我给我们俩都倒上了一指深的威士忌。

"我知道。我不会阻止你的。"

"我想获得自由。"

"我会让你获得自由的——"。

"那你为什么要缔结我?"我问道。

"因为我需要你,"她说,"其他次巫没有一个像你这样想要自由。他们弓着脖子,把自己的才能当做无用的伎俩来否定一切。他们中没有人可以让其他次巫仰望。"

"所以,"我往后一靠,摇了摇头,"我想要自由,所以你想把我缔结在一起,教其他人也应该像我一样。"

"我之所以需要你,是因为风暴歌者和次巫应该像伙伴一样联结在一起。因为次巫不是失败者。那是骗人的。与次巫联结只是因为我们需要巫者能量。"

"你永远需要更多的力量,格雷丝。"我不希望有这种争论,"无论你打算如何高尚地使用巫者能量,你总是需要更多。我不敢相信,这么久了你都没有联结过任何人。"

格雷丝喝了一口威士忌,"没有人觉得自己是对的。没有人觉得自己像你,也没有人拥有你这般能量。在我自己弄明白这一点之前,也没人知道我要做什么。你我联结在一起,就是手套里的同一只手——"

"而我就是那只手套。"但我们联结在一起,什么都可以做。在我只有八岁的时候,为了保留春花的绚丽,我们在家园的土地上空阻止了一场倾盆大雨。我们待在一起的时候,我能感知风,知道空气和水的运行模式,但单靠我自己的话甚至连一阵风都吹不起来。在一起的时候,我们所向披靡。没有她在,我除了耍些二流把戏外,只会让人失望不已。

不。我挽救过生命,我是有信仰的。我的价值不仅仅是一个能量储备,我不会变成次巫的。

"我们可以成功的,"格雷丝说,"我没有必要在巫师圈里吸取你的能量。你不在的时候我就已经可以召唤了。"

"这么说来,让我做奴隶只是为了面子?"

格雷丝紧闭双唇,"我已经发过誓了,迈尔斯。不要侮辱我。"

我松开了拳头,"好吧。告诉我你最近在做什么。"

"我要结婚了。"格雷丝的笑容柔和而温暖,但笑容背后的原因还很新鲜,"这栋楼是我未婚夫设计的。"

"埃德温设计的?不可能吧。"

格雷丝拉下脸来,"埃德温是多年前的事了,迈尔斯。我是和雷蒙德·布莱克订婚了。"

"大布莱克湖家族的人?"这可是百大家族中最有权势的汉斯莱家族的后裔。我又喝了一口威士忌,酒杯里还剩下一些,"你当年对埃德温不是很专一吗?"

"迈尔斯,我当时才十四岁呢。"我歪着头,瞄了瞄,"父亲肯定不希望你嫁给一个次巫。"

格雷丝下巴上的一块肌肉跳了一下,"雷很厉害的。他会弹竖琴,这酒店还是他设计的。他长相英俊,才华横溢——"

"还天赋异禀吧?"我把右腿翘在左腿上,"他是个风暴歌者。"

格雷丝在座位上晃了晃。"没错,他是和我一起加入的。"

"汉斯莱家族和布莱克家族联合起来,你就可以完全压制隐巫者了。"

格雷丝转过头去看了一眼,"倒不如说是牢牢控制。"

最后一口威士忌在我的酒杯里颤动了一下,"情况有多糟?"

她抬起一只肩膀,望向远方,"从你走后,日子就不太平了。"

我的叛逆招致了种种恶果。我计算了一下代价——生活的不便、能量的丧失、家庭的尴尬,我可以看出风正吹向何方,"父亲的能量被侵蚀了。你从来没有缔结过一个次巫。可如果你的浪子哥哥在你身边……"

格雷丝叹了口气,"是的。"

"那你还发血誓保证不缔结我?"我坐回椅子上,疑惑道,"为什么?"

"这些都不如你重要。"格雷丝说,"你还活着。我可以把我哥哥找回来。"

我放下酒杯,"克里斯托弗·迈尔斯·汉斯莱已经战死了。"

"不,他没有。"格雷丝拨弄着精心梳理过的发浪,红褐色的头发直垂到眼睛上,"你不在的每一天,我都很想你。"

"对不起,格雷丝。"

"别这样,"她说,"现在你已经在我身边了。"

但我不会回去的。就算覆盖着缎子和银器,牢笼终究还是牢笼。我站起来,扣上粗布外套的扣子,穿过房间走到她坐的地方。"你今天下午有什么安排吗?"

"没有。"

"那我……"

我用手指抚摸着她的脸。她一直在用生理盐水治疗鼻塞,但病毒仍然挥之不去,不断刺激着她的鼻子和喉咙。我大致了解了感冒病菌的形态和习性,很快就认清了这种特殊的入侵者。她静静地坐着,让我给她治病,尽管她会发烧半个小时,整个下午都疲惫地睡着。不过,等她病好了,就可以饥肠辘辘地起来吃晚饭了。

当我把手拿开时,她却抓住了我的手,"谢谢你,迈尔斯。我讨厌感冒。我一直不知道该如何忍受。你想让厨房做点什么吃吗?电话旁边有一份菜单——"

"我得走了。"

这就是我为自由和学医所付出的代价:为女王陛下和我唯一的妹妹服务了七年。我不敢看她的脸,不敢看她脸上因我流下的热泪。喉咙里传来撕心裂肺的痛楚,我只好在离开时保持沉默。

一直等到我的手触碰到门时，她才开口，"迈尔斯。"

我差点把头撞在镶板的黑色大门上，"怎么了？"

"我不会放弃的。但我会替你保守秘密，不让父亲知道。"

希望涓涓地流淌在我的痛处，让我略感欣慰。我答道："好。"

我按下了可转动的铁质门把手。

在确定我的手帕没有从我的夹克口袋里漏出潮湿而又皱巴巴的一角后，我装出一副和颜悦色的样子，走出了电梯。客人们还在大厅里徘徊，有人想同我搭话，但我没有理睬。我快速走到街上，去呼吸弥漫着苹果香味的空气。

如果我伸长脖子去看伊甸山庄最顶层的窗户，我会看到妹妹再一次目送我离开吗？我把目光停留在周围的街道上，与韦克菲尔德商业区时髦的路人一同漫步。在午餐会结束后的归途中，外汇商人和交易者若有所思地昂首阔步，对头顶上丰富的水果毫无兴趣。

三个十多岁的女孩正往桶里装苹果，准备带回家，我从她们身边绕了过去。那个爬到树枝上的女孩尖叫着发出警告。我从空中接住了一个金红色的苹果。

"对不起，先生。"

"没事的。"我把它给了一个戴着针织帽、穿着条纹毛衣的女孩。

她摇了摇头，"你拿到就归你了。"

我收起我的奖品,躲开骑手扬起的风,小跑着穿过马路。苹果又圆又硬,挂在秋日的空气里还有点冰凉。格雷丝从小就喜欢吃苹果,尤其是在飘零之月伊始,苹果尚未成熟的时候,她要吃到肚子疼方作罢。她喝了从仆人的食品储藏室偷来的烈性苹果酒,结果第一次喝得酩酊大醉。即使遇上不愉快的事,也不会减少她对最喜欢的食物那种坚定不移的热爱。我咽下了喉咙里的疙瘩,把苹果扔进了垃圾桶里。

我不能让我妹妹回来。即使我学会了如何掩饰我的魔法光环,我们也不能在慈善会上同时出现。她不能去看我,我也不能再回家。但我们可以小心翼翼地私下见面。

如果足够细心的话,我可以从格雷丝口中得知她的朋友和伙伴们在做什么,收集杀害尼克的嫌疑人信息。没有一个内阁成员会因为叛国罪而被抓。要是被发现我在查他们,我可能会被送到停尸房,躺在尼克·埃利奥特旁边。

第五章 奇迹

博勒加德退伍军人医院是一座半圆形的建筑，由灰色的石头和带黑色边框的窗户组成。这种窗户有多块玻璃，共同构成一个更大的整体。这里曾是韦克菲尔德十字街的旧址，后来十字街搬到更远处，位于上城区的一栋更大更宏伟的建筑里，并把土地捐给了当时处于休眠状态的仪仗部队。这座建筑从来都不是为了收容这么多受打击的灵魂而建的，但那沉稳的体量却优雅地承担起了这个重担。

与院子接壤的黑铁栅栏是金斯顿最好的铁艺作品，铁链子将涡卷形装饰和古老的守卫标志缠绕在柱子上，拴着员工的自行车。一辆精致的马车立在步行街边。马车夫一边吃着手中的苹果，一边对着四匹绸缎般的黑马哼着小歌。他向我点头，我回应了一下，然后走到前门。落叶飞旋直下，我的鞋踩到叶子上，发出了嘎吱嘎吱的声音。真是干燥呀。

温暖的空气冲进大开的前门，轻拍着我冰凉的脸颊。大厅里，病人们聚集在无线设备旁，那些没有椅子坐的人站在了后面，但所有人都把头对着扩音器。听到最后一艘船从莫斯威岛启航，船上挤满了回家的士兵这一消息后，他们都笑了。新闻播报结束了。有些人把座位让给了在后面等待的人。弦乐和号角演奏着欢快的舞曲，病人们适时点点头，或在膝盖上轻拍着节奏。

其中一个站起来让座的是老杰拉尔德。他比我想象中更高大，肩膀更宽，眼睛周围的皱纹因微笑而加深了。他腿伤刚愈，尽管步态尚且不稳，但他看起来很有精神。他不知在哪找到了润发油，刮了脸颊和下巴，还修剪了胡子，打了蜡。

我们见面时握了握手。

"老杰拉尔德，很高兴看到你起来走动，不介意我这么叫吧？"

"迟早会习惯的。"他跟在我的后面。

"你看起来好多了。"我说。

"真是个奇迹，医生。"

我又一次给他催眠了，该死的。"我很高兴你休养后有所好转。"我说。

"你让我卸下了身上的重担。感觉像是做梦一样。"

"你是说他吗？"

杰拉尔德点了点头，"这不是真的，对吗？"

这是个棘手的问题，最好私下探讨。"我知道你当时的感觉很真实。"我说。

"但我其实很生气，"杰拉尔德说，"我生气是因为我做的事……"

他突然紧紧地闭上了嘴，看看是否有人听到他说话。他回头看了我一眼,疑问已经写在了脸上:他从噩梦中解脱了,但是否还会再来呢?

除非我能做什么来阻止噩梦的发生。尼克的尸体在楼下等着我,亨特先生大概在楼上等着我。我会查出尼克知道什么,他因何而死,他为了保护谁的秘密而被杀。但病人永远是第一位的。

"咱们到花园去吧,老杰拉尔德。呼吸新鲜空气应该对你有好处。"

我们来到鱼塘边的石凳上,他坐了下来,把心中的困扰告诉了我。他向我袒露了那些无助而又恐惧的日日夜夜,还有那些战役,让他学会了一个人在战争中应该做什么。他确实有足够的经历可以告诉我这些。我知道一个男人会做什么,如果这意味着在战争中活下去的话。

然后他告诉我,是从什么时候开始第一次认为自己体内住着一个杀手。

"我正要回家,医生。我因为掉进了一个陷阱而被开了罚单。伤口还受到感染,但我挺过来了。但后面他来了,我知道这一切已经没完没了。"

"你怎么还是这么想。"

我锁定了目标。他深吸了一口气,"如果它又回来了呢?"

"如果它回来了,你就会知道这一次不是真的。"

"它要是再来,你会帮我,对吧?用催眠术。"他耸起肩膀,迎着微风,注视着银色的鱼儿用鼻子嗅着水面上掠过的昆虫,"它可能会回来,也可能不会。"

"我可以用催眠术帮你入眠。会让你感觉好得多的。"

"不光是睡觉的问题。还有……"他鼓起勇气问道,"我会像新闻里的那个家伙一样紧张吗?"

原来,事情已经抖出来了。"我们不知道为什么詹姆斯·巴克利会这样做。这件事情太可怕了。你听说了吗?他回家以后就没有工作了。"我说。

"他可真不容易,曾经为国效力,回来后却一无所有。"老杰拉尔德拍拍胸前的口袋,苦笑着说,"医生,介意我抽支烟吗?"

"如果可以给我一根,就再好不过了。"

他惊奇地递上一支烟,"你也抽廉价香烟?"

"在前线嘛。"我说,"现在准备戒烟了。"

"不知道为什么。抽烟让人很放松。"他用一只手夹着香烟,熟练地把火柴掐灭了。他用拇指和食指捏住烟,把燃烧那端的光芒藏在手掌后面。他现在见识过一些和我的共同之处了。

香烟很刺鼻,我把烟吸进肺之后,烟就像倒刺一样刺人,但是那种急促感和平静感让我有点上头。我已经三个星期没抽过烟了,我被它弄得晕头转向。

我们盯着池塘和带有斑点的银色鱼儿,看它们不间断地觅食。他说:"我想回家,医生。玛丽需要我。虽然我不在她也能过得很好,但没能陪在家人身边是件丢脸的事。我在这里——"

金黄的树叶从一棵白桦树上飘落下来。一片边缘已经破烂的叶子落在了池塘里。鱼嗅到了叶子的气息,误以为是食物。

"我能找到工作。我是一个园丁。"

谈这个还为时尚早。"你已经起床走动好几个小时了。"我说。

他挥了挥手,烟雾在手指间缭绕,"你知道我在无线广播里听到了什么吗?我们的孩子要回家了。有多少人需要我的床?小杰拉尔德的床怎么办?"

没有人把消息告诉病人,但他们听到了风声,察觉到了我们试图隐藏的东西。"小杰拉尔德没有家人要——"我说。

"他还有我呢,"老杰拉尔德说,"把他送到我这来。我们可以腾出点空间,照料他。他生性开朗,腿也没啥毛病,已经一个星期没做过噩梦了。"

我需要密切关注老杰拉尔德。要监视他大脑里的瘴气,看是否会再次扩散。我还不能让他出院。

他是我需要治愈的对象。他是个成年人了,我不能违背他的意愿把他留在这里。

"距离游行日,"我说,"只剩三天了。"

"一言为定,医生。"

我们握了握手,再次确认。

好吧,我创造了一个奇迹。老杰拉尔德不再是我两周前见到的那个沉默寡言、与世隔绝的人了。他大步走进12号病房,向每个人挥手致意,然后坐在了小杰拉尔德身边,一心想把消息告诉他。

"辛格医生。"

我转过身来。"克罗斯比医生。"

"午宴吃得开心吗?你比其他医生回来得更晚。"

"个人咨询耽搁了,"我说,"格兰姆斯先生想跟我谈谈。"

"啊。奇迹般的治愈啊。"

我脖子后面的头发刺痛了一下。"不完全是,"我说,"今天早上,他对催眠术的反应不错。你需要什么吗?"

"我看见一位先生在你的办公室外面等着。你目前还不是很成功嘛。"他说到最后,对着我的外套和帽子,还有脖子上围着的红围巾点了点头。我的手掌直发痒。克罗斯比医生不太受欢迎,他的同事和病人都不喜欢他,我也不会为他辩护。但克罗斯比要是把注意力放在我身上,我将度过悲惨的一个月,除非他去挑别人的毛病。

"谢谢。我还是去会会他吧。下午好,医生。"

我没有逃跑,急着要去见亨特先生。我不顾旁边六十五级台阶周围的缝隙,一次迈过两个台阶。亨特先生正坐在我办公室对面的一张木凳上等着我。

他以惊人的速度读着一本书。他的帽子紧挨着他放在长凳上,一绺头发从他的发辫里滑了出来。他把一根手指放在书页之间,然后站了起来。

"辛格医生。"勒索者向我鞠了一躬,优雅地低下头和肩膀。所有贵族的礼仪和风度都在我的肢体内时刻准备着,我几乎要用手势回应他了,但还是忍住了,只是伸出了手。

"亨特先生,让你久等了。"他握着我的手,我的心怦怦直跳,"十分抱歉。我刚刚在病人那儿。"

"不必担心。"按照惯例来看,他和我握手的时间延长了一个心跳那么久。当他松手时,指尖顺着我的手掌滑过。这种感觉在我的皮肤上流连了一会儿,似乎不愿离去。

"你在这儿等了很久吗?"

"我一直在看这本书。"他举起来让我看书名,"我一来看到它放在长椅上。"

我叹了口气,"那本书在我们单位很受欢迎。"所有可怕的东西都是这样。

"你读过吗?"

"没有。"

亨特先生拍了拍书的封面,"这本书讲的是一个女人爱上了一个被初恋的鬼魂缠住的男人。"

"什么烂书。"我打开办公室的门,"进来吧。"

他让我脱下外套,然后把身后的门关上。他把这本书和其他几本廉价小说放在一起,然后解下围巾。

"如果我来之前就听说了,我一定会觉得这很可笑。"我接过了他的帽子。他的手指灵巧地解开了上衣,我把衣服挂在紧挨着我的钩子上,"我想知道他们为什么不找巫师来解决这个问题。"

我皱起了眉头,"因为这只是一个传说。"

"咱们都知道这不是真的。"亨特先生说。

我吓得直哆嗦,"亨特先生,请吧。"

"怎么会变成这样?"他用手在额头上抹了一把,仿佛可以抹去心中的苦恼,"我拜访过的每一位占星师都是骗子。每一栋被认为闹鬼的建筑都只是通风良好,有点年头而已。我在审判中见到的每一个巫师都没有获得自由的希望。"

"他们不会审判你,除非你被查出什么问题来。"

"他们太卑鄙了，只要有一点怀疑就会抓人。你知道吗？"

"我知道，"我说，"所以我希望你不要再提这件事了。"

"但你知道这是真的。"他低声说道。

我转身看向窗外。"这并不重要。重要的是人们的信仰。"

"他们以为巫师已经——"

"几乎被消灭了，那些能量充沛的人难免会疯掉，"我有点不耐烦了，"情况可能更糟。一百年前，他们被认为是邪恶的化身，必须被处死。你怎么会不知道呢？"

他皱起了眉头，"我认为终身监禁是一种进步。你是怎么活下来的，还有你的巫师家族？"

他并不知道我是谁。尼克只是叫我克里斯托弗爵士。但是亨特先生不知道艾兰国的巫师会些什么，如果他不知道巫师和法师的区别，那他就不是一个逃亡的次巫。那他是什么身份呢？

他打破了我的沉默。"除了你以外，我还见过其他巫师。"

"什么？你说……"

"你和尼克是我唯一见过的巫师。"他澄清道，"但我也见过其他人。他们有钱有势，因此很危险。为什么富裕的巫师就可以逍遥法外？"

"我可不想落个审判的下场。"他问了一个危险的问题，我不敢回答，"你也不应该这样。请不要再提这件事了。"

他歪着头，皱着眉，然后耸了耸肩，靠在我的文件柜上。"我不会把你的秘密说出去的，医生。你愿意接受我的提议吗？"

"我要检查一下尼克·埃利奥特，"我说，"我会和你分享我发现的一切。我想知道他对战争了解多少。如果可以帮助到我的病人……"

我的书架上摆满了为病人准备的小说,亨特先生从中拿起一本,翻了几页。"我想陪你做尸检。"

"尸检很可怕的,亨特先生。"

他耸了耸肩,"人的心脏就像牡鹿的心。要是我晕过去,你尽管嘲笑我。"

我忍不住笑了,"如果你晕倒了,我肯定会笑你的。"

"所以你同意我去吗?"

"如果我不让你去,你会缠着我要尸检报告吗?"

他笑了起来。听到这笑声,我屏住了呼吸。我真希望自己是个滑稽可笑的人,这样就可以再次听到他的笑声。"肯定会的"。我说。

"那还是让你留下吧。"

亨特先生跟着我走下长长的楼梯,来到停尸房。我加快了步伐。他是来阻止调查的,还是真的想知道真相?他到底什么来历?他很有钱,很自由,却像个外国人一样无知。他到底是何方神圣?

我放慢了脚步,走下最后一层楼梯。我正准备发问,他却先开口了。

"关于精神疗养院,你都知道些什么?"

我对这个突如其来的问题感到很惊讶。"我只去过城里的一家,"我说,"不过我想它们很相像。你想知道什么?"

"你为什么要把疯子送到远离家人的地方？他们去探望岂不是不方便。"

"往往这就是问题所在。"我绕过栏杆，尽量不让脚步发出回声，"有时候，离开家人独处也是治疗的一部分。"

"难道你的家人也是病号？"

"我可没说。"我把手指放在鼻子旁，他对我闪过一丝冷笑。

"亨特先生，"我们走到楼梯底下时我说道，"我无法忽视你非本地人的身份。你不是金斯顿人，应该来自很远的地方吧。"

"非常远，"他同意道，"我走过漫长而危险的旅程才来到这里。"

话题已经偏离了。"那你是从哪儿来的？"我问。

他低下头，向右打了个手势，"这里是停尸房吧？"

门上涂着停尸房的黑漆标记。看来他的出身是个禁忌话题。他在隐瞒什么？

我找到了正确的钥匙，门向黑暗中打开了。

"奇怪，"我说，"里面应该有一个值班人员的。"

我拉下开关，整个停尸房就被冰冷的白色以太灯填满了。在铺着绿色瓷砖的房间里，长长的石质检查桌两两并排摆着。我把医疗包放在最近的一张桌子上。

亨特先生抄着手跟在后面。"哪个抽屉装着他的尸体？"

"我得去看看他。"我在墙上找到了夹板。尼克·埃利奥特的名字是名单上的最后一个，是在八点签入的。但是签到框旁边还有一个条目。尸体已经被签出了。

签出了？

"这是什么意思?"

我摇了摇头,"出了差错吧。应该没什么事。"

他登记在了12号抽屉里。我穿过房间,拉开抽屉门。

我盯着空荡荡的铁盘子,"见鬼。"

他跟着我过来,"尼克·埃利奥特本该在里面吗?"

"是的。"抽屉擦得锃亮,四角还湿漉漉的。这个抽屉今天还存放着一具尸体。

也许他已经被运走了。我打开了所有抽屉,寻找尼克·埃利奥特。大多数抽屉里都飘散着漂白剂的味道。所有尸体都被清理了。

"他们都不见了,"我说,"所有尸体。真是活见鬼。"我松开拳头,试着呼吸一下。停尸房空了,所有的尸体都不见了……

亨特先生靠在检查台上,"是不是有点蹊跷?"

我砰的一声关上最后一个抽屉,结果又弹了回来,正好打在我的手肘上。"是的。但我不知道是什么情况。"我紧握着手臂,把激怒的伤痛压了下去。

"一步一步来吧,"他说,"遗体离开这里最常见的原因是什么?"

"家人出面,要求埋葬尸体。也许警察来找他了。"

"那你怎么确定?"

如果他负有责任,还会这样帮助我吗?他非常冷静,推理着事件的经过,等待最终的答案。"文书档案。"

我打开了办事员办公室,找到了即将发出的过境记录文件,"哦,不。"

WITCHMARK / 057

警察还没来，但金斯顿的殡葬部门来过了。我在那堆过境记录的底部找到了尼克·埃利奥特的名字。

我把文件递给他，把紧握的拳头塞进口袋。他愤怒地抿紧双唇，"这上面说——"

"尼克·埃利奥特的尸体已经被送去火化了。"

第六章　文书背后的暴行

尼克可能还没有被火化。我急忙拿起电话,"接线员,帮我转接市殡葬部门。火葬场。"

电话接通办公室时,我正听着咔哒咔哒的铃声,等待着。电话铃响了六次才有人接听,"这里是火葬场。"

"我是博勒加德退伍军人医院的迈尔斯·辛格医生。我打电话是想咨询一下今天下午被送往火葬场的一具遗体的事。中间出了点差错。"

"什么差错?他们来的时候都已经死了。"他气喘吁吁地轻笑着,祝贺自己讲了个好笑话。

"我想对其中一个做尸检。尼克·埃利奥特。"

"所有尸体都是几个小时前从博勒加德运来的。你的病人现在可能已经灰飞烟灭了。"

木制听筒在我的手中变得滑溜溜的,"你确定吗?"

"我亲自检查了尸体,都在里面。真是不走运啊。"

"太不走运了。"我附和着说,内心感到空虚,"谢谢你的回答。"

亨特先生走到服务办公室的门口,"太迟了吗?"

"太迟了。"我指着他手里的文件,"我不该让你整理的。这些是机密文件。"

"你真是生活在秘密之中啊。"亨特先生又开始翻阅当天的文件,"埃利奥特的尸体是怎么送到火葬场的?"

"医院开具文件。有人把他的抽屉写在正确的表单上,不认识尼克的人得到了表单,所以尼克的尸体被运走了。"我走到水池边,利用肥皂和水洗手这种惯例,让自己平静下来。

"是E.M.,不管是谁。"他走出办公室,手里还拿着那份运输文件,"还是J.R.。"

"等等。"我擦干双手,走回挂着的写字板前,在尼克·埃利奥特的尸体从停尸房通往火葬场的必经之路上,这是第一个路标,"这里写着,E.M.签出了六具尸体。"

他翻看了一下运输单,"市里带走了六具尸体,单子上的名字缩写是J.R.。"他把名字念给我听,我对照记录核对了一下。他们中的一部分在以太冷藏抽屉里躺了两个多星期,大约是我们把无人认领的尸体送去市殡葬部门之前所保存的那么久。他们中的大多数将被火化并埋葬在退伍军人墙,他们的名字和服役日期会刻在他们的印章上。

尼克·埃利奥特不是退伍军人。但有人这么快就把尸体送走是有原因的。"尼克·埃利奥特的单据上的19号箱子里有写着字母D吗?"我问。

"有,"他说,"先告诉我。这是患病的意思吗?"

"他的症状看起来像霍乱，或者是其他的传染病。"我说，"有些人在碰到有传染病的尸体时，更倾向于谨慎行事。"

"多亏了E.M.。"亨特先生翻了翻值班日志，"是J.R.留下了那张令人愤怒的字条。"他又重新开始翻阅，书页相互摩擦，发出了沙沙的声音，"值班记录里没有E.M.这个人。"

"见鬼了。"

我们苦苦搜寻，但是在签入表单的地方，或者说在桌子上的任何文件里，都没有找到E.M.。

"就好像这个人走进来，签下了尸体的名字，然后又走了出去。"亨特边说边用修长的手指整理着表单。

"每个医生都可以进入太平间。我有主意了。"我伸手去拿电话，把话筒举到耳边。

"这里是接线员。"

"你好，还是迈尔斯·辛格。"我说，"我在看值班日志，我想看一个名字缩写为E.M.的人写的内容，不过字迹太潦草了。你能告诉我哪些医生的姓名首字母是E.M.吗？"

"哦，马西森医生是。"接线员说道，然后抽了抽鼻子。

"斯尼菲！是你吗？"我问。

"下午好，医生。我升职了，"他说，"不用再拖地了。"

"不赖啊，斯尼菲。恭喜恭喜。除了马蒂，还有谁？"

"我可以去查查护士。会是护士吗？"

"我觉得是个医生。还有其他人吗？"

"还有谁会来写值班日志呢？除了她就没有了。"斯尼菲说，"要我给她打电话吗？她可能在办公室里。"

"我自己去找她吧。谢谢你,斯尼菲。"

"马蒂是谁啊?"我挂断电话后,亨特先生问道。

"我的老板,埃莉诺·马西森。"

他皱起了眉头。

"还有其他人的名字带有这些首字母缩写吗?"

"没有了。但不可能是她。"

"你凭什么这么肯定?"

"这不是她的笔迹。我一直在看她的备忘录。"我在纸上翻来翻去,想搞清楚这场不幸。

亨特先生坐在桌子的一角。"你给的意见是凭主观想法还是有根据的?"

"签出时间是十一点十分。她那时就该准备去参加午宴了。"

"你十一点十分见到她了吗?"

"没有,"我承认道,"我在更新病人的文件。然后我必须去前面和其他人会合,坐马车去酒店。"

"你们有多少人在那儿碰面?"

"二十几个。"我抓了抓下巴。胡楂像刺一般擦过我的指尖。

"而且你也不记得见过她。"

我闭上眼睛,回想着。那些人挤来挤去,在找马车座位,她并不在其中。"我没有看到任何一位部门领导,他们一定是和我们分开走的。"

"你记得什么时候见过她?"

"在午餐会上,"我说,"我进来的时候她已经在那儿了。所以她没有足够的时间。"

"你什么时候到的?"

"十二点十分。"

他借来一叠纸做笔记。"所以你不能证明她十一点十分就到酒店了。她完全可以先到这里给所有尸体签名,然后坐私人马车去酒店。"

"可是她为什么要这样呢?"

"不知道,"亨特先生说,"我也没说真的是她。"

"嘿!"一位怒目圆睁的女子站在门口,身上穿着医院职员那种结实的灰色棉质外套,"你们在这儿干什么,为什么乱动我的文件?"

我们侵入了她的办公场所,翻遍了她的文件。天知道她的文件系统是怎么回事,但你决不能让一个职员看到你内心的动摇。我转过身,和她的姿势保持一致。

"我猜你是斯莱特吧?你迟到了。"

"我没有。"她抬起下巴,"我五点才上班。现在还不到五点呢。"

他拿起值班日志,翻看了一遍。"我们到的时候,停尸房连个人影都没有。"

"这么说,你以为没有人阻止,就可以到处乱扔我的文件了是吧?"她大步走了进来,从亨特先生手里接过值班日志,"这些都是保密的。里金斯去哪儿了?"

"她在日志上留了个条子,说她等烦了,得去接她的孩子们。"我说。

"我要举报她,"她说,"这些麻烦事已经快要超出我忍耐的

WITCHMARK / 063

极限了。你们俩到底在这儿干什么?"

"我是来自综合内科的辛格医生,"我说,"如果你能回答我几个问题的话,我就在这张日志上写上:我4点20分到达这里,发现停尸房无人值守。"

"那一言为定。"她把工作簿塞给我,然后把期待的目光转向亨特先生,"你不是医生,对吧?"

他把他的银质钢笔递给我,"这位是崔斯坦·亨特先生。"

她一看就知道崔斯坦穿的是一件上等大衣。她把一只脚向后挪了挪,弯下膝盖,以示敬意,"对不起先生,我不该对你大吼大叫的。"

"不必道歉,"他说,"我来这里是想找一具尸体,但已经不见了。"他多么优雅地避开了真相。

斯莱特伸手去拿签到单,"是谁的?"

"尼克·埃利奥特。"

"哦,他送到这儿的时候简直惨不忍睹,"她说,"请见谅,他是因狂躁而死的。太可怕了。"

我停下笔来,翻回了日志中的一页。"他进来时是你在值班。你叫什么名字?"

"路易莎。把他洗干净可真是太麻烦了。你说他已经不见了?那他的东西也不见了?"

我的胸中里燃起了希望,"我们还没检查过。"

斯莱特打开了右手下面的抽屉,"我只留下了他的钥匙——你肯定不会要他死的时候穿的那些衣服的,先生。肯定不会要的。"

那些衣服本可以好好利用的。"衣服哪儿去了？"

"烧了，"斯莱特说，"没想到你会需要那个。"

"该死的。"

斯莱特低下了头。"你不会举报我吧？我不知情呀，表单上没有说要留下这些衣服。"

"昨晚是谁把尸体带来的？是一个护士吗？是不是一个大概这么高的黑人，满头辫子，还打着结的？"

她摆摆手，否认了我的描述，"谁不认识罗宾护士呀。她没下来过。是护理员带来的。"

罗宾没有被派到急诊科，可能是回外科康复科去了。不过，我倒希望她下来过。

"我可以看看签到表吗？桌子上没有。"

"我把它归档了，"斯莱特说，"我可是做好了我的归档工作，不像医院里的某些人。"

亨特先生拿出第二支笔，借了一本他以前用过的便条簿，又写下一张便条。

斯莱特把文件给我拿来了，打开一看是尼克·埃利奥特的签到表。"在这里。看到了吗？上面写着'遗体待检查'。没有提到衣服和物品的事。上面应该写着。如果有的话，我就不会烧掉那些衣物。"她说。

"确实如此。但尸体却没有保存好。"

"这不关我的事，"斯莱特说，"里金斯从来没有检查过表单。你真的需要那些衣服吗？我很抱歉。我不知道是什么情况。"

"有钥匙就够了，斯莱特小姐。"亨特先生说。他没有权力处

WITCHMARK / 065

置那些钥匙,但我还是保持着沉默,内心有些许不安。

"这有个文件要写。"斯莱特在桌旁坐下。她从书桌抽屉里抽出一张绿色的表单,把它递给了崔斯坦,"在这里签名。我会把剩下的填好,然后把填好的表给辛格医生。你也可以把它交给亨特先生,对吧医生?"

"可以的。"这是一个打破常规的日子,"让我把这个写在日志里。顺便问一下,谁的名字首字母缩写是J.R.?"

"朱莉娅·里金斯。"斯莱特说。

"我明天想和她谈谈。"

斯莱特幸灾乐祸地笑起来。"真希望我也在场。"

我很快写下一张便条,详细说明了我在4点20分到达一个空的停尸房的经过。亨特先生微笑着接过一串钥匙。斯莱特脸红了,垂着下巴,这样她就可以抬头用一双大眼睛看着他。我走了出来,去取我的医疗包。

他也跟了出来。"还有很多楼梯要爬呢。"

"想走吗?"

"已经有线索可循了。"他友善地搂着我的肩膀,"咱们走吧。"

亨特先生侧身从我的办公桌前走过,晃了晃钥匙圈上的钥匙,让它们发出叮叮当当的声响以示庆祝。"我讨厌撬锁,"他说,"有钥匙可真是太好了。"

"你打算用这些钥匙做什么?"我问道。我已经帮助他……准确地说,这不是偷,但他不是通过正当手段得到的。

"去搜下尼克·埃利奥特的家。"他边说边逐一检查每把钥匙。

"你不能这么做,"我说,"那是警察的工作。"

"你有他们的消息了吗?"他把钥匙抛向空中,又一下子接住,钥匙里的黄铜和铁筒叮当作响。他靠在我的书架上,弄乱了我放在玻璃穹顶上的一只骷髅手,旁边还放着一本《尸骨》。

"还没有。我得给他们打个电话。"

他拿起折叠椅。我拨通电话,等着斯尼菲给我答复。

"这里是接线员。"

"斯尼菲,帮我转接皮克顿街警察局。"

"马上,医生。你找到马蒂了吗?"

不可能是她干的。没道理呀。"我猜她现在已经走了。"

等了十分钟,我终于和一个穿警察制服的人说上话了。等我向库奇曼警官解释完之后,我简直不敢相信自己的耳朵。

他说:"我们不能在没有做检查,死因不明的情况下开展调查。"

"我昨晚请他吃饭了。"我说,"他告诉我他中毒了。"

"很抱歉,医生。没有尸体,我们就无法检查。如果我们不能检查,就无法确定死因。"

"这个人死得很惨。你是说你什么也不做吗?"

亨特先生耸了耸肩,同情地看了我一眼。

"我们可以查看文件,"库奇曼说,"但要在没有尸体的情况下获得证据,就必须做到滴水不漏。"

"真是难以置信。"我尽量不提高嗓门,"你是在告诉我,如果把尸体藏得足够好,或者把它处理掉,我就可以逍遥法外吗?"

"我不建议你这么做。"库奇曼警官说。

"这也太荒唐了。"

"我们会把杀人犯绞死,"库奇曼警官说,"没有拿出最有力的证据,你就想给人定罪吗?"

我摸了摸鼻梁,"怎样才能让你相信尼克的死是谋杀呢?"

"证据,"库奇曼重复道。我惹毛他了。我并不在乎,"我们通常从医生的调查结果开始——"

"死因。"我瘀伤的胳膊肘靠在桌子上。我真想知道是谁剥夺了尼克获得正义的机会,"你就不能试着找出证据吗?"

库奇曼试图把语气放缓,以示同情,"我知道这很难接受,但我们必须遵守法律。没有谋杀的证据,我们就不能继续调查下去。咱们已经聊了很长时间了。对不起,医生。"

他挂断了电话。我把听筒砰地扔回听筒架上。真倒霉。我把前额靠在手背上,想喘口气。

"警察不会来了吧?"

"他们什么也不会做,"我说,"尸体不见了,衣服都烧煳了。证据也没有。"

"也许还能找到些什么。"他摇了摇钥匙圈。

"你想破门而入啊。"

他打消了犯罪的念头,"去调查一番"。

"我可不是侦探。"

"医生总是需要调查的,"亨特说,"你可以收集患病与诊断的证据。你能做到的。"

我恍然大悟，抬起了头，"确实可以。"

他咧嘴一笑，"这就对了嘛。"

他的赞许感染了我，我也报以微笑。"不，我的意思是我可以做正式调查。环境检查。这也是诊断的一部分。表单在哪？"我费了点劲才拉开了左边的抽屉，里面放着一叠医院资料表的备用副本——我也是为了以防万一才把它们收藏起来的。

"你做什么都需要填表吗？"

"这就是文书的暴行。"我找到了其中一份放在我的记事簿上。我的玳瑁笔就放在旁边，"我每天有一半的时间都在填表。"

"我有点纳闷，他们居然没让你上厕所的时候也填个表。"

"别那么大声，他们可能会听到的。"

他傻笑着，歪着头想看看我在做什么，"那你要是填好表，我们就可以去尼克的公寓了？"

"我填了两次表。我要把原件送给我的上司——"

"你上司是医院里唯一一个名字缩写为 E.M. 的人，她有权释放尸体并销毁尸体吗？你需要得到她的批准吗？"

我把笔放在毡垫上，"你觉得她会不同意吗？那不是她的笔迹。"

"我不知道。你想试试吗？"

"这是规矩，"我说，"我可以肯定不是她干的。她会在所有的复印件上盖章。我们要保留原件，其余的归档。然后我才有权进行环境检查。"

"今天吗？"

"她估计已经走了，"我说，"明天吧。"

"我们不能等到明天。如果她不同意的话——"

"亨特先生，"我拿起笔，把笔尖擦干净，"你有什么建议吗？"

"今天就填好表，给你上司。今晚跟我一起去。要是她不同意，我们就不会失去今晚获得的信息。如果她答应了，我们就没事了。"

"我觉得她肯定会答应的。"

他哼了一声，看了看天花板，"假设存在两种可能性，你还不确定结果是什么。你会怎么办？"

我皱着脸，"你真是个坏蛋，亨特先生。"

他咧嘴一笑，"多谢夸奖。我试试看。"

我打了钩，在空白处写下简短的内容，直到两份副本放在我的桌子上，每个副本上的墨水都干了。"我把这些留到明天早上。"我说。

"这种时候你才会发现我的用处，"他说，"怎样去查明真相我还是略知一二的。"

"就像你清楚如何弯曲钥匙一样。"我朝他手指上旋转的钥匙点了点头。

他把钥匙抛向空中，然后又抓住，"撒谎是人类的天性，医生。他们说一些无伤大雅的谎言，然后又抛到脑后。他们总是把话说得轻而易举来解决问题。你懂的。"

他是多么轻易地就把事实搁在一边，好像那是一条颜色不合适的领带。"你对我撒谎了吗？"我问。

他想了一会儿,"我想不起来了。"

我放下了手中的笔。这不就是骗子的那套说辞吗?"你很圆滑。你问的问题就好像你理应得到答案一样,而我只是顺着你的意思去做,却不知道你的动机。"

亨特先生把钥匙放在桌子上,我随时可以把它们拿走。"只有你自己才能决定我是否值得信赖,但我希望你能这样想。我该怎么做你才会信任我?"

"告诉我你从哪里来。"

他把目光移开,耸起肩膀,"离这儿很远的地方。"

"另一个国家?"

他回头看了看我,"是的。"

"哪个国家?伊达拉共和国?"从他的肤色来看,可能是伊达拉人,但他们在近两百年前就关闭了边境。艾兰国没有多少伊达拉人。

他在座位上挪动了一下,"真有意思,你居然以为我是从伊达拉来的。"

"那到底是不是?"

他迟疑了片刻,随即摇了摇头。不是伊达拉,那能是哪儿呢。兰尼尔贵族倒是喜欢留长发。一想到他是间谍,而且还是敌人,我的心就怦怦直跳。不可能吧。

他可是我的心上人呀。

"亨特先生,你到底从哪儿来?"

他把目光移开,用手指掩住嘴巴,"我觉得你肯定不信。"

"有那么难以置信吗?为什么我一碰你,你的脸就会颤抖?"

我追问道。

他眨眨眼，抬起头来，"能看见我的面纱吗？"

他毫不费力地用魔法蒙住了自己。"我问你几个问题。这是能量变的吗？是不是像你的光那样？"我问。

"是的，"他承认了，"你看到的脸……和我的很像。"

"所以你把自己伪装起来了。可如果是能量的话，不能维持这么久吧。"我胸口有点沉闷，想努力呼吸来缓解。我想回到过去，忘掉我说过的话，无论是真是假，但我现在必须继续问下去，"为什么？"

他不舒服地转过身，"我原本的外表容易引人瞩目。我需要融入人群中。"

"你也不是个绅士嘛。"

他把脱落的一绺头发梳回他的发辫里，"我确实不是绅士。但你是。"

我闭上了嘴。事情崩溃的时候，往往是从四面八方开始。

他翘起二郎腿，"人们向我鞠躬，行屈膝礼，碰帽子，表示对我的尊重。你永远也不会这样。你对每个人都很有礼貌，包括对你的同事。"

"这和我有什么关系，"我说，"是我在问你。"

"我跟你说过，我在这儿见到过很富有的巫师。在电影院的包厢里，在音乐会上，还有在餐厅和高级酒店里。但我和他们保持着距离。"

"法师。我们是法师。"我把喉咙里的疙瘩咽了下去，"你——见过他们同时出入吗？"

他点了点头,"某个人被奴役后,又被人带到其他地方去的那种?见过一两次。太卑鄙了。这也太反常了,拿一个缔结过的人用来——。"他战栗着说。

"你们那儿没人进行力量缔结吗?"

"没有。"他说。

这话刺痛了我的心。他来自一个可以让我自由的地方。"你必须隐藏你的魔法吗?"我问。

"不用。在那儿人们会很尊重你的,"他说,"治愈术是一种至关重要的天赋。"

"但你不会告诉我你来自哪里。"我连这个人都不认识。我看到的那张脸只是一个面具,是用能量做成的。他不是艾兰人。我需要知道真相,即使得承受知道的后果。

我抓住他的手。他用力挣扎,但我还是紧紧地抓住。"我想……"

我的话在喉咙里哽住了。

亨特先生说的是实话。他的假面确实很像他的真面目,但与他的真面目相比,那是一种迟钝、粗野的东西。他本人更加出色,更加空灵……

永不凋零的美。

"半神国。"我低声说道。

"星辰者,"他回应道,一副听天由命的样子,"你好,很高兴认识你。"

一个半神国人拜访了传说中的画家布里安,脱去了衣服,请布里安给他画一幅画。他拿起画笔,陷入了一种狂喜的朦胧之中，他形容这是一生中最美好的时光。一觉醒来，他发现画室里空无一人。那幅画消失了，现场只留下一袋金橡树叶，算作费用。他辛辛苦苦地画了好几年，想把他画在画布上，最后竟把自己的眼睛挖了出来。他那些失败的画作被收藏在皇家美术馆，被认为是杰作。

关于半神国人的故事有很多这样的结局。

"请原谅我。"我想摸摸他，将手指在他脸颊上滑过。可一想到这么无礼的画面，我的神经顿时紧张起来。"我不知道原来你们半神国人真的存在。"

"我们确实存在。"他的能量在我的头皮上、背上、皮肤上轻轻地荡起温柔的涟漪，"我们两国曾经是真正的朋友。"

我真想成为他的朋友。我想让他对我微笑。我想——

我的膝盖撞到了地板上。他的生活简直活力四射。他身上散发着健康的气息和力量，就像壁炉里的火一样温暖。我可以跪在这里，一整天都沐浴在阳光里。我希望他对我有所要求，这样我就能完全按照他说的去做——

我闭上眼睛。"停下吧。"

我连忙把手抽开，紧紧闭上了双眼。我没有严重的污垢，没有铜币，也没有抵御它们的草药。在这个小小的空间里，他可以再次触摸我，让我成为他的附属物。他可以让我成为他的奴隶，让我爱上奴役的感觉。我迅速向后爬去，跌倒在文件柜的角落里。

"我向你道歉，"他说，"但你知道我为什么要保密。"

他的声音。我甩出一只手，眼睛仍然紧闭着。

"别碰我。"这既是我的要求也是我的请求。我希望他嘲笑我,不理我。

"我不会再对你施魔法了。"

半神国人别无选择时只能说真话,所以他们用诚实的语言来说谎。我看不出这句话里有什么破绽可言。

"求你了,原谅我吧,迈尔斯。我真的很抱歉。"那种共鸣,那种能让我全神贯注地再听一遍的力量,从他的声音中消失了。现在我明白了,为什么布里安再也没有画过其他的模型,为什么停不下来,为什么结束了对自己的折磨。

我连五秒钟都坚持不住。

"我不认为你能解开我的面纱魔法,我希望……"他结结巴巴地说,"没关系。它很安全。你看着也没问题。"

我一直闭着眼睛。

"迈尔斯,求你了。"

没有命令的意味,魔法也消失了。他的语气中带着遗憾。

我睁开了眼睛。

他又显出了凡人的样子,只不过有点帅气而已。这是一种解脱。我差点哭了出来,"你永远也不会对我施魔法了吗?"

"我不要你做我的奴隶。我不会再迷惑你,让你如此心碎。"

听起来很真诚,但这些话有太多回旋的余地。"这个承诺我接受不了。"我说。

"我可能不得不对你使用魔法。但我是为了教你东西,保护你,或者只是娱乐而已。我无法保证永远不对你使用魔法,但我发誓:我不会让你做我的随从。"

我看到了那个洞,"不管你说了愿望,你真的需要我做你的奴隶吗?"

"不需要。"

尽管不应该相信他,但他的回答还是可信的。他是众神之子,是创世者们造访自己创造的世界时,与那些迷恋他们的凡人结合所生的孩子。半神国人常常和我们一起周游世界,如果我们有幸在他们面前表现得很有趣的话,他们就会被逗乐。可后来,他们离开了这个世界去保护死者,原因则众说纷纭。

我要是得罪了他,我的生命就一文不值了。我现在可能在冒犯他。我低下了头,"我向你道歉。"

"请不要这样——"他扶我站起来,"别听我的。不要表现得好像我更有权威,或者永远不会出错,也不要轻信任何故事里说的我应该是什么样子。"

"可你确实——"

"爱慕虚荣,"亨特先生说,"骄傲自大、容易厌倦、爱恶作剧。我只能向你诚实展露这些毛病,已经够直白了。我们去尼克·埃利奥特的公寓看看吧。"

第七章 韦尔斯顿街西1455号

在去韦尔斯顿西14街的路上，我一直保持着沉默。时髦的男装和女装裁缝把店铺开在韦尔斯顿，店里的平板玻璃窗在晚上黑漆漆一片。马车散布在街道上，运送衣服、杂货和晚间邮件。我们一离开车夫那辆漂亮的马车，我就跟在亨特先生后面两步远的地方。他的扣子已经解开，大衣在风中飘扬着。枯叶在平坦的黑色道路上不断跳跃。他在两株苹果树之间驻足，让骑自行车的人顶着逆风从身边穿过。

那些人从他身边经过时，连眼睛都没眨一下。他们不知道走在他们中间的是谁，也不知道那个穿着精致外套、梳着老式辫子的英俊男子是个传奇人物。

传奇人物仔细查看了商店之间那些不起眼的门，还有上面的公寓入口。我把双手深深地插进口袋里，等待他的决定。

"直接出门，到街上去，"他若有所思地说，"慌乱的时候，我总会这么做。"他转向东边，对着迎风面选定了目的地。那是一栋砖砌建筑，一楼有一家马丁&戈尔德书店。

亨特先生站在写着1455的黑白瓷砖上，试着用一把黑色铁钥匙开锁。

我环视街道。"你觉得是这个吗？"

锁哗啦一声开了。他笑着为我扶着门。墙上有个铜制信箱，我们并肩站着，读着贴在上面的名字。

"埃利奥特。"我把手指放在刻着的牌子上，"301。"

楼梯在我们脚下吱嘎作响，我还收到了一个惊喜——走廊上的破地毯铺满了粉红色玫瑰。

他走了两步，转过身来盯着我，"这是什么地方？"

"我以前见过这个地方。"

"你认识住在这里的人吗？"

"不认识，是在……他死的时候。"我不能公开谈论这件事。

他拍了拍我的肩膀，"我明白。"

我想靠在他的手臂上，但又有些畏缩。我索性问道："那件事合乎常理吗？"

他抬起头，"有可能。难道你不知道？"

巫师已经好几百年没有引渡过死者了。"不知道。"我回答。

"我是这么认为的。咱们先找到301房间再说吧。"

"好的。"表现得像你属于这里一样，迈尔斯。我挺起胸膛，准备对遇到的每个人展露微笑。

一个穿天鹅绒外套的女人在楼梯平台上遇到了我们，我们便走到一边让她过去。她回头偷偷看了亨特先生一眼，没注意到我那件多余的工作服。二楼传来阵阵音乐声——原来是有人在拉小提琴，而不是无线广播或留声机发出的声音。

他驻足聆听,"拉得不错。"

"可旋律很古怪,先生。"

他不满地看了我一眼,"什么意思?"

"这是卢卡斯复仇记的最后一段独唱曲。"

就在卢卡斯眼睁睁地看着敌人克里昂的下属们起身要刺死他们的国王将军时,小提琴随着进攻提高了声调,尖锐的音符记录下了痛苦的笑声。我不禁打了个寒颤。

亨特先生爬上了三楼的楼梯,"正义使者卢卡斯?"

"是毁灭者卢卡斯。"我纠正道,"巫师王卢卡斯。"

"巫师王。"他冷笑道,"卢卡斯统治时情况如何?四十年的法律改革,女孩可以和男孩一样接受教育的传统——"

"对不起,先生,做了坏事之后,你会通过做好事来弥补吗?"我问道,"卢卡斯带来了改革,但那是用鲜血换来的。"

他带着怀疑的眼神看向我,"所以他做的好事……其实是邪恶的?"

"不,"我说,"这很复杂。301到了。"

亨特先生试着用一把黄铜钥匙来打开那个破旧的钥匙板孔。我扫视了一下大厅。会不会有人出来,看到我们闯入他们邻居的公寓。

"这么倒霉吗?"

"肯定是其中一个……啊。"

门打开了,里面露出一个小巧整洁的厨房,水槽上方的窗户几乎给放着药草盆栽的架子遮住了。我跟着他溜了进去,关上了门,把锁重新扣上。

他站在厨房中央，盯着一堆昂贵的、由以太电能驱动的器具，"你觉得这些东西怎么样？"

我脚下的一块地板吱吱作响。亨特先生对我的退缩报以微笑。"先生？呃，我的总体印象吗？"我问。

他对那些小玩意儿挥了挥手，"我的意思是，尼克·埃利奥特拥有这些东西，说明了什么？"

我把医疗包放在烤板上，解下围巾，"他很有钱嘛。一个炊具，一个快水壶，一个搅拌机，还有一个咖啡壶？这些东西很贵的。"我走到他身边，用我的衣袖在他的身上蹭了蹭，"也许他在公司里工作过。这些都是阳光电器公司的产品。"

"可都没有连接到电源板上，"他观察后说道，"你说这是为什么？"

"只有一个电板，"我说，"这地方太老旧了，不能再住了。"

他对着墙上的投币箱点了点头，"还有什么？"

我环顾四周。还有什么地方不对劲吗？还有什么可疑的呢？我之前到底看到了什么？

整洁的厨房里摆放着昂贵的器具。一扇长满绿色草本植物的窗户，遮住了后巷里单调的景色。

东西都很干净……一切都收拾好了。

"他说茶里有毒，"我说，"茶杯和茶壶在哪儿？"

他打开了橱柜。一个朴素的白色茶壶放在属于它的位置上，旁边放着糖碗和茶叶罐。每个钩子上都挂着一个白色的茶杯，钩子从茶杯把手上穿过。

我打了个寒颤，一种隐约的想法爬上了我的后背，"有人来过这里。杀了他之后他们便收拾了残局。"

"说的没错,医生。"

这句恭维话让我有点心花怒放,备感温暖。"谢谢你,先生。"我说。

他叹了口气。

"亨特先生。"我纠正道。

他那痛苦的表情依然存在。"我就是你之前认识的那个人,医生。丝毫未变。"我说。

"可你……"

"非常愚蠢,"他说,"在社交上还很笨拙。我对你的世界仍然相当无知,还很不耐烦。"

"每次我想起你是个传奇人物,你就会对我喋喋不休地说你的缺点吗?"

他哼了一声,"如果你一直把我捧得高高在上,我迟早会摔下神坛的。我需要你忘掉那些。"

"我怎么可能会忘呢?"我几乎要笑出声来了,收不住的那种,"我怎么能忘记你是——"

"我可不是一个传奇啊,医生。"我的大衣衣肩在他的抓握下起皱了。他吓了一跳,松手把衣肩抚平后,又把手放回了原处,"我想回到从前。我们可以做朋友,或成为朋友。"

"我们会变成朋友的。"和半神国人交朋友,我可真是个傻瓜。

"叫我崔斯坦吧。"他说。

我的耳朵可以听到脉搏的跳动。"不合适吧。"我说。

"迈尔斯,"他叫道,温暖传遍了我的胸膛。他靠得更近了。

太英俊了，他的脸庞还只有一半真实，"我想这么叫你，你会拒绝我吗？"

我往后挪了挪，撞到了烤板上，"不会。"

"迈尔斯。"这个词让我心潮澎湃，"那你叫我崔斯坦吧。"

我的嘴唇开始发麻。我的舌头轻敲着我的牙齿。崔斯坦。

"亨特先生。"我叫道。

"真倔啊。"他翘起了一边的嘴角。凉风吹进了他站着的地方，"尽管茶具已经清理干净，但可能还有更多东西在等待着我们发现。"

"让我看看茶壶。"我需要做点什么让气氛恢复正常，"如果没有擦干净，我肯定需要这个。"

崔斯坦和我同时伸手去开门，我们的手撞在了一起。

"这地方挺近的。"他把茶壶放在柜台上，"你要茶壶干什么？"

"测试它的砷含量。"

"这是他的死因吗？"

"这是最合理的猜测了。他坚持了很长时间才到医院。砷味微甜，你会在茶里怀念它的味道的。"我揭开盖子，看着里面的东西笑了笑。多年的冲泡让茶壶内壁已经发黑了，里面的铜锈也没有丝毫擦洗过的痕迹。

"这是我们的第一个证据。"我把茶壶放在我的医疗包旁边。

"太好了。帮我找找剩下的证据。"他走进餐厅，身体挪到一旁让我进去。一张可供六人使用的餐桌上铺着钩针编织的花边桌布。我把手放在一只精心缝制的扇尾鸟上，发现另一只的姿势稍有不同,且第三只离第二只很近。

崔斯坦靠在椅背上,旁边还倚着一把里拉琴,他沿着桌布上的尖顶网布描画出一条路来。"这是什么?"

"贵,纯粹就是昂贵的东西,"我说,"你不能在机器上做钩针花边。这得靠手工来完成。"我摸了摸我找到的五只鸟,"每一只都各不相同,它们并不是按照某种规律排列在网格上的。"

"你怎么知道?"

"我以前吃饭的时候曾盯着一块类似的桌布。"我说。

我低着头,听父亲利用晚餐时间赞美他早熟的女儿,讲述我的失败——一天、一周、一年中的失败,那些失望的事从未留下疤痕,但也没有愈合。我数着妈妈最喜欢的桌布上扇状尾巴的鸟儿,强忍着不能流下的眼泪。格雷丝会成为一名风暴歌者;而我只是个次巫,注定要受制于我妹妹。

"迈尔斯。"崔斯坦碰了碰我的肩膀,"你从桌布上知道了什么?"

我耸了耸肩,"可能毫无意义。我是说,关于他的死。"

"但它告诉了你一些关于尼克的事。他怎么会有这块桌布?"

"不是他买的。这块桌布太昂贵了。是他母亲做的,"我说,"她做这些可能是为了赚外快。"

"你怎么知道?"

"厨房。"我朝厨房的方向挥手示意,"昂贵的器具和廉价的白色器具。富人家里总会有瓷器和管家,即使仆人不住在家里。"

"所以,一个发财的穷人中毒了。这是他故事的开始。让我们去查明剩下的故事吧。"

尼克·埃利奥特的前屋贴着砖墙，收藏着琳琅满目的唱片。留声机的喇叭开口正对着一张安乐椅，旁边还放着一个带底座的烟灰缸。墙上另一个以太电表在为无线电收音机供电。

"他喜欢听音乐。"

"我受够了无线电，"我表示同意，"哦，我真傻。他不能忍受以太的运转。"

"我也不能，"崔斯坦说，"我讨厌那玩意儿。它就像是一只在你耳朵旁嗡嗡叫的蚊子，或者像是用舌头尝到铜的味道那么恶心。"

出于内心的同情，我不禁打了个寒颤，"以太是在铜线上运行的。也许这就是原因。"我打开了客厅的壁橱，"他一个人住。另一间卧室是书房，这里没有女人的东西。"

"迈尔斯，"崔斯坦笑了起来，"你可真让我吃惊。"

我仔细看了看壁橱地板上的五双男鞋，脸颊瞬间发烫起来。埃利奥特先生本可以选择跟男人在一起的。在他这个年龄，对这种行为的容忍度会开始下降，但结婚的压力还不是无法承受的。"说的有道理。"我说。

"但我觉得你说的才对。这儿没有成对的东西。家具安排的不是成对的，他的卧室⋯⋯"崔斯坦转动多面玻璃旋钮，"哦。他有个情人。"

一条淡玫瑰色的丝质睡袍，和一件更重的青铜色和绿色锦缎衣物一块挂在了门钩上。崔斯坦再次把门关上。

"一次检查一个房间吧。这是什么？"他从咖啡桌上拿起一本相册,"报纸剪报。"

我翻遍了大衣口袋,找到了一张记者证,"他是个记者。"

"我猜他写过关于园艺的文章。"

"园艺?"我走过去细细翻看了几页。崔斯坦翻到报纸上的一张照片,上面有一个小花园,在动人的夏日少女脚下,花儿翩翩起舞。

我捂住了嘴。"他是绿拇指先生。"

"每周的可爱花园?"

金斯顿东部地区为争夺他们六尺见方的地块荣誉,每周都要在《星报》上评选可爱花园。我的女房东赢过一次,她把那张剪报镶到镜框里,摆在了她的前厅。

巴斯太太会为绿拇指先生哀悼的。

"尼克·埃利奥特写的专栏是纽约最受欢迎的专栏之一。谁会想杀他呢?"

"也许有人知道他的秘密。"崔斯坦说。

"但他们可以举报他。他不可能通过检查,眨眼之间他就会被送进疗养院。为什么要杀人呢?"

"因为工作上的竞争,还是家里有了麻烦?"

"或许是他的情人?有人设法把毒药倒进他的茶里,然后把现场清理干净——亨特先生。"我摸索着找他的袖子。"他喝茶的时候只有他一个人在。凶手不会让他跑到街上的。你有没有看见什么人,在你停下——"

崔斯坦把一根手指举到唇边。

公寓走廊的地板嘎吱作响。一把钥匙滑进了前门的锁里。

崔斯坦用一只手捂住我的嘴,把我拖到角落里。

第八章 幻觉

"尼克?"

一个女人走了进来。完了,我们完了。

她看到我们肯定会尖叫,还会报警。我们能解释清楚吗?

她走进前屋。"尼克?"她完全没有注意到我们。

她耸耸肩脱下毛皮茧衣,扔在了沙发上,"别告诉我你病了,尼古拉斯·阿尔瓦·埃利奥特,你需要人照顾呀。"

崔斯坦继续捂着我的嘴,一只手紧紧地缠住我的肋骨。这些手势提醒着我,别说话,别动。他身上的茴香味萦绕在我耳边。

她脱下修长的黑色皮手套,时髦的短发卷曲在突出的颧骨周围。一头浅黑色的头发泛着淡淡的蓝色光泽,使她白皙的皮肤看起来更加柔滑。她身穿一件奶油色丝绸衬衫,一条宽腿炭色长裤,系着一个石板色和带银色条纹的领带。

那个女人穿过前屋,打开了卧室的门,"尼克?"

她看不到躲在角落的我们。崔斯坦把我们隐藏在她的视线之外,这种力量来自我所嘲笑的传说和故事,尽管我童年时曾热切地读过。他微微松开了压在我嘴唇上的手,滑下来搂住我的腰。

我们从脖子到膝盖的部位都贴在一起。他的气息在我耳边温热地呼出,我不敢离开他半步。万一我们脚底的木板发出声响怎么办?

那个女人回到了前屋,酒红色的嘴唇紧闭着。她在原地驻足,一番深思熟虑后做了个决定,嘴角的皱纹顿时又恢复了原状。她蹑手蹑脚地走进书房,把六个木制抽屉开了又关,四个金属抽屉发出了回声,她沮丧地关上了最后一个抽屉。

"你在干吗,尼克?"她对着空气问道,"你去哪儿了?"

她回来拿她的茧衣,然后匆匆披上,心情明显不悦。她检查了一下餐厅,脚下的高跟鞋在地毯上发出沉闷的响声。

我的肩膀很痒。我的毛毡衣里面太热了。崔斯坦在我脖子上呼出的气,一波又一波地扩散到了我的四肢。在我的想象中,我能嗅到他嘴里的茴香味,感受他丝绸般顺滑的发丝与我指间的缠绕。这一切太生动了,他紧紧地贴在我身上,地板嘎吱作响,还好没有被发现。我不应该考虑亲吻任何人,更不用说有些神圣而又无情的半神国人了。

女人打开钱包,拿出了一个带有刻字的银瓶,喝上几口后又戴上手套,空手离开了公寓。崔斯坦抓得更紧了,我们站在那里,直到她脚下的楼梯发出嘎吱的声音。

我从他的双臂挣脱开来,猛地拉上我的大衣,系紧我腰间的纽扣,"你做了什么?"

崔斯坦耸耸肩,"我是一个幻术师。幸好我把咱们都隐藏起来了。她在书房里找什么?"

我的呼吸的速度太快了。"你让我们隐形了?"我问。

WITCHMARK / 087

他对我微微一笑，"是的。"

他拥有的力量真是……"太不可思议了"。

"谢谢夸奖。"他笑得更开心了，"要同时隐藏两个人还真是不容易。我有点饿了。"

他完成了传说中的壮举，居然只是饿了？"如果是我，估计骨架都要散了。"

"我可以坚持到搜索结束为止。"崔斯坦带头向书房走去，"不管她想要什么，她什么都没找到。有点意思。"

"进来打扫的人已经搜过书房吗？"

他站在房间中央，慢慢地转了一圈，"一个发财的穷人被毒死了……就因为他写的东西？啊，太好了。一直在找这个。"

"找什么？"

崔斯坦戴上手套，举起一台立式打字机的盖板，之前得意的表情逐渐变成了苦恼。和之前那个女人一样，他也打开了抽屉。

"这是什么？"我过来检查那个打字机。

"色带还是新的，"他说，"可你看这个。"

他在桌面上放了一个盒子。这位传奇人物读过斯奈德的《最佳二次上墨工具》。我打开了盖子；起动机上沾满了使用过的污渍。存放在隔间里的色带已经不见了。

崔斯坦打开了所有的抽屉。"没有备用色带，也没有新的色带盒。尼克·埃利奥特重复使用了他的旧色带。他的死因就在这间屋子里，可现在消失了。这里什么都没留下。"

他检查了一下文件柜，"所有的抽屉都是空的。"

"证据不见了，"我说，"全部消失。我们什么也没发现。"

他摇了摇文件柜,"帮我搬下这个。"

我挤到他左边,我们一起把柜子从角落里抬了出来。我们发现了一堆灰尘。崔斯坦又把柜子移回角落里,我们分别在桌子的一边坐了下来。

"把你的膝盖抬起来一下。"我提醒道。我们把那东西移动了几英寸。一张便签躺在灰尘里,可能是放在电话旁边的。

"空白的。"

崔斯坦一把抓起便签,对着亮光举了起来,"不完全是。给我一支铅笔。"

我打开抽屉,找到了一支柔软的素描铅笔。崔斯坦在便签上擦了一下。浏览完上面的信息后,他瞪大眼睛瞥了我一眼,"你说你不认识他?"

"不认识。"

他把便签递给我,我读着擦拭后露出的字母:

CMH=迈尔斯·辛格医生

精神科医生,BVH

——这里允许采访病人吗?

——不要吓到他!

"B.V.H.是博勒加德退伍军人医院,"崔斯坦说,"那C.M.H.是什么意思?"

"是我,"我说,"他知道我的名字。克里斯托弗·迈尔斯·汉斯莱。"

"啊。你和克里斯托弗·汉斯莱总理有什么关系吗?"

"可以这么说。"一阵冰冷、令人颤抖的恶心袭来,我感到难以呼吸,"他是我父亲。"

"所以,你毕竟还是个有身份的人嘛。"

我点点头,努力把呕吐物咽回去,"我逃去参军了。"

他歪着头,"你比大多数人回来得更早。你受伤了吗?"

我关上了回忆的大门。如今我身处艾兰的金斯顿,天堂营已成过往。"严格说来,是的。"我回答道。

崔斯坦眉头紧锁思索着什么,然后为了礼貌地关心我而又舒展开来。"那我就不多问了。"

"多谢。"

"我只能转移话题了。"他领着我们穿过尼克的公寓,来到厨房门口,"要是尼克写的东西公之于众的话,杀手会有很大的损失,所以他要杀了尼克。"

"但他写的是关于园艺的东西,"我说,"谁会为了园艺而杀人?等等,如果他写的不只是这些呢?"

"他还能写些什么呢?"

"这场战争。他说过,士兵们应该知道真相。"

"谁会因为他反战而杀了他?"

"民族主义者,"我说,"但不是用毒药。他们会在街上把他打死,还是在其中一半人喝醉的情况下。"

"他们应该知道战争背后的真相,"崔斯坦沉思着,"真相究竟是什么呢?"

"我不知道,"我说,"他没有说太多有意义的东西。不过他也谈到了灵魂。"

这句话引起了崔斯坦的注意。他抓住我的手。"努力回想下他说的确切内容。"

我闭上眼睛，"'他们需要灵魂。'他就是这么说的。我还以为你在寻找遗失的魔法呢。"

"灵魂力量的魔法。谁会需要灵魂呢？"

"我不知道。可以猜下吗？"

"说不定有帮助。"

"我觉得是隐巫者。我的子民。但你无法接近它们。"

"你说得对，我接近不了。"崔斯坦放开了我，帮我抚平皱巴巴的袖子，"我得知道尼克了解的内情，迈尔斯。你愿意帮我吗？"

"他对战争有些了解，士兵们需要知道这些。我会帮你的，咱们第一步应该做什么？"

"说不定去他的工作场所会有发现。"

"我不知道这趟行动能否纳入我的检查表中。"

"可能没人会告诉咱们实际情况，但试试也无妨。"他锁上了门，示意我跟他走。我们经过楼梯时，听到了楼梯的抗议声，"我们去吃点东西吧。"

与崔斯坦共进晚餐。是去餐厅，坐在一张小桌子上，用膝盖和胳膊肘顶在上面，还是去他家享受舒适的私人空间呢？我握紧手指。我不能和他单独在一起。我知道半神国人的故事是以什么结束的。"我该回家了。"我说。

他挺直身子，故作镇定，"明天下班后，我给你打电话？我让管家早点准备晚饭……"

"我会从茶壶里找到真相的。"我向他保证。

我把自行车从他的马车后面卸了下来，然后我们在韦尔斯顿街分道扬镳。

我拒绝了崔斯坦家的一顿美餐,换来了五英里半的山路骑行,山下就是金斯顿东部地区。我把自行车驶出路边的时候,医疗包里的茶壶鼓了起来。我们当时可是破门而入的,万一被抓住了……

我站在踏板上,弯腰握紧车把,以抵挡把我往西推的风力。穿过铁轨和挂在头上的以太电线时,我紧咬着牙关。抵达后,我的腿不住地颤抖。面前是一座灰色房子,带有白色窗台,十分宽阔,巴斯太太房子前面那个获奖的花园里有了秋日枯萎的残花。

一辆马车停在巴斯太太的房前步道上,车顶上有汉斯莱家的三只野猪标志。

快跑,迈尔斯。离开这里。但我的腿在克鲁的时候就不听我使唤,在这里也一样。我跨在自行车的横杆上,呆住了。

马车颠簸着,一个仆人穿着制服——**那种制服**——跳下台阶朝我走来。"汉斯莱爵士在里面等你呢,先生。"

他抓住我的医疗包的手提处,把包从自行车前轮上的篮子里拿了出来。

我终于可以动了,"不用……"

"先生?请问您需要什么帮助吗?"

他提起我的包,由于里面放着茶壶,褶皱皮边已经撑得很满。他朝巴斯太太的房子望去,我妹妹可能正坐在里面,在煮白菜和羊肉末的香气中喝着碎叶茶,吃着罐头里精心保存的饼干。

他拿着我的包,里面有茶壶,各种药品,我的注射器盒,还有我的解剖刀，自从我在361号流动医院救了二等兵詹姆斯·沃尔夫的命后，我就再没有用过那把刀了。我可以放弃所有这些，还有我房间里的一切。我可以骑着车在金斯顿东部纵横驰骋，还可以——

还能去哪呢？格雷丝发过血誓。无论她在这里做什么，都不会把我当作她的奴隶带走。

于是我抬起下巴，把腿从车座上甩了下来。我让他扶着车把，他跟在我身后两步远的地方，随我走了三十步来到前门。

我把钥匙递给仆人。他锁上了我的自行车，把我的提包递给了我，然后在前门旁边坐了下来。他身上的橙色外套一尘不染，也毫不在意身后墙上的那块补丁，那里的灰色油漆之前就已经剥落。

教堂的钟声敲响的时刻到了。前门啪的一声打开时，第一次的敲击声还没有完全消失。在我隔壁房间打鼾的管道安装工走了出来。

"医生"。

"亚瑟。近来可好？"

"还不错，只是——"他慢慢地扭动着脖子，这个动作让他缩了缩身子，"我感觉自己落枕了。见完你的神秘访客之后，你能来看一下吗？"

我的神秘访客。不是*我妹妹*。真是个小确幸啊。我来到房子后面，穿过客厅前门时，无线广播里正发出刺耳的声音并低沉地回响着。

巴斯太太家的厨房装点着绿植，十分温馨，格雷丝在一张盖着软垫的木椅上休息，手里拿着一只上好的茶杯。巴斯太太从桌旁站起来给我端上晚餐，希望我像那些劳动后男子一样，趁女人在厨房里忙活时直接把晚餐倒在盘子里。

"我喝杯茶就好,巴斯太太——"

"继续吃吧,迈尔斯,"我妹妹说,"你需要吃点东西。"

切碎的卷心菜和羊肩排加了酒和醋炖好后,在我的盘子里冒着热气。一个前臂被柏油烧伤的家伙从洗漱间走了进来,举起了手,"小姐,太太。还有……"

"辛格医生,他叫道格拉斯,他睡在后面的卧室里,"巴斯太太介绍道,"道格拉斯·福克斯。"

"马路工人?"我问道,握了握他那只用肥皂洗得干干净净的手。胃酸在他的咽喉里沸腾着,试图溶解一个不肯掉下来的块状物。

"听说你是个医生,"道格拉斯说,"一个医生住在这里干什么?巴斯太太,请原谅。你是一位实习生吗?"

"我不是实习生,福克斯先生。"

"所以你是一位真正的医生。啊哈。"道格拉斯用前臂拭了拭湿漉漉的额头,"我吃完东西就肚子疼,这是为什么?"

"原因可能有很多。"如果是肠胃结石的话,那就意味着要动手术。我还得说服他请假。可生病的话工作就会受影响,劝他就难了,"我可以帮你看看。"

"明天看吧。你还有一位重要的客人呢。"他朝我妹妹点了下头便走了出去,让我继续吃饭。

格雷丝看着我咬下第一口排骨,几乎没有一丝颤抖。巴斯太太跟着福克斯先生,和其他人一起来到前厅,他们会在那往以太收费器投币,聆听今晚的戏剧音频。为把气氛推向高潮,剧里充满了意想不到的情节转折和惊心动魄的配乐。只剩我们两个单独在场后,格雷丝礼貌的表情一下子就变成了强烈的愤慨。

"伯德兰?你住在伯德兰一所公寓里的单间里?"

她还是我记忆中的那个样子,会对不喜欢的晚餐或不愿遵守的观点嗤之以鼻。我向她眨了眨眼睛,岁月便消逝了。"你的声音正常多了。感冒好了?"我问。

"差点被你的疗法烧死后,我现在很好。"她环视了一下厨房。我很高兴巴斯太太的瓷釉铁锅没有污点,而且她从不允许任何地方有一粒灰尘。可是格雷丝看上去就像这间厨房成了一个可怜的窝棚,"他们给你多少工资?"

"还不错。"肉已经炖了好几个小时了,"如果有合适的公寓,我已经买得起了。"

"这件事包在我身上了。在伯德兰的话,确实可以。"

"你怎么在这儿?"

她低头看了看杯子,然后回答道:"我是来看你的。"

"为什么?"

"因为你是我的——我的朋友。我想你了。"

我在胸口中央揉了揉,温暖的光芒蔓延到我的四肢。好多年过去了。"我也想你。"

"我还想跟你谈谈——"她摇摇头,"算了吧。你不能住在这个鬼地方。"

我情绪崩溃了。她不能这样替我做决定,就好像我是她的副手一样。"我没住在这。"我说。

她竖起了一道眉毛,"没有吗?"

"你这不是在给我找公寓啊,"我说,"你会挑一个十居室的豪宅。你是怎么找到我的?"

"我给医院打了电话,马西森医生帮了大忙。"

"哦,确实是。"肉是酸的。

"别生气,迈尔斯。六个房间的也行。"

"算了。"

她翻了个白眼,"他们居然会造出小于六个房间的公寓吗?"

"格雷丝,你知道一条面包要多少钱吗?"

"你是在讽刺我自命高雅吗?"

"你能否认这一点吗?"

她气呼呼地摇了摇头,"那你需要什么样的公寓?"

"你可不是来这给我找新住处的吧。"

格雷丝瞄向左边,"你都下班好几个小时了。你上哪儿去了?"

我不能告诉她真相。她会因为那个半神国人而召唤整个巫师圈。去了电影院?她会问我看了什么。去吃饭?可我刚刚吃得像个饿死鬼。还是去了图书馆?那我借了什么书?

"迈尔斯。"

只能撒谎了。"我去拜访了一个朋友。"我说。

"谁?"

我看向别处。

格雷丝咯咯地笑了,"哦。还和男人在一起呀?不觉得自己已经过了玩这套的年纪吗?"

"格雷丝。"

她呷了一口茶,"我觉得这总比吊在女洗衣工身上好。"

"格雷丝。"

"开玩笑啦。肯定是秘书吧。"

我盯着她看,她给了我一个充满歉意的眼神,"抱歉,我很高兴你有朋友。巴斯太太说你不爱跟人说话。"

"我估计她什么都告诉你了。"

在厨房外的走廊上,其中一块木板吱吱作响。我往嘴里塞满了羊肉,格雷丝则喝着茶。进来之前,巴斯太太敲了敲门,"不好意思,汉斯莱小姐,九点过后我就不招待客人了,现在已经十点了。"

"当然。"格雷丝把椅子往后推了推,"谢谢你的茶。迈尔斯和我要去——"

"你自己去吧,格雷丝。"我纠正道,"我要留在这儿。我不会告诉你这次来访有多惊喜。"

巴斯太太和格雷丝对我的话不屑一顾。

"的确。"格雷丝戴上手套,"惊喜是我们团聚的主题,不是吗?巴斯太太,再见。"

她吻了吻巴斯太太面颊旁的空气,要是我的房东太太没有像太阳一样容光焕发,那就糟了。格雷丝离开前回头看了我一眼,仆人的脚步声与她一道回荡在门廊上。

巴斯太太转向我,"格雷丝小姐是个好人。无论她是如何抛弃你的,你都不能那样对她。"

"并不是——"我连忙闭嘴,重新说道,"已经好久了。"

"你把饭先吃完。"她把茶具拿走,瞥了一眼妹妹的茶杯。她静静地走了,眼睛睁得老大。

"怎么了?"我问,"她没喝完吗?"格雷丝一旦冒犯地留下一杯只喝了一半的茶,她就会公然跳着舞,穿过韦尔斯顿三角区。

"没事,"巴斯太太说,但她拿起格雷丝的杯子后,嘴唇明显发白了。她没有把杯子拿到石质水槽去,而是从后门走了出去。通向院子的门吱呀一声开了,接着传来了骨瓷砸在人行道上的声音,巴斯太太还连吐了三口唾沫。

我差点忘了我的晚餐。我张大了下巴,但在巴斯太太看过来之前,我又闭上了嘴。她发现我盯着她看,脸红了。

"我知道,这不算什么。"她努力保持微笑,好像毁掉她最珍贵的茶杯并不打紧。

"你可以从茶叶中看出预兆。"我说。

她的肩膀抬了起来,"只是个小把戏。这可不是巫术。"

"当然不是,"我安慰道,"你看到了什么?"

"我得催他们上床睡觉了。你要是想洗澡,水箱已经加热过了。"她走了出去。

我数到三,看了看留在桌上的那个杯子,就是巴斯太太喝过的那个。一个轮子紧靠左边,意味着她身边的人将要离开,且不是她自己。最接近珊瑚口红弧线的是一个十字,意思是谨慎,省钱,不冒险。剩下的茶叶都汇集在了底部的红棕色液体里。

她肯定在格雷丝的杯子里看见了什么。情形肯定糟透了,以至于她连忙停止查看预兆。如果我也取了一杯来喝,会在里面看到什么呢?

也许不想知道,但我已经猜到了。我希望我有山尼科尔写的《半神国故事集》。关于绚夏福地守护者的传说,童年的记忆只剩下这么多了。

我把盘子拿到水池里擦洗干净。从厨房窗户吹来的风，就像一只冰冷的手裹在我身上。我还记得什么？和半神国人结怨意味着史诗级的灾难。正义的梅纳斯曾经惩罚过他们，并诅咒他们只能说真话，因为他们对凡人施的诡计已经超出了他忍耐的极限。他们的复仇只是个传说，他们那些凡间情人都死于悲痛。

崔斯坦说过要教我，他一定会照自己说的去做。无论再做什么，都是在走弯路，尤其是接受他的邀请，置身更私密的环境中。

我已经很久没有享受过朋友的亲密陪伴了。我太忙了，身上的秘密太多了。

崔斯坦已经掌握了我的不少秘密。

但我知道《一缕星辰，只为青丝》的情节。海伦娜的鬼魂从血淋淋的浴缸中升起，飞向天空，奔向绚夏福地，戏迷们想知道海伦娜最后是否会和海琳重逢。

我不能和他走得太近。

巴斯太太拿着一小叠信件匆匆走进厨房。"你的季度单据今天到了，"她说，"太多了，邮箱都装不下。"

信封在我手中噼啪作响，我的姓名和地址打印得整整齐齐，左上角还有我所在银行的标志。邮戳上写着"飘零之月20号"，正是尼克·埃利奥特去世的那天。我的指尖开始发麻。我拍拍裤兜，确信钥匙就在里面。

"巴斯太太，你能五点来敲门叫我吗？"我问道，"我明天早上有件事要办。"

WITCHMARK / 099

第九章 歌迎冬至

尼克的信箱里有一封薄薄的信，是金钥匙出版社寄来的，但没有银行寄来的超大信封。我及时赶到医院食堂，抓起最后一个黏糊糊的面包和一杯盖好的焦咖啡准备上楼。搬运工推着手推车，里面装满了病人吃的早餐，避让着负责传送各部门文件的职员。信插在夹克口袋里，戳着我的肋骨。我提醒自己，我偷了一个死人的邮件——只是为了讨回公道。

只要马蒂批准我的环境检查报告并提交给警方，一切就都好办了。不过，我还是不愿让别人注意到这些篡改过的时间表，所以我把信藏在了左边那个黏糊糊的抽屉里。茶壶像一件古玩一样摆在书架上。检查表上的墨水早就干了，所以我在下楼去看日志之前把它们塞进了带夹写字板里。

小杰拉尔德和老杰拉尔德在跟我聊完后，结伴走到了花园里。小杰拉尔德坐在花园的土地旁，双手戴着手套，一只脚像螃蟹一样走路，把鳞茎埋在黑土里。老杰拉尔德耙着树叶，把松散的编织袋给装满。越来越多的病人开始加入到他们的工作中，照料灌木，摘苹果，仿佛老杰拉尔德的情绪转变感染了他们所有人。

那些跟着来呼吸新鲜空气、享受阳光的人，都是我康复得最好的病人，但我能让他们出院吗？在医院的平静中成长，和面对世界的压力是不一样的。但还是有更多的病人来了。即使我们让这里的所有病人都出院，我们的床位也不够。我回到室内，看看那些没有康复的病人和园丁。

我进来时，比尔正躺在床上，眼里闪烁着希望的光芒。

"能给我催眠吗？"比尔紧紧握着我的手，"医生，可以吗？求你了。"

一片干涸的血色云朵在他的脑海里疯狂地旋转着，我不敢触碰。但我还是拿出手表，轻声说着话，只需涓涓细流的力量便足以助他入睡。他醒来时还会做同样的噩梦，但至少现在可以休息了。

八点半的时候，我从医生休息室顺了一杯没烧焦的咖啡，为避免有人和我搭话被发现，我赶紧溜了出去。我上三楼去拿茶壶，又走下五层楼来到地下室，然后在实验室里找了个地方，测试一个陶片上是否有砒霜烧焦的虹彩迹象。做实验的时候我虽然离的有点远，但我看到火焰冲过凹面时，内心不免有些得意。尼克·埃利奥特会得到公正的裁决。

我扑灭火焰，期待地转动夹紧的陶瓷碎片，凝视着炭黑的表面。

测试结果为阴性。

我拿起护目镜，把碎片朝向灯光。尼克·埃利奥特那把茶壶上锤击过的弧形块连一点火花都没有留下,说明没有接触过砒霜。

我是不是把毒药弄错了?可症状似乎是符合的。在一个更肮脏、知识更匮乏的年代,尼克的病可能会当成霍乱处置,但他说自己是被毒死的。"在茶里。"这就是他的原话,我们从未像当时靠得那么近过。

我把茶壶里的残渣扫进了垃圾桶。我转过身,背对着我为实验而组装的冷却装置,走向了停尸房。

我打开了未锁的门。那个值班人员警觉地抬起头来,我问她是不是朱莉娅·里金斯,她一下子睁大了眼睛。

她几乎要从座位上跳下来向我行礼,"有什么需要帮忙的吗?"

"我是迈尔斯·辛格医生。"她看到了那张纸条,知道我是谁。

"你是来调查我的吗?"她的声音很小,充满了恐惧。我让她害怕了,害怕我会把她不在的事情告诉她的上司,让应有的后果降临到她身上。如果为了得到我想要的东西而威胁她的工作,那我就是个无赖。"虽然停尸房空了,我觉得也没什么大不了。"他说。

"我就是来和你谈这个的,"我说,"我昨天本来要对其中一具送往火葬场的尸体做尸检。为什么所有尸体都运走了呢?"

"马西森医生昨天下来过,问起上次完成的全套卫生程序有哪些。"里金斯太太说。

我的嘴巴有点干。她为什么要管这个呢?她是综合内科的医生呀。监督停尸房的清洁工作不是她的分内之事。"是她叫你把尸体送出去的?"我问。

"不是。她只是让我打扫卫生,把尸体重新整理好,放在干净的抽屉里。"她把颤抖的双手紧握在胸前,"只是我找不到卫生手册,所以我去资料室找了一份,然后——"

我等待着她说完。

她倒吸了一口气,承认道:"我离开了医院。"

"啊。"

"我去了一辆馅饼车那儿——"她拧了拧手指,抬起头来,眼里不停闪着泪光,"我必须将停尸房打扫得符合卫生标准。为了送孩子上学,我没吃早饭。我知道我需要一些东西来帮助我渡过难关。当我回来的时候——"

"你发现表已经填好了。"

她垂下了头,"笔记板上的签署表当时就放在我桌上。我知道我应该值守好停尸房,我不是故意要——"

"如果是我,我也会这么做的。可马西森医生没有把尸体签走吗?"

"她一定是改变主意了。我回来后就发现了转移尸体的命令。"

"你值班的时候,还有人进过停尸房吗?"

"没有。一直都只有我一个人,直到我——"

"直到你提前离开去接孩子。"

"求求你了,医生。"里金斯太太的声音断断续续的,"后面尸体就不见了。"

我把手帕递给她。"这不是你的错,"我说,"你只是按吩咐办事,留下一个空的停尸房似乎并没有什么坏处。你得照顾你的孩子。你和你丈夫的值班时间重叠了?"

她抽泣着。"只有——一周一天——"

"因为这个,你现在处境有点尴尬,"我说。下星期我要到这里来做轮班的文书工作。我在哪里填表并不重要,没人需要知道这个,"可是你并没有亲眼看到马西森医生写了单子。"

"她是十点半下来的,然后马上又走了。"

"那你是什么时候去吃馅饼的?"

"十一点。我离开的时间最多只有20分钟。"

"你还记得她穿什么衣服吗?"

"她的医生制服。"她擦去眼中的泪水,"戴着一顶外科医生的女帽,下面还塞着卷发棒。穿着她的其中一套西装,还有——长裤,你见过的。"

所以她并没有打算换身衣服再去参加午宴。"谢谢你,里金斯太太。你帮了我一个大忙。如果你又想起了昨天的其他事情,可以打电话到我办公室吗?"

在曾写过特别说明的那页值班记录,我又写下**"请忽视,事情已解决"**,她向我表示了感谢。

上楼时,我用另一只手接过那片温热的、经过试验的陶片。我在三楼停了下来,敲了敲马西森医生的门。

"门没关。"她叫道。

我打开了门，里面的空间足以容纳四个我的办公室。我把那片温暖的茶壶陶片放进口袋，穿过宽大的松木板，把检查表放在她的桌上。

她拿起文件，摘下眼镜，专注地看着表上细小的字迹。"为什么要做环境检查？"

"我的一个病人……"

"你是在调查病人出院的情况吗？"她把眼镜塞进白大褂的胸袋里，站了起来，"跟我来吧，我正要去查看护士们的情况。你要检查哪个病人的家？"

我替她开了门，站在旁边等她锁门。"尼克·埃利奥特。他前天晚上在急诊时死了。"

"尸检结果如何？"她迈着轻快的步伐向楼梯间走去，高跟鞋踩在地板上咔咔作响。

我连忙追上去，"尸体昨天被下令火化了。我去检查的时候，他的遗体已经不在了。"

她眯起眼睛看了我一眼，"所以，你现在想扫清谜团是吧？"

她走在里边，左手扶着栏杆走下楼，一路回荡着轻快的脚步声。

"尼克·埃利奥特告诉我他被下毒了，"我说，"他的症状让我想到了砒霜。"

"他准是呕吐了。你检查了他的衣服？"

"衣服已经被停尸房的工作人员烧成灰烬了。"

"所以你只有他的口头声明而已。"她把表递给我，"我不能批准这个行动。"

什么？"马西森医生？"

"你管得太多了，迈尔斯。我不是说你软弱。你勤勤恳恳，做事一丝不苟，还富有同情心。正是拥有这些品质，所以你成了我精神科最好的医生。但你还没有决定要让谁出院，我需要你下周把那些床位空出来。"

"这就是为什么你——"

"两天内我需要16张空床。我不需要你去挖掘那些廉价小说里的秘密。把死亡归为疑似凶杀吧，然后抓紧把事办了。"

怀疑是凶杀案，却没有验尸医生的报告？警察连根手指头都不愿意动。我只能自己做点什么，我是唯一可以开展正式调查的人了。

没有一个正式的理由对我来说重要吗？我必须弄清他遭受了怎样的对待和背后的缘故。除了我和亨特先生，没人可以为他挺身而出了。该死的，她为什么不签字？

除非是崔斯坦猜对了，而我错了。

"马西森医生，下令将尸体运走和火化的人，名字首字母缩写是E.M.，"我说，"是你吗？"

她睁大了眼睛，"辛格医生。你是不是——"

"迈尔斯！哦，真凑巧。"

格雷丝站在大厅的人群中，手里提着一个午餐草篮。盖子半掩着，一对酒瓶的瓶口从一侧露了出来。

"格雷丝，你怎么来了？"

"我想和你一起吃午饭，"她说。就像她小时候一直渴望的那样，一篮子午餐，上面铺着一块布，哪怕只是在游戏室里吃。她还记得那些时光吗?她向马蒂伸出手,"马西森医生,你好!"

马西森医生站直了身子,"你好。谢谢你对博勒加德退伍军人医院的捐赠,真是令人敬佩呀。"

"这件事挺有意义的,"我妹妹说,"恐怕被你发现了,医生。我是来引诱我的老朋友和我共进午餐的。昨天我们几乎没有时间来好好叙叙旧。"

她先是出现在我家,现在又提着野餐篮子来了。"我下午还要巡视病房呢,格雷丝,我不能把一天的时间浪费在一瓶酒上。"我说。

马西森医生拍了拍我的手,"我会重新给你排班的,迈尔斯,别担心。和你的朋友好好享受午餐,然后抓紧给我挑选出16个床位。如果你还不死心,再来我办公室敲门。"

她大摇大摆地走向护士更衣室,已经不需过分在意她对我推迟工作的不满。格雷丝又提起篮子,懊悔的笑容里还存有一丝少女的痕迹。

"就算得到许可,工作量也不会减少呀。"

她的捐献也许就是一张收据,整个医院都会向对他们最慷慨的恩人鞠躬。但我清楚自己的职责。"我还有一大堆文书工作要做,我不该错过今天的值班。"我说。

"就今天嘛,迈尔斯。带我去你的办公室。"

"这不就是个有窗户的杂物室嘛。"

"至少景色不错,"我咕哝着说,"怎么没人注意到这里的风

WITCHMARK / 107

景呢?"

"因为他们得尽量不让膝盖擦破皮,在碰到——任何东西的时候。"格雷丝侧着身子,文件柜和书桌之间的空间十分狭窄,格雷丝只好侧身穿过。

"我不会在办公室看病的。"我清理了书桌上的钢笔、墨水瓶和抹布,把一叠需要存档的报告丢在窗台上,"我这一般也没有客人。"

她低下了头,"我就是想见见你。"

"你昨天不是见过我了吗。还见了两次。"今天早上我去了洗衣房,踩到了她那倒霉的茶杯碎片。我有种不祥的预感,格雷丝要出事了,"你为什么要见我?"

她抚摸着我的脸。我顿时紧张起来,但没有退缩。"见到你的感觉有点不大真实,迈尔斯。我还以为你死了,尸骨腐烂在兰尼尔充满血腥的大地上。"她说。

"我确实应该死在那儿的。"我说,"很多人都是这样,但我却没死。"

"你还不明白吗?我需要看到你活着,平安无事,过着你应有的生活。"

那种生活可不是住在一个单间,做一名博勒加德退伍军人医院最不起眼的医生。"我对现状很满意。"

她翻了个白眼,"都别闹了,迈尔斯。我很抱歉打扰了你的生活,下次我们去餐厅。"

然后被人发现一起出现在公共场合?"我们不能去餐厅。"

"那就去酒馆吧。你喜欢的那家,罗巴克。"

我仿佛被什么噎住了,"格雷丝,罗巴克是一家……一家男性活动场所。"

"我知道,迈尔斯。我又不是小孩。"格雷丝打开了酒瓶。她从篮子盖上取下瓷质汤碗和镀银餐具,又从温热的钢锅里舀出蟹肉汤。

"是蟹肉汤呀。"

"不喜欢吗?"

"不喜欢也得喜欢,"我说,"这道菜咱家的菜单上不是也有,每周要吃三次。我很惊讶你也会做。"

"我以前在酒馆里吃过,而且当时没有把自己完全隐藏起来。"

"为什么要这样?"我问,"会被发现的。"

格雷丝得意地笑了,"大家都以为你是学生时代的宠儿。看来我还是没有消除任何人的偏见。"

"可你都快要结婚了。"

格雷丝掰开了一个小圆面包,里面还冒着热气。她涂上黄油,递给了我。"你不出席我的婚礼只会让人们更加相信你是我的挚友。现在一切都很好,迈尔斯。喝你的汤吧。"

汤里加了酒,味道很清淡,里面放的香草比我以前喝到的清香味更浓。"所以你给医院捐了一大笔钱。"我说。

"我还觉得捐得不够呢。你真的走不开吗?"

"真的不行。"

"我能为他们做的只有这些了,算是一份道别礼物吧。"

我放下勺子,"什么?"

"我知道该怎么做。"格雷丝靠着碗,手肘稳稳地撑在桌上,"开一家你的私人诊所吧。"

"不要。"

"听我把话说完。你在城里的每一家医院都有特权——"

"我不需要特权,除非我在做手术——"

"完全可以的,"她说,"这样永远也不用担心被人发现。"

哦,那当然。我向后一仰,"因为我的病人有可能是百大家族的。如果来一个需要专属服务的病人,那可得用魔法来给他们治病。"

"没错。"

"不应该这样,格雷丝。"

"这不就是你离开的原因吗?"她问道,"当大家都说次巫只会玩愚蠢的把戏时,你却想成为一名医师。你已经证明他们错了,你回家后——"

"然后同意被你进行力量缔结。"

"就可以去行医了!你也可以向其他次巫展示一下,该如何让自己的能力有用武之地。你可以激励他们!"

"为什么?这样就能对他们的主人更有利用价值?"

格雷丝皱起了眉头,"没有人会那样想。"

"父亲不就是这么想的。"

"我们这代人不会这样,"她说,"我们可以改变这种文化,迈尔斯。我们可以做得更好。你要清楚一点,我不会强迫你,让你屈服于我,更不会像其他所有风暴歌者那样,对次巫做一些自己期望的,很可怕的事情。"

"所以我们要以身作则。"

"对！没错。我们将引领新的潮流。"

"可我必须放弃这里的生活，还有我的工作。"

格雷丝环视了我办公室，"我明白了，这里有太多东西让你留恋了。"

"他们需要我，格雷丝。"

她把注意力转移到我身上，整个喉咙都在努力抑制着翻涌的阵阵情绪。"我也需要你，迈尔斯。我曾为你哀悼过，不停地梦见你成了一个幽灵，而你其实一直都活着。现在正是我需要你的时候。"

"是需要我，还是我的服从？"

"我需要我的哥哥，我们的家庭。我知道你和父亲从来没有达成一致过，但你现在有了筹码。"

我把脸变回一副不动声色的样子，额头上那惊讶的皱纹也松弛了下来，"我只是一家退伍军人医院的科室医生，工资很低。这个筹码根本就不值一提。"

"你昨天至少募捐了五千元。"她指出。

我眯起眼睛。她转移了我的注意力，让我一直争论是否有筹码。"格雷丝，你是不是有什么瞒着我？"我问。

她抿了口酒，"我本来打算晚点告诉你的。"

"在我接受你对我生活的改造之后吗？还是好好地奉承我之后？还是让我再次尝到留下的美好生活之后？要有对付父亲的筹码，格雷丝，这意味着权力。"

格雷丝把脸望向窗外。

没人能控制我父亲。他是女王手下隐巫者中的首席法师。他是王室大臣，很受康斯坦丁娜王后和理查德王储的器重，但这也有争议。

"我没有权力要求父亲，除非我有他需要的东西。"我看了看自己的手，"他是不是病了？"

她一直不敢看我，"很抱歉，我应该早点告诉你的。"

一丝疼痛感在我胸口裂开。愚蠢。我更应该知道的。"所以他不需要我，只是想要我的才能罢了。你还给他买了下来。"我说。

"他真的需要你，迈尔斯。他非常想你。他收到你失踪的电报后，简直狂暴得像一股摧枯拉朽的自然力量。"

"他是不是还在安全委员会工作？还是说疾病使他行动迟缓了？"愤怒和疼痛在我胸中熊熊燃烧。这就是与妹妹重逢的代价：把目光从她手里拿着的笼子上移开。

"有时候，他只能在病榻上工作，"格雷丝说，"偶尔他还能勉强坐坐马车。他无法召唤其他巫师，这个霜夜我们还有要事要办。"

"他病了多久了？"

"一年了。"她垂下肩膀，"三周前病情还恶化了。"

"你会在冬天歌唱吗？"我问。

"今年是个风暴年，迈尔斯。我们必须小心应对。我从来没有唱过冬天的歌，今年又是风暴年，父亲还病得很重。"

"他是去年病的？"

"对。"

"有什么症状吗?"我希望我能收回这句话。

"胸痛,虚弱,呼吸困难,"格雷丝说,"有时候休息下症状就会减轻。要是日子不太平,什么都起不了作用。"

任何事情都有可能发生,但绝不会是好事。"你还没结婚,也没有让任何人成为你的羁绊。"我说。

格雷丝闭上眼睛。我知道她看到了什么。

"如果他死得太早,你会成为隐巫者主音吗?"

她嘶嘶地吐着气,瘫倒在我的客用折叠椅上,"我的支持率还不够。"

"因为谁呢?"

"珀西·斯坦利爵士。"

鲜美的杂烩汤在我胃里凝固了。反战的论辩家称兰尼尔战争为珀西爵士战争,毕竟其作为国防部长,这种指责不算离谱。如果斯坦利不想打仗,战火也不会燃起。但是,他觉得驱逐艾兰大使馆已经是对他的侮辱了,因此他派出了10万士兵,装备上皮带式连发步枪、燃烧弹和肩炮,去杀死那些手持长弓和长剑的农民和工匠。

我看不见格雷丝拿着毒瓶的样子,但我能见到珀西爵士下达的命令得到执行。

我把手伸到桌子对面。格雷丝抓住我的手,用手指在上面轻捻着。我们就坐在冷却的大杂烩碗旁边。

茶杯碎片让我心烦意乱。要是我知道的话,我能阻止吗?她在茶叶中的命运是否意味着她将失去她的地位?

如果珀西爵士成为隐巫者主音,我妹妹设想的改革就不会实现。斯坦利把他的长子当奴隶，用一个电池来增强他歌唱风暴的力量。我毫不怀疑，达西和萨拉·瓦利太太的婚姻是经过安排的，目的是要培养那些真正的人才，让他们回归斯坦利家族。

我喜欢达西。我留下的朋友们很依赖格雷丝的统治。我不会把自己拴在她的事业上，即使那样很高尚。可父亲一去世，她就没时间了。

我可以给她争取时间。

"我可以给父亲做检查，但我有前提条件。"我说。

"告诉我你需要什么，我来安排。"

"这可是一份要求清单。"

"没问题。"格雷丝说。

仅有一次她听到要求后和我争辩，但最后我还是如愿以偿了。

"把酒瓶留着吧。"格雷丝把野餐篮的盖子盖上，叠在脏盘子上，"你想要什么我都满足你。"

我帮她穿上外套，陪她走完所有楼梯来到大厅，心里想着自己有幸给予一位女士这样的礼遇。病人们盯着她看，但她那银狐色的外套和时髦程度使他们不敢向她打招呼，或是试图吸引她的目光。只有比尔·派克是个特例，他离开了自己的床，通过无线电收音机听着下午的戏剧。他盯着格雷丝，脸上燃起了熊熊的怒火，他的拳头紧握，嘴唇动了动，口中嘟囔着什么。

我们快到门口时，他们开了门。亨特先生走了进来，一看见我就笑了，"迈尔斯。"

椅子在抛光地板上发出了摩擦声，让我的注意力又回到了收音机上。比尔跳了起来，那因恐惧而发亮的眼睛直盯着崔斯坦，嘴巴张得大大的。他匆忙溜走时摔了一跤。

"什么——"

"迈尔斯，这位是？"妹妹在我身旁僵硬地说道。

我皱起眉头，"格雷丝，这是我的……朋友，崔斯坦·亨特先生。"

我瞟了一眼比尔，但他已经走了。

她的手紧紧搂住我的臂弯，我跌跌撞撞地向前走去。"亨特先生，这位是格雷丝·汉斯莱爵士，女王陛下的皇家骑士。"我介绍道。

崔斯坦脱下帽子，鞠了一躬，"你好！"

格雷丝站着，挺直了双腿和肩膀面对着他，满脸敌意。究竟是——

她当然可以看到崔斯坦的面纱魔法。

"格雷丝，"我温和地说，"亨特先生是我的朋友。"

她继续盯着他，"的确如此。"

"格雷丝。"在她的抓握下我活动了一下二头肌，作为警示，"大家都看着呢。"

她把下巴挪开，注意到了自己的神情，"对不起。我该走了。"

她吻了吻我的脸颊，那血红色的唇膏在我脸上留下了印记。她又用充满敌意的目光打量了崔斯坦一眼，然后大步走出了医院。

崔斯坦看着她离开，盯着门关上。

我清了清嗓子，"你来这儿干吗？我以为你得晚点才到。"

他回头看着我，注意力集中在我脸颊的唇印上，"我打断了你和你——"

我靠近他，压低了声音，"我妹妹。这是秘密。"

"你的……哦。"崔斯坦摆弄着他的帽檐，"我正要告诉你，我的马车夫迈克尔有急事，所以我们没有马车坐了。"

"你有自行车吗？"

他点了点头，"我在来的路上买的。但我还有其他安排，所以我会迟到的。"

"顺便说一句，我也会迟到的。你好了再来接我吧。"

"好的。"他直挺挺地站了起来，又恢复了格雷丝吻我时暂时失去的那种居高临下、从容不迫的姿态。一想到崔斯坦刺痛了我的心，我的胸膛里蹿起了一丝火焰。

那使我成了一个傻瓜。"你有关于尼克的线索吗？"我问。

"我发现一个女人声称自己是灵媒，她要到三点才接待客户。"

我歪了歪脑袋，"跟你的使命有关吗？"

他对这个老式的词笑了笑，"是的。"

"祝你会谈顺利。"

"谢谢你。"他停了一会儿，想找点话说，"很期待同你共进晚餐。"

他低下头，用那双蓝眼睛盯着我，然后转身离开了医院。

我的巡视时间比平时晚了一个小时，轮班结束后，我还有一个令人不安的任务，就是选择16个病人出院。小杰拉尔德和老杰拉尔德都得走，所以我把他们的名字写在一张名为"出院"的单子上。比尔则在标有留院的名单上。留院名单上的人比出院名单上的人增长得更快。

我把第五个名字加到出院名单上，沿着我的指关节在名单上涂抹着墨水。这件事今天是办不完了。我也不打算在一天之内安排给父亲治病而不让他知情。我从尼克·埃利奥特那取回的信还没有打开，就放在我的桌子上，等着崔斯坦的到来。

也许接受如此亲密的邀请是愚蠢的，但我被他吸引了，我想得更多的是接近他，而不是我是否会在他的火焰中燃烧我的翅膀。

我的门前响起了敲门声，罗宾的身影定格在门前的磨砂玻璃上。

"进来吧，罗宾。"

"迈尔斯，我听说你少年时的朋友给医院捐了五千块。"她关上门，靠在了门上，"那些钱足够重新整修两间手术室，供所有工作人员使用了。"

"有趣的是，我听说那些钱足够把普通内科的每张床都换成新的，还能多支付五个护士的薪水。"

她露出了牙缝，"你的消息来源有失偏颇。"

我把笔放下，"我想问你一件事。"

她坐在我的办公桌角上,拿出烟草袋卷好一支香烟,"拿去吧。"

我如饥似渴地看着烟草,"你有没有听说停尸房需要消毒,或者遇到紧急情况,必须将所有尸体火化?"

罗宾歪着头,"我没听到有任何紧急情况。"

我向后靠在椅子上,咬着指关节,"快给我一根吧。"

"算了吧,"罗宾说,"倒霉日才可以。"

"我觉得有人故意毁了尼克·埃利奥特的尸体,这样我就没法检查。这还不够糟糕?"

"不够。"她舔了舔纸上的胶水,封好了一个完美的圆筒型香烟。就算用我这双外科医生的手,也不见得会做得更好,"为什么会有人做这种事?"

"不让我知道他死于谋杀。"

"谋杀。他被下毒了?"

"不知道。我还没做过尸检。"

"他说他被谋杀了。"罗宾抬头看着天花板,"但他的声明是唯一能让人怀疑的理由。"

还有我触摸他时看到的东西,但我不能告诉罗宾。"但在我查出他的死因之前,他的尸体就已经消失了。"我说。

"告诉警察了吗?"

"没有尸体,谋杀就不成立。"

罗宾的嘴抿了起来,"迈尔斯,别管了。"

"为什么?"

"如果你说得对,那是谋杀,有人处理了他的尸体……那他们为什么不把你也处理掉呢?"

又一个影子落在我办公室的门上。罗宾把她的烟丝放在桌子上准备打开。

"亨特先生。"她鞠了一躬。

"索普太太。"崔斯坦弯下腰,握住她的手,"最近还好吗?"

"我很好,谢谢你。你是来打听尼克·埃利奥特的事吗?"

"我承认,我确实很好奇,但我遇到了另一件事。"

我清了清嗓子,"亨特先生要去……请我吃饭了。"

罗宾的眉毛扬了起来,"真的吗?"她回过头来,盯着崔斯坦看。

"我保证十点前把他送回家。"

她嘲弄地笑了笑,"见好就收吧,亨特先生。"

她拿起烟袋,期待地站在崔斯坦面前,崔斯坦在门口退了一步,让她过去。

他随手关上了门。"要是我伤害了你,她准会把我碎尸万段,"他笑着说,"她甚至无须多言。你建立了一段真正的友谊,迈尔斯。"

"她从未见过有人说要来看我。"

"我质疑这个城市所有男男女女的品味。"

我的脸火辣辣的,"你的调查进展如何了?"

崔斯坦做了个鬼脸,"很遗憾地说,灵媒是一种骗局。"

"很抱歉。"

他靠在我的桌子上,叹了口气,"照这样下去,我会揭穿金斯顿每一个要把戏的人,想弄清楚你们为什么还活着。"

我眨了眨眼睛,"什么?"

"这是什么?"他拿起尼克·埃利奥特的信,"你还没打开呢。"

"我在等你。你说我们为什么还活着是什么意思?"

"你居然还没打开,真是难以置信。你可能从来没有去找过新年礼物。"

果然,没有格雷丝指挥就不行。"我有毅力。"我说。

他轻轻地笑了。"我知道。"崔斯坦把信封翻了过来,"纸质不错。还是那个很流行的出版商?"

我指了指书架上的廉价小说,"这些都是金钥匙出版的。"

"这是……"他拿起我的开信刀,划开了信封,"哦。昂贵的信封,廉价的信纸。"

我闻了闻空气,"桶印的。"而且是手写的;墨水在薄纸上以粗体字和黑点流淌着。

"很好奇。"崔斯坦打开信,扬起眉毛大声读道:"先生您好;感谢您最近给金钥匙出版社投稿,但您的手稿不满足出版商的需要。希望您能把稿件投到别处。"

"哎哟,一封满嘴套话的样板信。"

他把纸拿到我面前让我看。我靠在他的肩膀上。在紫黑色的墨水下面,整齐的蓝色字体写着:

"尼克:如果你的编辑不想要的话,我也不要。"

纸条上的签名是 L.R.。

"对于一个陌生人来说,这个后记过于私人化了。"崔斯坦说。

"不要什么?"我问道,"如果 L.R. 说尼克的报纸编辑不喜欢，那就不是小说。"

"不管是什么，我觉得最好去报社问问。"崔斯坦把信塞回信封，"你准备好了吗？"

"亨特先生。"

尽管我们已经近在咫尺，但他还是转过身来，"总有一天你会叫我崔斯坦。"

我咽了咽口水。离得如此之近，我能感觉到他身上散发出的能量，他等待我说话时的紧张。"我想让你教我如何伪装我的力量。"我说。

"当然可以。你还想学什么？"

"我看不到别人身上的魔法，除非我碰到了他们的皮肤。"

"精彩的第一课。别动。"他把手伸向我的脸，"你的睫毛……"

我一动不动。光滑的手指拂过我的脸颊，一根短短的、弯曲的睫毛搭在他食指背上。"你小的时候，是不是对着这些许过愿？"

他手指滑过的感觉停留在我的皮肤上，那温柔的触感不断徘徊着，再次抚摸着我。我还能说话，但声音嘶哑了。"我们确实有。"

他的手更离我的嘴更近了，"别告诉我那是什么。"

"如果我不知道许什么愿呢？"

他笑了，"这是我们小时候从未遇到过的问题，许愿的时候要多为自己考虑，迈尔斯。吹吧。"

他曾经是个孩子。我把这个想法抛到脑后，吹了一下。我的愿望并没有什么言语，但闻起来有茴香味。扑哧一声睫毛，不见了。

"做得好。"崔斯坦把我的围巾绕成一圈,挂在我脖子上。我站在原地等待他的关怀,因为我很傻,还很鲁莽。

我退了回去,扣上了我的外套,"因为许愿吗?"

"因为自私的愿望。"

热气刺痛了我的皮肤。

他掏出手套,调整了下帽子,"吃过晚饭我们就开始训练。"

第十章 哈尔斯顿街西1703号

穿过医院大厅时，我有一种被监视的感觉，当我从手术帐篷里出来抽烟时，这种感觉让我想躲到掩体后面。来自……那里。

崔斯坦碰了碰我的肩膀，"迈尔斯？"

"那边那个，拿着报纸的男人。"我仔细打量着他外表的每一处细节，从那顶崭新的帽子，到涂了蜡的齐整胡子，再到那卷起的裤腿。每一针一线和皱褶都展示着他的阔绰。在退伍军人医院晃悠，这些钱显得太多了。

"他怎么了？"

"没什么，"我说，"我们走吧。"

我解开自行车链时，那个陌生人用胳膊夹着报纸离开了医院。他拐了个弯，我一拉链子，他就不见了。

"就是那个人？"

"是的，"我说，"没什么事。"

"也许。"崔斯坦沿着栅栏往上挪了一点，解开了一辆自行车的链子，上面所有的小装饰使其符合了富人的坐骑标准——管子和挡泥板上的手绘卷轴,全封闭的链盒,帅气的双弹簧皮鞍和轮锁——等着把我和崔斯坦带到街上。

对于那些不习惯的人来说,金斯顿下午的自行车车流会让人发毛。你加入了一个自行车队伍,然后向前移动,直到你成为领先的骑手。汇入车流有一些微妙的迹象、礼仪和习惯,我们从未考虑过,直到有人来捣乱。崔斯坦跟在我后面,喊道:"哈尔斯顿街西17号。"

这是一个很好的社区,两边都是又高又窄的联排别墅,中间都有个小花园,里面种着苹果树。我按了两次铃,喊了一声"新鱼",前面的一些骑手挥手向最近的两轮改装自行车致意。

我们落入了一群穿着麻袋装、闪亮皮鞋的男人中间,多半是职员或经理。崔斯坦在我旁边踩着踏板,咧着嘴笑。"真是让人耳目一新,"他说,"骑自行车的好处还挺大嘛。"

"你打算解雇迈克尔,是吗?"

"再过几天就好了。"他回头看了又看,"不要往后看。"

我忍住了附和他手势的冲动,"什么?"

"医院的人就在我们后面。"

我瞥了一眼车把的后视镜,看到有女人骑在后面。"他可能在忙自己的事。我们下个路口右转吧。"我说。

我们离开了车流,向南转弯,这次我的镜子捕捉到了他——在一个偶然的距离,但他已经转到了我们的方向。

"在那条小巷左转。"我说。我们不得不急转弯才能过去。我们伴着餐厅垃圾和油桶的臭味骑着,避开停在路边的马车和马粪,鹅卵石弄得我的骨头咯咯作响。

崔斯坦加速向前，然后左转，我们又回到了平坦的柏油路上。那个留着小胡子的人使劲踩着踏板，追着我们。

肾上腺素在我的四肢上激增，我更用力地踩着踏板。"左边，"我叫道，但当崔斯坦冲出空隙，转身回到韦克菲尔德街时，我向右躲闪，几乎挡住了缓慢移动的车流。

他们对我大喊大叫。"卑鄙小人！乱骑车！"其中一个甚至说我是一个排泄器官，但我看着车镜。左边还是右边？他想要我们中的哪一个？

他右拐了。那就是我了。尽管如此，我还是笑了。如果他要的人是我，他就得抓住我。

我抄了近道，把车骑进十字路口，然后一个急转弯，直奔一个又短又陡的小山。爬上去吧，该死的。让我们看看你的表现。我踩上踏板使劲蹬，但他的身体素质比我想象的要好，很快我就飞驰在一条人流密集的街道上，人们从一家店到另一家店交错而过，去办一天的杂事。我按着车铃，大声警告，躲避着惊慌失措的顾客，他们对我挥舞着拳头，然后当我的追兵飞快地追来时，他们又愤怒地叫喊着。

当我冲进另一条鹅卵石小巷时，我举起一只手，做了一个普遍表示侮辱的手势，惊动了一辆马车。他会对我厌烦的，然后热血沸腾，像这样追着我。如果他头脑冷静一点，就会让我继续骑走。

一切都明朗了。我穿行在小巷楼房晾晒的衣服中，裤腿在风的吹拂下轻轻地在我的背上摆动着。一只猫看到我过来，飞快地跑到安全地带。我蹿到街上，双腿打颤，追我的人也跟了过来，他那因骑行而发红的脸上留着一圈黑胡子。

我转过一个弯,崔斯坦朝我骑过来,从我身边经过,专注地盯着那个追我的人。当我弯下腰去加入崔斯坦的追击时,我感到心情澎湃。现在与他对峙的有两个人,我们便成了猎人,他想逃离崔斯坦狰狞的面孔,于是沿着光滑的黑色道路飞奔,试图远离我们。

但他并不是每天下班后都要骑5英里的上坡路,也不是每天都要在楼梯爬上爬下。我们赶上了他。他尝试用突然的转弯和刁钻的动作把我们甩开,直到我们来到国王大道,火车过街栏杆在街对面降了下来。

火车驶来了。现在他就在我们面前,我打算多问他几个问题。

但他踩得更猛了,直奔铁轨而去。我们离得很近,铁轨上方裸露的铜缆在我耳边呜呜作响。那名骑手从铁轨上冲进火车轨道时,火车喇叭警示性地发出了可怕的号叫声。

铁轨在尖叫,机务员试图刹车,但一列客运列车需要四倍于自身的长度才能紧急停下。在降下的栏杆处等待的骑手们大喊大叫,有的人把目光移开——

我们的猎物在铁轨上飞奔,像一块湿滑的拳头上的肥皂一样射了出去。

当那个留胡子的男人跑掉后,火车才逐渐停了下来。

崔斯坦靠在车把上,喘着粗气,和我对视后,他咧开嘴笑了,"真有意思。"

崔斯坦是个疯子。但我也一样,因为胸中冒泡的感觉让我想笑。追捕我们的人逃了，但我们扭转了局面，结局非常不错。

"你看清楚他的长相没？"我把声音放低，"他是巫师吗？"

"看清了，没错，是个巫师。"崔斯坦评价道，"跟我回家吧，吃到肚子爆为止。我们要努力调查。"

崔斯坦的两层公寓是一个镜屋。墙上挂的不是艺术品和照片，而是镜子，镜框是用镀金和紫檀木以及手工摩擦的白桦木制成的。我有六英尺高，他家伞架旁的镜子比我还要高几英寸，镜框上雕刻着丝带花环和从裂片橡木叶子后面露出来的林地生物。一模一样的银框镜子两侧是通向厨房的狭窄走廊，崔斯坦在厨房亲自准备晚餐。

我还在为我们的冒险而感到精力充沛，但兴奋却变成了惴惴不安的神经压迫。那个人一直在等我。当我们把猎人变成猎物后，我的内心开始颤抖：杀害尼克的凶手知道我参与其中。

我那烦躁的手指转动着雪利酒杯，看着崔斯坦穿着衬衫在里面忙活。他厨艺高超，拿刀和锅的动作十分优雅，毫不拖泥带水。

"你似乎很惊讶嘛。"

"我还以为半神国人不用……"

他笑了，"不用吃饭？"

"不用做饭。"

"什么，我们难道会用魔法变出美味？"

我耸耸肩，略表尴尬。

他眨了眨眼,"这倒是真的。"

他把牛排切成片,放入油锅煎,然后端来几块牛排和各种温室种植的蔬菜,配上棕色蘑菇。

"我还能变出更多呢。"他劝我多吃点,"这是燃料,你的身体所需。"

我一直吃到眼前游动起黑点才停下来,然后他把我带到客厅。我站在门口,这一切都看在眼里。没有一件家具是相匹配的,但都是簇绒的填充品,到处都是用鲜艳的布料和轮廓突出的刺绣做成的靠枕。这简直是杂货铺、女士私人会客厅和绅士的卧房的结合体。只是还差一只猫而已。

"你怎么不说话。"

"不知道说什么。"

"哦,体验一下吧。"崔斯坦趴在一张铺着鹿皮的躺椅上。

"看起来很舒服嘛。"的确如此,这是一个可以让人放松的房间,可以抽烟,可以彻夜长谈。这是一个为闺蜜好友而准备的房间,而且不只是陪伴。真惬意呀。

"我家和你想象中的不太一样吧。"

"我的意思是,你和我想的不一样。半神国人是让人敬畏和恐惧的对象,而你……"

"你知道保持威严有多辛苦吗?在宫廷上层是很累的,我在尽可能地逃避。"

"宫廷上层是什么样子的?"

他捂住眼睛,"彬彬有礼,举止得体。美妙而又危险。每个人的背上都悬着一把刀。"

"听起来像卢卡斯的宫廷,在百大家族反对他,抚养阿格尼斯女王之前。"我走了两步来到一把扶手椅前,一屁股坐了进去。我的肘部撞到了一根人工吹制的玻璃水管,我弯下腰去闻了闻。

"大麻。"崔斯坦说。

"如果是鸦片,那就意味着一次教训。"

"我是个好孩子,医生。娱乐,而不是毁灭。"他坐起来,拍了拍身边的地方,"坐这儿吧。我想知道一件事。"

我坐在他旁边,与他的腿部保持一定距离,"你想知道什么?"

"你们为什么要迫害可怜的巫师?你为什么说他们会发疯呢?"

我眨了眨眼睛,"是他们干的,他们一直都这么干。"

"但是你的人民,贵族们——他们就没有?"

"嗯,没有。他们和其他人一样,容易陷入忧郁或过度兴奋,但巫师就不同了。"

"不是吧。"崔斯坦说,"区别在于财富和权力。你有,而他们没有。"

我摇了摇头,"巫师可不像法师。"

"真是势利,迈尔斯。你有什么证据?"

"但他们确实会发疯。有这样的案例,而且还不少。"

"你见过巫师吗?"

"见过一次。她在审判中被证实了巫师的身份。她当时在金斯顿精神疗养院等待转运。"她被缔结了羁绊,所以她不能伤害自己,但她已经不能反抗,不能流泪,也不能沉入自己的内心深处，以逃避发生在她身上的事情。

她一看见我就尖叫起来，脸色气得很难看。她已经知道了。她能从我身上看到。她恨我，因为在她被束缚的地方，我是自由的。

我不怪她。

"那也只有一个。"崔斯坦打破了我的幻想，"一个巫师疯掉就是证据吗？"

这个问题很刺耳。"要是他们没有发疯，我们为什么要把他们送到精神疗养院？"我问。

"为什么呢？确实是这样。"

他暗示的不可能是真的，这肯定有区别，否则他们为什么会被送走？"你是说这是谎言？他们……被清除了吗？"

"你知道听证会吗？"

我耸了耸肩，"只在报纸上读过。"

"我参加过听证会，读过笔录。你知道指控巫师发疯最常见的证据是什么吗？"

"错觉。"

"具体来说，这种错觉会促使他们指控其他人是巫师。他们通常管社会最上层的人叫做……皇家骑士。"

晚餐塞满了我的肚子。"但这是……"

"真的，"崔斯坦说完，"对不起，迈尔斯。作为一个精神病医生，我以为你知道这些。"

"我们有自己的专长。"有多少巫师去了精神疗养院？在启蒙运动之前，有多少人走上了绞刑架，让人们相信巫师不是邪恶的，只是疯了而已？有多少人被踩在下面，所以我们百大家族才能大摇大摆地走路，过着自由自在、有钱有势的生活？我喉咙里有了个疙瘩，怒气偷偷蹿上了我的舌尖，玷污了我的舌根。一股仇恨感瞬间袭上心头。我讨厌他们；我讨厌我自己。

"迈尔斯。你的族人，法师们。你们为什么要彼此奴役呢？"

"只有一种法师很重要：风暴歌者。"

"你又不是风暴歌者，所以你不重要？"

"不能控制天气的人都会被缔结羁绊，所以风暴歌者可以像使用行走的电池一样，汲取次巫的力量。"

"为什么？"

"权力，"我说，"团体仪式会从每个参与的法师身上夺走最后一丝力量。如果有人想出了如何同时缔结两个次巫，并在不先杀死一个的情况下同时汲取两个次巫的力量，他们就会这么做。歌唱风暴就是这么重要。"

"所以你的族人会认为你是在否定自己的力量，以达到他们的目的？"

"是的。因为我逃跑了，我会受到极端的控制。"

崔斯坦伸出手，但在碰触我之前又抽了回去，"你想回家吗？"

"不想。"我不想独自面对这个问题。我可不想躺在我那凹凸不平的床上，感受这种恶心的愤怒。我需要把问题先放到一边，以后再考虑。"教我点东西吧。"我说。

"首先你必须学会不带触摸的观察。这是心理上的障碍，但并不难解决。"

这件事被搁置了。一股感激之情让我感受到了温暖。"我该怎么办？"我问道。

"选一面镜子吧，"他说，"一面能同时看到我们的镜子。看着镜中的影像，让你的思绪自由发散。你需要一种特定的意识状态来让它起作用。"

"什么样的状态？"

"照镜子。"崔斯坦说。

我定了定神，选了一面框架最简单的镜子，"现在要干吗？"

"一直看着，直到你厌烦得要哭出来为止。"

"然后呢？"

"继续看。"

几个小时过去了，崔斯坦已经读完了一本书。我烦躁不安，努力保持不动，把游移不定的心思拖回正轨，最后叹了口气，"这样不行的。"

"你是不是想太多了？"

"可能是吧。"

"你在想什么？"

过去的一分钟里，我一直在痴痴地盯着他那挺直的鼻梁，关注着他那勤奋的阅读方式。在这个房间里懒洋洋地看书，喝白兰地，聊天，看书，或者……想必会很惬意。

这些我都不能说。"我必须学会如何做到这一点。这可以帮到我的病人；保护我的安全。很多事情都得靠这个。"我说。

"果然想太多了。"崔斯坦伸出手，"摸摸我的手。"

我凝视着他的影像，闪闪发光，我坐了起来。崔斯坦放开我的手后，影像的变化又消失了。我坐回垫子里，"我永远也掌握不了这个。"

崔斯坦拉着我的手，他手掌上的老茧摩擦着我的皮肤。我凝视着他那伪装凡人闪闪发光的效果，希望在他放手后，这种效果依然存在。

可惜并没有。

"做点别的吧，"我说，"说说话来分散我的注意力。"

"我该说什么？"

"告诉我你为什么来这里，来多久了？"

"快一年了。我来这里是为了解开一个谜团。"崔斯坦说。

"你指的不是尼克·埃利奥特吧？"

"不是，我是被派到这里来查明你们死亡的原因。"

我转过头去，"什么意思？"

崔斯坦在我的手背上画了几个圈，"继续照镜子。你看到了什么？"

"我看见你了，但有一种摇摆不定的样子。你什么意思？我们明明还活着。"

"你是活着。你们艾兰国有数百万人，但你们的灵魂不会来到绚夏福地。你们已经很多年没有来过了。"

"为什么？那他们会去哪里呢？"

崔斯坦耸耸肩，"我要是知道，我就在回家的路上了。你治疗的时候看到了什么？"

"我看到了你的身体内部。"我说，"我看到了你的心跳，肺部膨胀的空气，血液的脉搏。如果你的胸部中弹了，我可以看到子弹,以及子弹路径上破碎的肉体。"

"我不知道这是怎么回事。"崔斯坦的影像摇摇欲坠,我仿佛看到了他,虽然只是水从窗口落下。

"你现在为什么到这儿来?"

"嗯?"崔斯坦歪了歪脑袋,"来金斯顿?"

"你说你以为我们都死了好多年了。为什么现在才来呢?"

"魔法开始在王国的其他地方闪烁。我们派人去查明原因。把我送到死寂之地是……后话了。"

"所以他们派你去做无用的探索?"

崔斯坦的思绪移开了,"只要不用待在宫廷,做什么都可以。你要怎么处理这颗子弹?"

我眨了眨眼睛,"什么?"

"我在问你的技术。你要通过手术把子弹取出来?"

他改变了话题,"是的。"

"我以为你想让身体自然愈合,我不知道有这么详细。"

"也许你们半神国人就是这么做的。子弹一出来,我就能让肉重新粘在一起。或者应该说我可以助推一下,然后我就会头晕目眩,世界的边缘变成黑色。"

"因为你已经达到了极限。"崔斯坦说,"取出子弹了吗?"

"枪伤是最不打紧的。手榴弹、地雷,这些才是我的致命伤。"

"你无法治愈这些伤吗?"

我的笑声很苦涩。"哦,不,我可以。我受了重伤。那些离死亡最近的人,就是未解的原因。我救了他们,很多人。"我说。

我创造了奇迹。

"你很厉害嘛。你找到了自学的方法。"崔斯坦说,"你能看到我身上的旧伤疤吗?"

我又坐了起来。

"你胸口右侧那儿,有一个伤口。它刺穿了你的肺部,击中了肩胛骨——发生了什么?"

"我挡住了一支箭。"

伤疤呈一条直线。子弹可能从他的肩胛骨上弹了回来,然后滚进里面撕裂了更多的肉。"真是不可思议,怎么弄的?"

"一次暗杀未遂。"

我眨了眨眼睛,"有人想暗杀你?"

崔斯坦笑了,"不是杀我。我是继承人的私人保镖之一,在她的孩童时期,我替她挡了一支箭。"

"真勇敢。"

他耸了耸肩,"职责所在。"

"既然你是继承人的保镖,那你来这里干什么?"

"你注意到我们没有再接触了吗?"

我们确实没有。他正坐着,双手放在了大腿上。我凝视着他的影像,注视着他跳动的心脏,倾听他那有血有肉的亲身经历。

"你的手腕骨折了。"

"学剑时摔了一跤。"

"我看见了。"

崔斯坦再次握住我的手,"你做到了。"

他变回真实的自己,我的呼吸也随之急促起来。他散发出一

WITCHMARK / 135

种力量，比我从任何一个人身上感受到的力量都要强大，无论是风暴歌者还是次巫。力量的边缘朦胧地覆盖着我的皮肤，我向他倾斜过去，就像铁被一个磁石吸引住一样。

他把另一只手放在我们之间，"等等。"

我松开他的手，捂住眼睛。

"你可以看着。"他又回到了人类的模样，眼中流露出人类的不完美和遗憾，"很抱歉，我没有想到。"

"没关系。"我站起来，"我该回家了。很可能快……该死。"

我的表滴答滴答地走着，还差一刻钟就十点了。

"太迟了吗？"

"没关系。我可以回医院去，我以前也在那睡过。"

"不然你就留在这吧，"他说，"这儿还有一间卧室。"

"我可以去康复室，偷偷睡在一张小床上。"

"这比小床还软。充裕的毯子，饱满的枕头，热乎乎的早餐。我们身材差不多，你可以先穿我的衬衫，而且客用浴室里的东西也很齐全。"

"我都是早睡早起。"早上五点半可不是绅士该活动的时间。他可能到九点才起床。

"我要生存。"他领我上了楼。

崔斯坦家客房里的深色羊毛地毯还是崭新的。宽敞的房间里还残留着壁纸胶水的气味，和下面的房间有着同样不匹配的混搭风格：宽大的床两侧的衣柜并不搭，小茶几周围的厚垫椅子像是一对兄弟，而不是双胞胎。一扇开着的门展露着一间私人浴室，冰冷的石板上铺着厚厚的棉垫。

"这搭吗?"

崔斯坦站在门口,手里拿着一件叠得整整齐齐的衬衫。我对着他扭曲的面容眨了眨眼。不管有没有触碰到他,我现在都能看出来。

"我很喜欢。"我做到了。这个房间虽然品味一般,但特别舒适。好像在招呼你钻进羽绒填充的被子里,多休息一会儿,熬夜多看几页书,然后再睡在光滑的棉被单里。

"这还没有人住过,"崔斯坦说,"你是我的第一位客人。"

"谢谢你让我留宿。"

他把衬衫拿出来,"只要我还在,你尽管住在这儿。"

"作为你的客人吗?"

"我不能要求你为了学习魔法和抓捕凶手而放弃工作。你是一名医者,你永远不会这么做的。"

"你说得对。"

他向我靠过来,"我们需要你抽出的每一分钟,迈尔斯。这是个好办法。"

我从他手里接过叠好的衬衫,"机智。"

"实用。"

他住得离医院很近,房间也很舒服。我们会在彼此的陪伴下单独度过夜晚。为了学习,为了调查。

崔斯坦又靠了过来,"说,你愿意。"

"我得早睡早起,现在该上床。"我扮了个鬼脸,"睡觉了。"

他没有收回那得意的笑容,"很好,迈尔斯。斯帕罗太太会叫醒你的,明早见。"

"我要在六点半赶到医院。"

"我可不用。"崔斯坦说,"快去睡吧,祝你做个好梦。"

褥子把我裹得紧紧的,毯子既暖和又厚实。但就在房门打开前的几分钟,前门开了,我被吵醒了。一个胖乎乎的女人走了进来,看到我醒了便低着头。

"早上好,我猜你是斯帕罗太太吧。"我揉了揉眼睛,但她指关节周围的炎症还是很明显,不见消失。

"你是亨特先生的客人吗?你喝咖啡、茶还是巧克力饮料?"

巧克力饮料?我从小就没喝过。格雷丝喜欢喝巧克力饮料,这样可以让她心情愉悦,或者作为学业成就的奖励。"请来杯咖啡吧,我是迈尔斯·辛格。"我说。

"辛格医生,我现在就去启动咖啡机。"

"你怎么知道我是医生?"

她指了指那张小小的写字台。"那是医生用的包,上面绣着香油叶,对吧?"

"对。真是细心呀。"

她耸耸肩,"我并不想打听你的私事,医生。我是不小心看到的。我现在去拿早餐。"

她关上门。我进入那间浴室,从包装纸上拆下一把新的剃须刀。关节有点痛。她的关节很痛,不管我愿意不愿意,我都看得出来。也许疼痛会平息下来,那种承载着尼克的力量的感觉已经消失了。我将迎来有趣的一天。

水龙头里的水是热的，剃须皂没有任何凹损，几分钟后我就穿着崔斯坦的精致棉衬衫和昨天的领带下楼了。斯帕罗太太站在水槽边，洗着巧克力锅。

"早上好，斯帕罗太太。"

她擦了擦手，"亨特先生吩咐我要弄清楚你喜欢吃什么，因为这几天你都是他的客人。"斯帕罗太太给我端来一大杯咖啡和一盘奶油烤面包，"别怕麻烦，我今天要去采购。"

"吃什么都可以，我不挑食。"

"不挑呀，那你最喜欢吃什么？"

"橙子。"

"现在是季末，"斯帕罗太太说，"但我还能应付。哦！亨特先生的巧克力饮料。他让我叫醒他，他要送你。"

"我来了，斯帕罗太太。"崔斯坦拖出一把椅子，坐在我旁边，"早上好，迈尔斯。睡得好吗？"

他的头发没有像平时那样绑着辫子，散落在了棉袍的衣肩上。即使是半睡半醒的状态，他也抓住了我的心，即使我现在不碰他，也能看见那摇摆的扭曲体。他把一只胳膊放在桌子上，用一只手托着头，捂着嘴打着呵欠。"不好意思，我平时没有起这么早。"

"我睡得很好，谢谢。"我说，"你的客房很舒适。"

"愿意继续来我这做客吗？我先跟你说好，到周末我们就得自力更生了，斯帕罗太太放假了。"

周末，和崔斯坦独处。我喝了一口咖啡，争取片刻的时间来思考。我不应该这样，可我又想。

斯帕罗太太说:"他喜欢吃橙子,但坚持说自己不挑食。"

"那你就留下来吧。"

我放下杯子,"挺实在的。"

崔斯坦喝完了一大杯巧克力饮料,"你老板给检查表签名了吗?我还没问过这个。"

"没有。"

他放下杯子,"她有说理由是什么吗?"

我咬了一口吐司,嚼了嚼,咽了下去,"她说我在追逐一些虚无缥缈的东西。她让我把死亡认定为疑似凶杀,但她不想让我从其他工作中分心。"

崔斯坦眯起眼睛,靠了过来,"这也许并不能说明什么,但是——"

"她怎么会跟尼克的死有关系呢?"

"我不知道,"崔斯坦说,"但我们不能忽视这种可能性。"

"对了,我得早点走,季度单据到了。如果我们能找到尼克的信,或许可以从中了解一些东西。"

"季度单据?"

"银行对账单。里面有尼克·埃利奥特上个季度的每一笔交易,开的每一张支票,每一次存取款。"我喝完了杯子里的水,然后站起身来,"希望邮箱满满当当的。"

第十一章 季度单据

拆开一个信封后,我压抑着胜利的嘶吼。信上盖着金斯顿东部储蓄联盟的印章,有我大拇指那么厚,比起我自己的账单,这些信加起来足足有我的三倍厚。真是幸运!尼克肯定是那种喜欢开支票,不用现金交易的人,这样他的行踪就更加详细了。我迫不及待地想给崔斯坦看。

我把信封塞进医疗包里。包放在了我的仪器箱上,我只好用舌带上的最后一个孔把顶部扣上。我走到街上,哼着一支舞曲。一阵风吹起了我的围巾,贴到了我脸上。我及时把围巾拉开,然后就看到了棕色的哔叽布和黄铜纽扣,铭牌几乎撞到了我鼻子上。

我撞上了一个警察。

牌子上写着:费舍尔。内心的不安顿时涌了上来。

"对不起!"我绕着他转了一圈,包包像个铅块一样重,"我应该认真看路的。"

"没事。"警察伸手把我扶稳,"你还好吧?"

"没事,谢谢。"费舍尔警员的太阳穴有头痛的迹象。我把包丢在自行车的前筐里。这种景象并没有消失,我不知道怎么关掉。

费舍尔指了指标有1455号的黑漆门。"你住这儿吗?"

我努力让自己的呼吸平静下来,并露出遗憾的神色,"对不起,并不是。"

"你是去拜访什么人吗?"

"没有……"快撒谎,迈尔斯,把牛皮吹上天,"我正在找一套公寓,想进去看看这地方保养得怎么样。我不应该这样做。"

他点了点头,"你找了多久了?"

"刚开始。"

"你的任务很艰巨啊。"费舍尔说,"祝你好运。"

我血管里的血液又回到了正常的温度。"谢谢你。"

我用颤抖的手指打开自行车锁,等着一股自行车流的通过,然后让风把我吹到街区尽头。我在车流尾部等着横穿的车辆散去,寻找烤咖啡的香气来源。被人监视的感觉在我的脊梁上翻腾着,我从寒风中挣脱出来,向右转,借用了昨天的一个技巧。

两个女人跟在后面,没有别人。我带着海腥味的空气,在去医院的路上不停地回头看。

护士站里鼻塞声和咳嗽声此起彼伏。克罗斯比医生把写好的夜间值班记录递了过来,我的眼睛有些迷糊。"出院的任务完成了吗,辛格医生?"克罗斯比医生问。

"还在审查,你呢?"

"没什么好纠结的,他们今天就要走了。"他得意地看了我一眼,"需要帮助吗?"

在野战医院,我本可以告诉他把记录放在哪里。在这里,我只能回一个冷冰冰的微笑,"谢谢,我手里有。"

每个人都有黄绿色的黏液堵在脸上,覆盖在喉咙上。没有人责怪我把自己关在四个轮班医生本该共享的小办公室里。

今早的《星报》后半部分写着:"斯坦利部长对休养法说不。"我的情绪一下子有点低落。该法案包括为退伍军人服务提供额外的运营资金,比如就业工作团和这家医院。我们需要这样的法案,而且说实话,在他们洗劫了兰尼尔的木材和黄金之后,难道不能给那些面对杀戮与惨象的人留点资金吗?

但是有什么东西把这个故事挤到了折页下面。我翻了翻,担心会发现什么。

一桩谋杀案占据了上半部分。士兵杰克·邦廷,妻子,孩子。邻居们说,他回家后就销声匿迹了。我把报纸推到一边,不想在四处巡视的时候去想杰克·邦廷在做什么梦。

我的病人明天就要走了,调查尼克的事也没有任何进展。季度单据不会告诉我现在需要知道的事情。我让那些心智没有被乌云笼罩的病人出院了,但究竟还有多少病人?有多少妻子害怕丈夫回来?有多少男人会在出院后担心自己的内心潜伏着什么?这些问题鞭打着我。我必须找到答案。

我还得再让两个人出院。

老杰拉尔德·格兰姆斯和小杰拉尔德·罗杰斯已经整理好自

WITCHMARK / 143

己的行李，把各项事情安排妥帖了。我注意到有些人用羡慕的眼光看着他们，库珀，威尔逊。他们两人的头脑都没有被那些会让他们失去住院资格的群众所蒙蔽。我的清单列好了。

女管家正在拆床单，把床单塞进洗衣车里，我躲了过去，坐在了比尔身边。他又做了一场噩梦，内心的那个杀手突然站起来，杀了所有人，然后用木偶线把他拖回自己的家庭，场面十分恐怖。比尔脑袋里的乌云越来越大，这种阴暗顺着他的脊柱蔓延开来。

比尔看着其他人下了床。詹姆斯·奥斯汀抱着一堆衣服，从窄小的房间搬到床上，开始小心翼翼地整理行囊。比尔拽了拽腿上打着补丁的毯子，叹了口气。

"我不用回家，对吗？"

"我宁愿你待在这儿，比尔。"我坐在他旁边，测了下他的脉搏，看着干涸的血云在他的脊柱上扩散，"我昨天在大厅看见你了，发生什么事了吗？"

"催眠不起作用了，"他说，"我以为感觉好多了，后来我看到那位女士，他——"

比尔闭上了嘴。我从口袋里掏出一个听诊器，放在他的肋骨上，"深呼吸。"

我不需要听他的肺部。我需要他集中精力，让一个惊慌失措的病人深呼吸会让人觉得居高临下。我把膈膜放在他胸口的不同地方，听着他的呼吸，然后问道："他怎么了？"他的心跳一下就平静了下来。

比尔的心跳得更厉害了。"他非常生气，医生。他恨得想杀了她。我抓住椅子,这样她就不会被掐死了。可他还是不死心,好在另一个人来了,医生,那个戴高帽子的人。他很怕那个人,怕得要死。"他说。

我把听诊器拿开,用这个动作来换取几秒钟的思考时间。他恨格雷丝,一见到崔斯坦就害怕。这是巧合吗?"那我呢?"

"什么?"

"他也恨我吗?"

比尔点了点头。"但他怕你。为什么催眠不起作用了呢,医生?"他的手指搓来搓去,拧了又拧,"我刚开始睡着了,但我醒来后,他又回来了。他总是在那里。为什么对老杰拉尔德有用,对我就不起作用呢?"

"我也不清楚。"这很可能是真的,"如果可以的话,我想给你做些检查。"

"你想把照片给我看,我再给你讲讲他们的故事?"

好主意。"除此之外,还有一些其他的测试。我想看看你的血液,可能还有其他问题。"我说。

"好吧。今天吗?"

"可以,"我说,"去花园走走吗?"

比尔望向别处,"太冷了"。

"还看书吗?"

"你有《坚持的美德》吗?"

"中午吃饭的时候我给你带过去,你想在明天游行前刮个胡子吗?"

"应该要的。"比尔说,但他没精打采地盯着天花板。我让他

WITCHMARK / 145

好好休息。

我的午餐是蟹肉沙拉配小圆面包。我坐在办公桌上，一边歪歪扭扭地吃着，一边翻阅尼克的银行业务记录，追溯他乘火车穿越艾兰国的历史。我搞不懂他为什么要去这么小而且又无关紧要的城镇。在报告的开始，他消费有一张去诺顿的火车票。那儿种着许多桃子。也许是为了庆祝节日？

我找到了去"玛丽的愿望"的旅程，一个我从未听说过的小镇。他的季度报告的中间部分详细叙述了他的另一次北方之旅。红鹰镇位于"羊群之乡"的边缘，是肉类和羊毛交易中心，而不是园艺中心。尼克·埃利奥特去那儿做什么？

一个人影从我门前走过，矮矮的，头上梳着许多辫子。

"进来吧。"

罗宾溜了进来，绕过我的桌子，站在我的书架边。她对着季度单据皱起了眉，歪着头，颠倒着看，"这些不是你的吧。"

"罗宾。"

她抬起头来，"对了，克罗斯比拿走了你的病人档案，然后急匆匆地去了抽血化验室，要求解释你所做的一些测试。"

"他做了什么？为什么？"

罗宾有些恼怒，肩膀沉了下去，"迈尔斯，他在监视你，你不知道吗？他急着要举报你，你会有麻烦的。"

"你怎么知道的？"

"他也讨厌我，所以我一直对他留了个心眼。另外，我在医院里的朋友可不止一个，不像我刚提到的某些医生——"

皮底鞋走在楼梯间时发出了咚咚咚的声音。罗宾看着另一个阴影笼罩在我的门上，她的眼睛睁得大大的，没有经过允许我的门就被打开了，更不用说敲门了。克罗斯比医生站在大厅的另一边，一看见罗宾就愁眉不展。他的前额突然一阵头痛，胃酸爬上了他的食道，心也怦怦直跳。我差点要问他是否没事。

"辛格，"他说，"我可以跟你谈谈吗？"

他的语气并没有让人觉得是一种请求。他紧紧地盯着罗宾，皱着眉，额头上分明写着"出去"。

罗宾绕过办公桌，等待着。

克罗斯比盯着她看了一会儿，才意识到必须退后一步，让她过去。他阴沉的目光追随着她的离去。哪怕他说错了一个字……

他把灰白的头往后一甩，用黑色的眼睛瞪着我，嘴角流露出不满，"你相信你的病人得了梅毒吗？"

这是怎么回事？"不信。"

他把手放在桌子边上，向我靠了过来，"那你为什么让他们做梅毒测试？"

"克罗斯比医生，我不会在你检测病人健康的时候去审问你，对吧？"

他的下巴向上翘了好几度，"辛格医生，我想你根本没有注意过精神康复中心的其他医生在做什么，但我注意到了。我知道杰拉尔德·格兰姆斯已经从困扰我们部门的病症中完全康复了，而且要归功于你。"

我不得不打断这句话。"如果你对格兰姆斯先生的病历有什么具体的问题,"我说,"随时可以向我提出来。"

他笑了,眼里的光芒看起来很满意,"事实上,我是这样做的。"

可真棒。

"你前天记录了你给格兰姆斯先生施了催眠术。我当时正在值夜班,他非常痛苦。你以为我会相信你在他眼前晃了晃表,他就好了吗?"

我只能这样承认:"格兰姆斯先生可能很容易受暗示……"

"医生,别跟我说你把他的幻觉给催眠了,医生!"

"我没有要解释什么,克罗斯比医生。我不知道我做了什么,甚至不知道我到底做没做。"

"你刚才检查了我的肩膀。"

"什么?"

"你在撒谎,辛格医生。咱们都懂的。"

这并不重要。我的话正和他相反,"你到底想说什么,克罗斯比医生?我能做什么呢?我怎么可能治好格兰姆斯先生的疯病呢?"

"你让他走了,"克罗斯比医生说,"除了他,你让你所有病人都产生了错觉。现在你却要求病人做昂贵的血液测试,而他们也有和格兰姆斯先生一样的错觉。你一定有什么阴谋。"

"克罗斯比医生……"

"别狡辩了。"克罗斯比医生将手指对着我,"马西森医生可能被你愚弄了,但我不会。你以为我没注意到你是怎么蛊惑病人的吗?为什么护士们总是要替你办事?我知道,辛格医生。我会拿出证据的，证明给所有人看。"

我忍下了愤怒。毕竟，我的超能力没有被察觉。

"你听到自己的声音了吗，克罗斯比？我想你该回家了，好好休息一下。可以去读本好书，比如说在一间舒适的浴室里。"

克罗斯比脸上弥漫着血色，"再说一遍，到外面去。"

我自己的血液也翻涌上来了，可我不在乎。我受够了这只牛虻在我箱子周围嗡嗡叫。"乐意之至。"我说。

"这是怎么回事？"马西森医生走进大厅，双手叉腰，"克罗斯比医生，辛格医生，有什么需要我帮忙解决吗？"

"不用了，马西森医生，"克罗斯比医生说，"我正要走。"

他昂首阔步地走了。马西森医生走了过来，双眉紧蹙。

"迈尔斯？"

"他有点讨厌我，"我说，"对不起，我不是故意的。克罗斯比医生注意到我让一些病人做检查，他想知道为什么。"

"他上来就指责你……为什么？"

"我不知道。"有人在走廊的留言板上贴了一张新的通知，宣传一个游戏俱乐部。我急忙回头去看埃莉诺。

"你为什么要做这些检查？"马西森医生问道。

我的耳朵痒痒的，手一直放在身边，"想听实话？我在追云逐雾呢。"

"迈尔斯？"

"有些疾病会让人表现出疯狂的迹象，比如梅毒，"我说，"如果这就是我们有些病人产生错觉的原因呢？如果有生理上的原因呢？"

WITCHMARK / 149

马西森医生双手叉腰,"迈尔斯……"

"他们都在想同样的事情,马蒂。你有没有遇到过不是士兵,却带有隐藏杀手效应的人?谁没有去海外打过仗?如果是身体上的呢?"

"你这是猴子捞月。"

"现在有五万人要回来了。"我用手搓了搓头发,"有多少人有战斗神经症?有多少人有隐性杀手效应?我应该在一个月前就捞到月亮了,两个月前。"

她端详了我一会儿,把嘴角压在牙齿下面,"你把这些写下来了吗?"

"在笔记里,"我说,"你要报告吗?"

"昨天就该给我了,你应该在开始追捕之前来找我。"

"我会给你一份报告。"我保证道,"还有一份研究计划书,其中应该有杰拉尔德·格兰姆斯。"

"我同意,"马西森医生说,"先完成你的清单,迈尔斯,然后试着和克罗斯比医生和好吧?"

我懊丧地看了她一眼,"我们差点打起来了,我觉得他不想跟我和好。"

"如果你找不到友好相处的办法,那我来调解。周末他上午班,但他想跟上你的日程表。"

"我的日程安排?那芬奇医生呢?"

"她怀孕了。和克罗斯比医生解决好这个纠纷吧。"

"和平解决?"

"是的。"马西森医生转身回到楼梯间,我重新拿起三明治和尼克的季度单据。我刚适应了阅读的节奏,电话就响了。

我盯着这该死的电话,叹了口气,然后接了起来,"喂。"

"迈尔斯,"格雷丝说,"一切都准备好了。游行后的早晨。"

"这么快?"

"他没有多少时间了。"

"你说得对。"我必须牺牲大部分时间来休息。在手术室待了一天后,我睡得天昏地暗,吃的东西足够养活一个团,"我6点到。"

"我派马车去接你,你不能再骑车回去了。"

"是的。"我没法骑12英里的自行车,而且格雷丝也不知道我住哪儿。

"非常感谢你所做的一切,迈尔斯。虽然父亲不会感谢你,但我会。如果你想要什么——我应该再给博勒加德退伍军人医院捐款吗?"

"你已经给了五千了。"我说。

"那就给你自己想要的东西吧,什么都可以。"

"我只想要自由,格雷丝。这是你能给我的最好的东西。"

片刻的沉默后:"我明白了。六号见,迈尔斯。"

一天结束后,我把所有东西收拾好,然后把吃午餐时格雷丝的那瓶葡萄酒带了回去。崔斯坦可以和我边吃晚餐边喝酒,然后我们可以一起研究如何关掉我超常的透视能力。在克罗斯比医生面前我得小心点,他已经确信我是个怪胎,能够诊断出病人的一切病症，而且也不会减轻对我的怀疑。

今天下午，医院大厅里没有衣冠楚楚的陌生人。我打开自行车锁，把车推到街上，加入了五个戴着钟形帽子的女人的队伍。她们似乎互相认识，因为她们有说有笑，互相叫唤着。她们谈到多特和一个叫哈里的家伙的前景时，我尽量不去听，但她们又开始取笑她们的头儿，聊得很开心。

左边的一点动静让我举手示意，准备评论一下昨晚的雨，才发现骑手来得太快，太急了。

"小心！"我喊了一声，但还是撞上了。我撞上了旁边的女士，右手重重地摔在了地上。她一声尖叫，又把她的车友撞倒了，然后我们后面骑自行车的人也撞得一塌糊涂。

我的手腕突然感到一阵灼热的疼痛，猛烈得让我的胃翻腾起来。我把手腕紧紧地贴在身上，咬紧牙关，忍受着移动手腕带来的新一轮疼痛。

我们这些不幸的人身后响起了震惊的叫喊。人们围在我们身边，在我们的不幸事故前停下，帮助我们从混乱中解脱出来。与我相撞的那位女士特别爱惜自己的脚踝，但毅然拒绝了我的帮助和道歉。

"你没事吧？"一个男人说，"我都看见了。他故意骑车撞你，偷走了你的包。"

我的包？

我扫视了一眼那群站起来的人。酒瓶正躺在街上，已经砸碎了，椭圆形的红色液体飞溅在车道上。人们在清理玻璃，以免扎破轮胎。装在我前轮上的金属车筐是空的，我的包也不在人行道上。

"他走的哪条路？"

他指了指街道，"他早就走了，应该是拐过弯了。你包里的东西很重要吗？"

我的心一沉，"我是医生，那是我的医疗包。"

骑自行车的人皱起了眉头，恼怒地翘起了卷曲的胡子，"他是在找你的药，医生。真是丢人现眼。"他看着我准备单手把自行车骑走，"你受伤了吗？"

"摔伤了。"许多人站在人行道上想平复一下自己，我也加入了他们。我的包被偷了，手术刀不见了，听诊器和多年的工具也没了。难道是因为几块钱的药被偷的？

傻子才信，尼克·埃利奥特的季度单据就在里面。

我锁上自行车，一瘸一拐地走上街头。崔斯坦家就在不远处。我试着回忆尼克去过的城镇名。**诺顿，玛丽的愿望，红鹰**。我随着步伐的节奏重复了一遍。我必须记住。

第十二章　弥合

崔斯坦家的铜狮子门环虽然老旧，却擦得锃亮。我用左手抓着门环，拍打着门。一路忍受着痛苦让我有些疲倦。我想把手腕抱在胸前躺下，试着入睡，哪怕只是为了逃避一下。

我想回到过去，这样我就可以刹车或者以某种方式躲避，而不造成交通堵塞。我真想一跃而起，一把抓住那小人的后脖颈。我要是早点注意到他在潜伏在附近就好了，这样我非凡的直觉就能提醒我，然后巧妙地把他拘留起来，这样我们就能找出是谁派他来偷证据的。

崔斯坦的前门开了，女管家惊恐地盯着我，我那些后悔、希望的幻想突然蹦了出来，"怎么了，辛格医生?！发生意外了吗？"

"有人袭击了我。"她把门开大了些，我走了进去，"他们把我从自行车上撞倒了。"

"在交通道路上？真糟糕，"斯帕罗太太说，"你还能爬楼梯吗？噢，可怜的外套。"

我小心翼翼地伸直手臂，一阵剧痛涌上我的前臂，我感到有点不适。我不情愿地把严重程度从扭伤、疑似骨折升级为骨折。我没有时间去处理手腕骨折的事情，也没空去找被盗的银行记录。

斯帕罗太太帮我脱下大衣和夹克衫，每当我畏缩或丢脸地大叫时，她就大惊小怪地对我说："可怜的宝贝。"很快，在她的保护下，我蜷曲着手腕，一瘸一拐地走进崔斯坦的客厅，斯帕罗太太领着我走向那张棕色的绒面沙发。

"你的裤子破了，"斯帕罗太太说，"只是撕开了一条缝，基本上没有什么是我修补不好的。"

"我脱不下来。"我说。

"你需要拿条毯子盖住，"斯帕罗太太说，"但我又不是没见过，我有过三任丈夫。"

"我的意思是我解不开扣子，"我说，"我的手腕。"

"好吧，那还是我来吧。"斯帕罗太太说。

"你来更好。"我同意道。我踮起脚尖，站了起来，在膝盖上盖了一条紫色的流苏毯子，然后坐下来让斯帕罗太太帮我脱鞋子。

"你的衬衫上有一块酒渍，"她说，"吃午饭时洒的吗？"

"我带了一瓶酒，结果碎了。"

她扶我坐起来，"最好尽快处理掉。"

她表现得小心翼翼。不管怎样，我都得把衬衫脱了。但是她说："我给你找件睡衣吧，孩子。"我便什么也不想动，直到我听到马车上马具的叮当声和崔斯坦的马匹脚步声停在前门。

"斯帕罗太太？"我试着把毯子拉到下巴。

"迈尔斯？你在吗？我又发现了一个骗子，声称能和死人说话——"

"别进来，亨特先生！"斯帕罗太太说道，怀里抱着一件鲜红的织锦睡袍，"辛格医生没穿衣服。"

不仅仅是脱光了衣服，我正在抽屉和袜子堆里翻找着。我应该待在卧室的。我摸索着要拿睡袍，斯帕罗太太试着帮我穿上。

"什么情况？"崔斯坦在滑门里停了下来，"为什么？"

"发生了一起事故，转过去吧。"斯帕罗太太说。

崔斯坦抱怨着，但还是转过身来，戏剧性地遮住了眼睛。我的脸颊上泛起了热气，但我用手指夹住了袖子的缝隙，我发出的声音让他三步并作两步走进了房间。

"你受伤了。"崔斯坦说道，同时环顾着斯帕罗太太，"你哪里受伤了？"

"手腕。"我挤出话来，但斯帕罗太太拍了拍手，想把他赶走。

"转过身去，亨特先生！"

崔斯坦抬头看了看错视天花板壁画，叹了口气，但还是转过身去。

斯帕罗太太把睡袍上的每一颗纽扣都系好了，"好了。我觉得这人太多了，是时候告诉亨特先生发生了什么。"

她把我的衣服拿走，把我们留在客厅里，"亨特先生，我要去看一下烤箱里的鸡肉。医生，我马上就把这破洞缝好。"

"您真是太好了，斯帕罗太太。"我们喊道，他冲我咧嘴一笑，我的尴尬顿时就减轻了。他把椅子拉近，靠了过来，"你得等我把斯帕罗太太解雇了才能痊愈。"

"我不能把治愈术用在自己身上。"

"该死的,"他咒骂道,"我想我可以给你看看,现在要不要来点吗啡?"

"你不应该玩那个,"我说,"大麻已经没什么害处了,但吗啡是会上瘾的。"

"我听说了。"崔斯坦转身来到一个房间,然后打开了一个柜子。那儿本应该是餐厅,却被他用作办公室。"如果你的手腕摔断了,我可以替你接骨。如果能减轻你的伤,我会觉得好受些。"

"他们偷了我的包,"我说,"他们把我从自行车上撞倒,还偷了我的包。"

"谁?跟踪我们的那个人?"

"可能是吧。"一想到不止一个人在跟踪我,我就有点不寒而栗。尼克对战争的了解害死了他,现在我也跟他一样……

下次,可能就不是从自行车上推下来那么简单了。有了先例,再次谋杀的可能性会变得更大。

"尼克·埃利奥特的银行记录在我包里,"我说,"我想这就是原因。"

他回到我身边,手里拿着一个棕色的瓶子,"地狱之火。"

"把这些写下来,"我说,"诺顿,玛丽的愿望,红鹰。这些都是他去年去过的地方。"

"我会记住的。"崔斯坦一把药匙推到我的唇边。我吞了吞口水,因为苦涩而倒吸了一口凉气,"我没能进去会见金翅雀的罗斯小姐。"

"见鬼。"我的舌头开始发麻,吗啡已经缠绕在我体内了。

"我和《星报》的休闲版编辑有约。"

"什么时候?"

"明天。"他盯着我的眼睛,点了点头,"疼痛减轻了吗?"

"一点点。你知道怎么接骨吗?"

"不太会。"

我叹了口气,"我还是现在就告诉你吧,免得我完全被你的补药给迷住了。"

相比于我,我想这对他来说要更难,尽管我痛苦地嘶吼、呜咽,他并没有任何犹豫或退缩。我喊叫得太大声,以至于斯帕罗太太进来查看发生了什么。他把我的手放好,用焚香托盘临时做了一个夹板,绷带也是用他的一条丝绸领带做的。他握着我的手腕,仿佛我的手腕又要折断了,但补药已经减轻了疼痛。

"我的制服,明天还要穿呢。"我说。

"我还没有解雇迈克尔。如果你愿意相信他,把钥匙给他,他会拿到这里来的。"

她的目光在我们俩之间飞快地掠过,"亨特先生,也许我今晚应该留下来陪辛格医生。"

"我应付得过来,斯帕罗太太,不过你可真好。"崔斯坦说,"等他们来了,你能帮辛格医生收拾一下吗?"

"当然可以。"她匆匆走出房间,崔斯坦扶我起身。疼痛已经平息,变成了隐隐作痛,已经不需要特别注意。我和重力的关系改变了,如果我没有把脚放好,我就会飘起来。我看起来岂不是很可笑?

有个地方摆着一个盘子,盘里的鸡肉已经切成了小块。我小心翼翼地给自己喂食，不想表现得没有尊严。楼下砰砰的敲门声响起，斯帕罗太太出去应门。

崔斯坦扬起下巴，指着我的盘子，"再吃点鸡肉吧，虽然你不想吃。"

"这道菜有点奇怪，你是要教我怎么——"

"是的。"他答应了。斯帕罗太太回来时，他安静了下来。

"真的不需要我吗，医生？留下来也不麻烦。"她问我，但还是瞥了崔斯坦一眼。

"只是扭伤而已，斯帕罗太太。"我对她笑了笑，"我希望明天吃早餐的我可以自己切肉。"

斯帕罗太太看了崔斯坦很久，但他已经把注意力转回他的盘子上了。最后，她行了个屈膝礼，走了出去。崔斯坦松了口气。

我笑了，"我脱衣服的时候，她是不会让你进来的。"

"你当时脸红了。"他呷了一口茶。

"还不是她大惊小怪的！"

"我很高兴你在需要帮助的时候来找我，"他说，"吃甜果馅饼吗？"

"来点吧。"我的手腕离得很远。崔斯坦切成了小片，我很喜欢那混合着橙子香味的甜味。我用茶水冲了冲，等着他领我回到客厅那张"昏睡沙发"上。

"镜子这招应该有用。"他从墙上选了一面方形镜子，"在你能看到手腕的时候，照照镜子吧。"

"好吧。"

"把注意力集中在镜子里的那个人身上。"从这个角度看，像是他的手臂,"看着吧,就像看到需要你治愈的东西那样。"

我看着镜子里的影像,无论眼睛怎样偏离焦点,什么都看不到。

"我一直都不擅长做这些训练。"我说。而格雷丝却很习惯练习。我自己能做的事情,磕磕绊绊也能完成,指导对我没有好处。这就是为什么我从来没有让父亲高兴过。

"别胡思乱想。"崔斯坦轻声说,"想象一下,这个房间飘浮在天上。想象一下我们周围的云朵,远处的城市,不要去想痛苦的事情。"

飘浮在高空之上的是漫天的繁星,现在只有我们两个和我们之间的秘密。我知道如果能看到自己的手腕会是什么样子——一束闪着火花的猩红色的光,冲向我尺骨周围破碎的地方。每一颗火星都会在断掉的骨头上堆积,然后重新黏合在一起,使骨头重新成为一个整体。火星想成为一个整体,成为我身体的机器。我所做的就是把更多的火星引到断裂处,比自然愈合得快一些。

但后面我觉得自己很虚弱,差一点就能填满整个缺口了。我现在很痛,仿佛这几个星期以来所有的钝痛都浓缩在这几秒钟里,我几乎失去了对火星的控制。

一股力量让我稳住了,火星修复得更快、更坚固了,直到所有的小光都聚集在一起,并维持这种状态。

"精彩极了,"崔斯坦说,"现在躺下,你——"

哦。我靠着绣花坐垫摔倒了,随着房间的倾斜而感到晕眩。

"我以前从未有过这种感觉。我用尽了全力,但后面又冒出了更多的能量。那是尼克的力量吗?"

"你没有先施展你的魂星吗？"

"我的什么？"

他把镜子向上倾斜，让我看到自己的脸和其他东西：两个光点在我头顶上盘旋。一个是柔和的粉红色，另一个是春叶般的绿色，嵌在勾勒出我身形的蓝绿色光芒中。正如格雷丝所说，这是我的巫师之印。我的光环上还有斑点。

"那些是什么？"

"这就是为什么你们的族人被称为星辰者。你不知道吗？尼克死的时候，我看到他的力量与你缔结在了一起。"

"绿色的那道。"

"是的。你已经有了一个，那是谁的？"

我想原地消失，"我不知道。"

"你知道的，"他说，"他们死的时候你就在那里。你触碰了他们，他们把自己的生命倾注在与你的羁绊上，然后才死去的。"

这不可能。我闭上眼睛，紧紧地捏着耳朵，但我不能不听他说话，把耳朵封上。崔斯坦抓住我的手，我应该推开他的。

"迈尔斯，"他说，"你还记得，是谁把他们的灵魂和你缔结在一起吗？"

我的胸口也开始隐隐作痛。我的喉咙突然被带刺的硬块卡住了，嗓子都哑了。我舔了舔干燥的嘴唇，告诉了他。

"我母亲。"

"医生？"

我们一直静静地坐在一起,我凝视着盘旋在我耳边的玫瑰金色光球,我的巫师之印。我母亲的灵魂,一直陪伴着我……

崔斯坦摇了摇我的膝盖,"迈尔斯。"

"嗯?"

他凝视着我,"你可能不用再打吗啡了,想睡觉吗?"

我眨了眨眼睛,"几点了?"

他从昏睡椅上爬下来,把我拉了起来,"走吧,该睡觉了。"

下楼时,我把左手搭在他的肩上,几乎没有绊到脚。他把我领进那间令人愉快的、不协调的客房,然后往后退了几步,"你自己能行吗?"

"嗯?"

"纽扣。"

"哦。"我伸手去抓最上面的那颗,正准备把它拧开时,突然疼得我龇牙咧嘴。崔斯坦轻轻撇开我的手,手指放在扣着的纽扣上,然后解开了。

凉爽的空气从我的领子下悄悄溜过,我的皮肤一下起了鸡皮疙瘩。"亨特先生。"我说。

"还有四个呢。"他说,他的声音在黑暗中显得很安静。

我站在原地不动,"继续吧。"

他的指尖从未触及我的皮肤,我却感觉火辣辣的。吗啡让我头晕目眩,我的手腕在不停地抱怨着。我一动不动地站在那里,他触摸着我的每一个扣子,把每一个丝绸覆盖的圆盘从孔里滑出来,直到我的睡袍松开,我在他面前脱光了衣服。

不过这也没关系,我在卧室里。

他紧紧握住我毫发无损的左手，全神贯注地盯着我，目光里有他想要的东西，我可以肯定。他就站在我可以把手放在他肩上的地方，静待了十下心跳那么久。

我抬起手，他的嘴微微张开，我的手指移到他的脸颊上。

"崔斯坦，"我叫道。他的眼睛瞪得大大的。我永远不会厌倦于说出这个词，尤其是在他眼里放光的时候，"我该睡觉了。"

他咽口水的时喉咙动了动。"理智的迈尔斯。"他转过头，在我的手掌上落下一个吻，"祝你好梦。"

他最后热切地看了我一眼便离开了，给我留下了私密空间。理智，负责，愚蠢的迈尔斯。他走的时候，我把睡袍扔在地上，乱成一团。

第十三章 白柄弯刀

我在黑暗中醒来。用夹板固定的手臂很疼；我的头在砰砰地抽痛。我只能看到模糊的形状，灰暗中的阴影。我的帽盒在茶几上，制服挂在门后的挂钩上。今天是游行日。16个病人已经出院，等到我下周开始上班的时候，病床肯定已经满了。

我试着弯曲右手的手指，有点僵硬，但本来可能会更糟。情形已经恶化了，我得小心了。我既不能躺在床上或者躲起来，也不能抛弃我的职责。不管会不会被追杀，我都得继续追查下去。不过至少明天可以睡个懒觉。

我发出一声叹息。明天也不行，我必须回家，今晚不能待在这。我不想让格雷丝知道更多关于崔斯坦的事，更不用说他的住处。

"该死的。"

事故发生后，我就精神恍惚地直奔崔斯坦家。白痴！万一我被跟踪了呢？万一他们知道我现在在哪儿呢？

我得警告崔斯坦。要是他们去找他，或者针对斯帕罗太太可怎么办?

我掀开被单,脚踩在地板上。

猩红的长袍还放在原来的地方,我从床上起来,把它从地毯上捡了起来。我把衣带系在解开的前襟上,然后找到上楼的路。崔斯坦懒洋洋地躺在客厅里,仍然穿着背心和衬衫袖子。他以特有的速度读着,直到注意到我。他抬起头,把书放了起来。

"早上好,"他说,"你的手腕怎么样了?"

"断了,现在很僵硬,"我说,"听着,事故发生后,我就直接到这里来了。"

"你担心有人跟踪你。"

"是的。我应该早点发现、想到这个的。"

"我会注意的。我待会告诉迈克尔,他会照顾好斯帕罗太太的。"

我让他们陷入了危险之中。崔斯坦和迈克尔会照顾斯帕罗太太,他们不会让她出事的。但如果我早点停下来想想,这事就不会发生了。

"迈尔斯,"崔斯坦打断了我的思绪,"别自找麻烦了。你饿吗?"

"饿。"我能吃下一栋房子,"呃。我想吃东西,吃很多——"

"你用了自己的能量储备才进入了灵魂,星辰者。"崔斯坦说,"你总是这样吗?把个人能量消耗到没有为止?"

"我想是的。"我说。

"我们得修复你的巫术,"崔斯坦说,"不过改天吧。在你倒下之前,到厨房去。"

我坐在一个逐渐成为我专用的椅子上。他在我面前放了一块厚厚的苹果馅饼，不停地端来食物：鸡蛋、吃剩的鸡肉，还有我可以开怀畅饮的所有咖啡。

他把盘子里的食物堆成小山，然后和我一起吃，盘子旁边放着一杯巧克力饮料。"你觉得那个留胡子的人就是我们要找的投毒小人吗？"他问。

"是的，但我不认为他是谋杀我们的凶手。"我说。

崔斯坦疑惑地看了我一眼。我抬起一只手，咽下一些鸡蛋。"我的意思是，我认为他和凶手是一伙的。"

"啊。某人影响力太大，不能亲自得到他/她肮脏的双手。"

"正是如此。"

他歪着头，点头示意我继续说。

我大口地喝着甜甜的黑咖啡，"国防部长，珀西·斯坦利爵士。他是我们中的一员。一个法师，我的意思是——"

"一个有权势的人。"

"老实说，我不知道咱们怎样才能扳倒他。"

"哦，这个交给我吧。"崔斯坦笑得龇牙咧嘴，眼中的光芒让我不寒而栗，"扳倒他是一件趣事。"

在某种程度上，我对这个想法感到很兴奋，但我还是忍不住开口了，"你不能……除非我们有证据。不是说我喜欢这个人，我不喜欢，但是——"

"为了你，我可以一直等到你被说服为止。"

为了我。在我没有发话之前，他并不会伸张正义。他把复仇托付给我，这让我的手心发麻，暖意流遍了胸口。"谢谢你。"我放下叉子,摸了摸下巴,"该死的,我要刮胡子了。"

"确实该刮了。"崔斯坦同意道,"交给我吧。你洗完澡我就给你准备好。"

由于用不上右手,刷牙的时间变长了,洗澡的速度也变慢了。我穿着放在门外留给我的新睡袍走下楼。

崔斯坦没有理发椅,但他有一个靠背的座位,后面还有一个盆。一张小桌子上放着刮胡子的工具,就像我的手术盘一样整齐,他站在旁边,把袖子卷到手肘。

崔斯坦向椅子做了个手势,"坐。"

他用一只手帮我把头枕在脖子后面。椅子的顶部足够高,所以我的头可以稍微向后耷拉。

"我自己能行。"

"你确实可以,不过还是我来吧。"

"要做的事情太多了。"

"至少现在不用。闭上眼睛吧。"

剃须油的香味近在咫尺,崔斯坦的手指按摩着我的脸颊,轻轻地覆盖着我的胡须,然后用热毛巾裹住我的脸。我还没来得及说什么,他的手指就伸进了我的头发,有力的手指按摩着我的头皮,"什么都别想。放松就好。"

我闭上眼睛,躲避毛巾的热度。这感觉真棒,我的每一丝头痛都被他有力的双手抹去了。"你很擅长这个嘛。"

"我可以开一家店了。"

我一直闭着眼睛,但我微笑着,"你会是个不错的男仆。"

他嘲笑道,"自己开店更赚钱。你怎么会成为一名退伍士兵?"

崔斯坦用手指梳理着我的头发。我差点没忍住呻吟出来,只好用一个解释来掩盖,"我从家里逃跑了,然后去参军了。这似乎是个好主意。我可以做我生来就该做的事,治病救人,与死神搏斗。"

梳齿轻轻地刮着我的头皮。"可后来战争爆发了?"他问。

"艾兰入侵兰尼尔的时候,我已经快完成一个外科研究了。"我回答道。

毛巾掉了,他在我的胡子上擦着泡沫,"所以你就过去了。"

"这就是我的初衷。"

他在盆子里洗手时,我身后水花四溅。

"你真勇敢。"

"你还挡在了箭前面呢。"

"好吧,我也很勇敢。"崔斯坦说,"我是女王手下的一个搜寻者。"

"什么意思?"

"我们是保镖,但不仅限于此。我们是真理的寻求者,是正义的使者。"

"这就是你来这儿的原因,对吧?"

他稍稍停顿了一下,然后说:"基本上是这样。你准备好了吗?"

"做最坏的打算吧。要是你割断了我的喉咙,我现在就能治好。"

他翘起一边的嘴角,"好。"

他把拇指抬高,按在我的颧骨上,帮我舒展皮肤。崔斯坦的剃刀只有一块光秃秃的刀片,磨得一气呵成。刀刃从来没有跳过或刺入我的皮肤,刀刃在我喉咙的脉搏上滑过。他能看到我的脉搏跳得有多快吗?一定要当心呀。

他把我的下巴抬起来,抚摸着刀片,我的胡须刮到了刀片的边缘。我不禁打了个寒颤,害怕刀片会刺破我的喉咙,还好他把剃刀拿开了。

"没事吧?"

"没事。我……"

"放松。慢慢呼吸。"

我的头发都竖起来了。仅仅是他靠近一只耳朵发出的声音就让我的皮肤发麻。我呼吸着。他抚摸着我胡须生长的每一寸空间,如果不够光滑,他就用剃刀刮一刮。剃刀划过我的胡须,发出噼里啪啦的刮擦声,我喘息着。渐渐地,当他小心翼翼地从我的脸颊和嘴角抹去最后的一点肥皂时,我甚至差点又一次叫出声。

他的手指划过我的脸颊,用指尖绕着我的下巴,点了点头。

"刮得真帅。"

我可以伸手把他拉近自己,把他的头按下来,让我亲自品尝他那带有茴香味的嘴唇。我的手指蠢蠢欲动。

"我很喜欢。"我说,惊讶于自己沙哑的声音,"你真是太好了。"

"我很善良的，"他说，"经常都这样。"

他虽然还保持着面纱魔法，但我无法转移视线。

"你该穿衣服了。"崔斯坦说，"自己可以吗？"

我知道，如果说不的话会发生什么。一个生动的猜想在我的脑海中绽放，直到清晨的阳光照在他的头发上。

我的心怦怦直跳，我舔了舔嘴唇。"崔斯坦——"

前门开了，崔斯坦退后一步，清理剃须刀上的肥皂。

"早上好，斯帕罗太太。"崔斯坦喊道，"恐怕我把厨房给毁了。"

我退到楼下，留下崔斯坦向斯帕罗太太保证，我们会独自处理好这周最后几天的事情。我靠在房门上整理思绪。这周末，在我们已经如此接近——之后独处。

我不能装作是自己的想象。我很清楚一个男人是如何围着他想要的人转的。崔斯坦一定会抓住我伸出的手。他会一直待在我身边，把抵抗的负担加在我身上。

我耸了耸肩，穿上立领衬衫，制服里面还穿着一件束腰外衣。我曾听过一个故事，讲述了凡人被半神国人的魔法所困，半神国人感到厌烦而离开他们后所发生的事情。他没有给我施魔法，但却要离开了，这足以成为拒绝任何人的理由。

纽扣只是一个试验，但我可以扭动右手把纽扣从衣服的洞里推出去。当我发现自己把衬衫扣歪后，又咒骂着解开纽扣。

"医生，"斯帕罗太太叫道，"需要帮你穿制服吗？"

"纽扣太多了,斯帕罗太太。"我开门让她进来,"可以帮帮我吗?"

斯帕罗太太正好进来了,"是不是单袖口太多了,医生?"

"是的。崔斯坦已经给我做了早餐。"我说,"他整夜没睡。"

她迅速看向我,"你睡得怎样?"

"刚吃过晚饭,就睡得像猪一样。"

她扣好我的双排钮扣,把色金立领缠绕在我的脖子上,然后退后一步,站着欣赏这种效果。她看了看束腰外衣左胸上绣的圆圈,说:"你的勋章也需要帮忙。"

我本想先把勋章别在夹克上,可现在太晚了。"是的,如果你愿意帮忙的话。"我说。

"当然。"她回答。

我有两个用来摆放奖章的架子,每个架子上有三枚,可我从不看那些奖章。"先把有橄榄绿丝带的那枚拿出来。"

"博勒加德的明星呀,"斯帕罗太太说,"你是第一个参军打仗的人。"

"是第一个,但也是最愚蠢的,斯帕罗太太。"我对她笑了笑,把衣领从喉咙上扯下来,"其他的是金斯顿勋章和医者勋章。因为我的参与,我才能得到这些。"

她知道另一个架子是什么意思。一枚印有女王侧面肖像的银币是我在前线服役所得的奖章。金色的十字架和王冠是对我的奖赏,因为我曾爬过粪土和碎尸,去救一个被扔在一堆尸体上但还活着的男孩。他的奖章是在死后追授的。

最后一枚奖章是一枚椭圆形的铜质奖章,上面刻着断裂的镣铐，奖章左半边如弯月般刻着"耐力"字样，右边则刻有"勇气"字样。斯帕罗太太盯着奖章，眼里闪烁着泪光。

"我现在不是好好的吗，斯帕罗太太。"我在左边口袋里放了一块手帕，轻轻地擦着她脸颊上溢出的泪痕，"只有活下来，你才能带着那枚奖牌到处走。"

她不会问我他们做了什么。我们大多数人从不提起这件事。她伸出手拍拍我的脸颊，脸上带着勇敢而湿润的微笑。

我紧握着她的手，"谢谢你帮我穿制服。"

我跟着她下楼，左臂夹着尖顶帽，右手拿着小羊羔皮手套。穿上制服让我感觉站得更高了。

我进门后，崔斯坦站了起来，用手抚平背心，"你看上去气色不错，医生。"

"谢谢你。"

"迈克尔会带你去医院，我们大约四点到。"

"然后我们就去*星报社*吗？"

"是的。约好的时间是四点半。真险啊。"

"我会做好准备的。"

博勒加德医院的退伍军人们早早地就起床了，已经穿戴整齐。好多个涂油帆布包放在了铺好的床脚上，病人们在浴室里排队刮脸，把胡子梳成整齐的卷毛。走廊里满是穿灰色制服的士兵和穿鲜红上衣的军官，我希望自己能到办公室去做一些文书工作，直到一切都结束。

但是他们看到了。他们都看见了。

我们可以根据某人胸前的勋章来构建他的旅行故事。我尽力做好自己的事，但凯特·斯莫尔看到了我的铜质奖章，给我端来了咖啡。小杰拉尔德绷紧了脸，他咬着嘴唇不让它颤抖。人们拍着我的肩膀，紧握着我的手对我说，他们很高兴看到我成功了。

但是比尔却平淡地问道："你是怎么做到的，医生？你为什么不在这些床上？是什么原因？"

"你们都需要我。"我说。

"密涅瓦需要我。"比尔抬头看天花板，"但我在这里。"

我的手发麻了，在裤子上擦了擦。我帮不了他。我不敢。那团云朵在比尔脊背的更深处蔓延开来。抽取脊椎液是很痛苦的。我没有明确的理由来进行这项测试，克罗斯比医生一直在翻我的文件。

"我们会让你下床的，比尔。不要放弃。"

但比尔已经在盯着漆成白色的天花板看了。

我回到护士站，疯狂填写表格。凯特给我拿来了一份《设备和药物丢失或被盗表》，我边口述她边帮我填写。

"你的包不见了，真可惜，"她说，"所有的工具都在里面呢。"

我很赞同这点。我把表格拿到材料室，那里的工作人员看了看我的文件，问道："铭牌上刻着M.H.S.，印着香脂叶和烟草棕色皮革？"

"是的。你怎么——"

她把椅子往后一推，打开储物柜，把我的医疗包放到了

WITCHMARK / 173

桌上。

"你已经找到了我的包,我还得填这些表?"

"这就是文书工作的残酷,"她说,"按你收到的东西在清单项目上打钩,填好后东西就都归你了。"

我浏览了一下清单。我那上好的注射器和药物不见了,尼克·埃利奥特的季度报告也不在。

我核对了一下存货,在一行字上停了下来:带加权指针的抛光玛瑙吊链。

我跳过这一项,继续往下看。我发现了另一个问题:

白柄弯刀。

她没有注意我这边。清点好以后,我便把那些肮脏的东西带上楼去。

我拧上身后的锁,把包里的东西都掏了出来。我的手术刀还在,还用纸包着。我要再给它们消毒一下。我会把东西打磨好,包装好,然后收起来。绷带脏得一塌糊涂,我直接扔进了废物箱。每个东西要么被搁置,要么被扔掉,直到我看到最后一样。

我为什么要留着这些东西?我可以肯定有人曾仔细搜查过我的包,还留下了那些物品。可能会有人指着我,喊我巫师。光是这种怀疑就足以做出指控。我永远经不起检查,我也逃不出精神疗养院。他们称其为医院,可同样是一座监狱。

我先把绳子抽出来,提防着锋利的刀刃。谢天谢地,上面没有刻字。只是一把普通的白柄木刀,一把带有树篱咒语和形体的刀。这是我 11 岁的时候别人送我的。格雷丝用她随身携带的小刀割断了对我的誓言。

法师会在仪式中使用它们。据传,巫师们也是如此。

接下来是钟摆。手里拿着一个钟摆,摆动的模式会告诉你一些无从得知的事情——谎言背后的真相,孩子的性别,死者的存在。法师不用这些,但巫师会用。

我像握着手术刀一样握着这些东西,把它们当作过去的碎片。这把刀是一把开信刀。钟摆是我用来催眠的道具。

很容易解释,也很容易被驳回。我把钟摆塞进口袋里,把刀和空包放到桌子上,下楼去参加游行。

第十四章 游行日

16张床还不够。

人们挥舞着鲜红的手绢,高声欢呼,声音淹没了街上的音乐。音乐声一起,你就会脚痒得想跟着节拍舞动,一边拖着脚步一边跺脚。市民们冲到街上给士兵送苹果,有时还要亲上一口,然后飞快地回过头来,又从路边的篮子里摘下另一个苹果。他们欢呼着,大笑着,高举双臂跳着舞。

我穿着制服,站在那里数着。每个方阵都有六十四人,列队行进着,他们挥着手,亲吻着姑娘,吃着苹果。另外一个方阵只有十五人,下一个是十二人,还有一个十八人。

我数了一下没有感染的人数。其余的人都带着蠕动的干血云,我觉得他们的笑容有些僵硬,他们清楚,欢乐是自己该戴上的面具。

虽然我的内心早已波涛汹涌,但纪律要求我乖乖站在这里。这是一场灾难。我必须做点什么,把这个消息传给员工——但他们能做什么呢?他们为什么要这么做?我没有证据,我也不希望别人来刺激我讲述一个成功的故事。

那个方阵有九个人。

太多了。摆在我面前的工作量越来越大了,有可能会让我无从招架。我必须找到原因,必须找到治疗方法。

我得摘下面具,站在屋顶上大声喊出来。医学界不会听一只老鼠的意见。

我转过脸去,注视着人群,他们在等待着家人和心爱的人归来。只有士兵才有瘴气。平民有感冒、消化不良的毛病,我轻轻一碰就能治好。人群不满地瞥了一眼抱着哭闹婴儿的年轻父母。她的耳朵感染了,脸上布满了泪水和鼻涕,她痛苦地尖叫着,却得不到安慰。

我拖着脚步走了过去,和孩子的母亲进行了眼神交流。她给了我一个抱歉的微笑。我抚摸着孩子的卷发,捏着她的耳朵,她瞬间安静了下来。

"你做了什么?"她妈妈问。

"她太累了,噪声太大,"我喊道,"把她的耳朵捂住,最好带她回家睡觉。"

"我们在找她叔叔,就在游行队伍里。"她举起婴儿的手,向行军的士兵挥舞着。宝宝忍受着这一切,瞪大眼睛看着我。

"希望你早点见到他。我就先回去了。"

"说再见,玛丽。"她向我摇了摇她女儿的小手。

这个可爱的小女孩给了我一个拥抱,在我的脸颊上吻了一下,还给了我一个苹果。

"上尉,您的脸色有点苍白。"她对我笑了笑,然后大摇大摆地走到街上。我感激地咬了一口苹果。虽然对治愈伤口几乎没什么帮助，但这种水果汁水丰富，香甜中带着一点酸涩。苹果嘎吱嘎吱地响着，很结实，是驱赶颤抖的最佳选择。

一阵寒意袭上我的脖子，让我汗毛直立。我在视线范围内搜索着。树上的苹果太多了。人群欢呼着士兵们回家，但有一张脸却变得苍白，朝我抿着嘴。

克罗斯比医生瞪得我的帽子都要着火了，他的嘴向下扭曲着，抑制着对我的反感。他用戴着手套的手握着喉咙，转身朝医院走去，闪开人群往里面走了。

他看到我了。他究竟看到了什么？

我走近了一位妇女，她怀里抱着一个哭闹的婴儿。我摸了摸婴儿，哭声就停止了。

但他会认为这是什么呢？

一种巫术，或是一个咒语。无论信徒们认为巫师能做什么，我的立场和他都是相反的。但要是有人相信他，或者我警告过任何人，就会有大批士兵涌向不堪重负的床位……

见鬼，我必须变成一只老鼠。

我顺着克罗斯比医生的路走到门口。

※

大厅里挤满了出院的病人，他们都背着沉重的吊索袋，每个士兵在驶向兰尼尔之前，都用同样的灰色帆布袋把自己的生活也装了进去。有些人穿着制服，如果拐杖和手杖不符合规定，似乎也没有人介意。我那猩红色和金色的辫子很显眼，通向楼梯的路在我的制服面前岔开了,大家纷纷向我点头致意。

"你在这儿呀,"罗宾用拳头敲着我的胸膛,"游行前我很想你。霜之月1号,护士们要为我举办生日派对,我知道你有多爱吃蛋糕"。

我把脸拉长成一副充满希望的样子,"巧克力蛋糕吗?"

"幸运的话可能是,"她说,"我得走了。我们要给一个人解剖,寻找把他肠子撕碎的弹片。"

"经过蛋糕的诱惑之后,这听上去很可爱。"

"你会来参加晚会吗?"

"我不会错过的。只要有蛋糕就不会。"

她又捶了我一下,把笑声留在身后,冲进了手术室。

"辛格医生!"小杰拉尔德背着麻袋向我走来。他的笑容能把一个房间照得比以太还亮。"老杰拉尔德不想不告而别。他在病房里。"

"我有空。"人群又在我们前面分开了,沿着走廊往12号病房走去。老杰拉尔德站在他那张被剥光的床边,把最后一件衣服装进麻袋里。他转过身来,脸上已经露出了笑容,我的心怦怦直跳。

感染已经侵入了他的内心,一根根卷须从他的脖子上慢慢滴落。

"我们这就走,"老杰拉尔德说,"谢谢你,医生。"

我必须做点什么,"我希望你继续关注病情,老杰拉尔德。如果你需要什么,或者睡不着,就来找我。"

他愣了一下,笑得更灿烂了,"我已经设想了你给我准备补药的场景。我想我不会失眠的。"

他愿意吃补药吗?比起内心生出的恐惧感,他会更信任补药吗?

老杰拉尔德耸了耸肩把袋子放好,"也许我会回来做个催眠。"

"会让你睡着的。"小杰拉尔德反对道。

"我可以上门拜访。比如,四天后?"

"我会叫玛丽去泡茶,医生。"

远离医院后,我可以让他继续接受治疗而不受怀疑,"那就等我吧。"

"玛丽见到你会很高兴的。医生,我们得走了。谢谢你为我们所做的一切。"

他们列队走出了病房。

对我来说,诸事不顺。等病人们都走后,我就用大孔针从比尔的脊柱上抽出液体,让他痛苦不堪。我原以为液体会是浑浊的,或者是锈迹斑斑的凝固血色,但实际上很清澈,尽管我选择的抽液部位在感染的浊气、怒气的边界内。

在实验室里待了一个小时,却什么也没有发现。虽然得不到所有测试的完整结果,但我还是需要知道。我需要文件来做研究,即使我知道什么也找不到。

我的针没有沾染上任何污物,这不应该。细菌、病毒、寄生虫——我应该有证据的,因为事实就摆在那里。我必须用凡间的手段来调查。我怎样才能开发出一种实验,证明我用天赋看到的东西存在呢?

我试着用简单的工作把这件事忘掉。有先见之明的文员们已经整理好了新的病人档案,空白处已经备好,等待着无数的人去填写。我有自己的分类方式,但分类文件并没有缓解我的沮丧。血液和尿液里什么也没有,脊髓液里也没有发现。

也许我需要做个脊椎活组织检查,但我永远也得不到许可。如果我能检查一个死亡的感染患者,也许会有帮助。杰克·邦廷的尸体就在警察的停尸房里,不过我无法接近。

任务的重担压得我喘不过气来。医生们认为这种错觉是想象的产物,是对谋杀和暴力的一种抵御,是对我们卑贱和野蛮本性的排斥。谁不愿逃离这样的回忆呢?

但我知道。我看到了。这些妄想伴随着我的病人,以及过去的数百——不,数千名士兵头上的干涸血云。

我把新的病人档案推到一边。我把比尔的病历放在记事本左边,然后打开了抽屉,取出我的治疗日记。

电话响的时候,我看着自己写的内容:"肿块一直在比尔·派克的头骨里,并沿着脊椎延伸,似乎是朝着大脑和神经而去。"

我当然需要有人打断我一下。我拿起听筒,把墨水抹到了太阳穴上,"啊嗨。"

"迈尔斯。"

我忍不住叹了口气,"格雷丝。"

"很高兴在办公室碰到你。今天怎么样? 去看游行了吗?"

"队伍正好经过了医院。有什么需要帮忙的吗?"

"我找到了一套公寓，"她说，"在哈尔斯顿公园。有八个房间。"

"太大了。西边太远了。"

"迈尔斯，你不能住在伯德兰。总之，我自有打算。你可以去伊甸山庄，在我家的套房里过夜，明天早上会有马车来接你。"

"我今晚有约。"

电话里的沉默让我耳根发凉。我合上笔盖，等待着。

"和你的……朋友？"

"是的。"

"你不应该和他来往。太危险了。"

"怎么会？"

"我知道你看不到我视线内的东西。"她声音里的同情已经通过电话线溢了出来。紧挨着我耳边的以太让我浑身起鸡皮疙瘩，这种感觉和她的声音明显是相抵触的，"他可是个巫师，迈尔斯。"

我咬紧牙关，想起昨晚得出的关于巫师和法师真正区别的结论。我也在发抖，因为崔斯坦正处于危险之中。要是格雷丝想举报他，他们就会把他抓起来。我不知道他们是否可以扣留一位半神国的亡灵守护者，但我不想知道。

"你还蒙在鼓里吧。很抱歉。"

"我知道。"

"什么？你怎么可以这样呢？他们很危险！你不能相信他——"

"这不是问题的关键。"

"我才不管。别再见他了，见见别人也好。你怎么能跟一个妄自尊大的巫师混在一起，他们随时都会发疯的——你是疯了吗？"

"别对我指手画脚，我不会和你一起吃饭，我也不会去伊甸山庄过夜，我和亨特先生相识的话题到此为止。"我把秘密日记本塞进抽屉里，关上的声音有点太大了，"我得走了，格雷丝。"

我挂了电话，然后数到十，深呼吸，细想着所有的一切。她从小就喜欢对我指手画脚；从我清楚地知道自己不是风暴歌者的那一刻，她就开始管着我了。她必须清楚，我不是她的下属。我是我自己，有我自己的事业，自己的事情。

比如我的病人。我把心思用在了琢磨实验结果上，一定有什么等着我去发现。

我必须弄清楚如何利用试验来测试。可然后呢？诊断并不意味着治愈。万一我找不到治愈的方法呢？

我一定可以。数千名士兵都感染了。

办公室的门上出现了一道影子。

"进来。"

崔斯坦戴着一条与我的外衣很配的猩红色丝巾。他伸手去拿我的外套，"迈克尔把车停在几条街以外的地方了。"

当我穿上制服外套时，他手里拿着我将要穿戴的帽子，"不能停近一点吗？"

"交通简直一团糟。人们都在街上跳舞。"

"我想换件衣服。"我紧紧咬住嘴唇。闭嘴吧，迈尔斯。

"大多数人只会看到制服，看不出其他东西。快点，我们不能迟到。"

第十五章　星辰

《金斯顿星报》坐落在国王大道东边的一栋十二层楼里，它的石灰岩三角墙上写着"精确、有趣、及时"。《星报》往往会从有趣的报道转向耸人听闻的内容，但我每天早上都会像我的邻居们一样读报。

崔斯坦注视着一个女人，她脖子上挂着两个摄像机，身后拖着一个行李袋。她穿着高跟鞋跑向电梯，但电梯还是在她面前合上了，接着她说了一串话，在我上战场之前，我从来没听一个女人说过。

崔斯坦加快了脚步，我却和他相反。她就是那个去过尼克·埃利奥特的公寓，颧骨很高、举止优雅的女人。尼克的情人。

"真倒霉。"崔斯坦说，"要不要帮你拿行李？"

"我必须赶在这个满是毒疮的期限之前，否则卡利会杀了我。"她一个手指接一个手指地脱下手套，露出涂成亮黑色的指甲。等她终于抬头看到崔斯坦时，她笑了，"有一位先生帮忙真是太好了。"

"我是崔斯坦·亨特,"崔斯坦说,"这是迈尔斯·辛格医生。"

她把我大衣的翻领推到一边,看我的奖章。我静静地站着,她的指尖飘过我的女王英勇十字勋章,"你好,英雄。我是阿维娅·杰瑟普。"

她向我投来的目光是如此热烈,我感到脸上绽开了光彩,"很高兴见到你。"

"哦,希望如此。"我向她鞠躬,牵起了她温暖的手。她只是有点醉了,但在其他方面却很健康,"是什么风把你吹到《星报》来了?"

"我们和休闲版的编辑有约。"

"真是太巧了。我可以带你去见她。"她向我倾过身来,"告诉我是怎么回事?"

"我们来打听尼克·埃利奥特的消息。"崔斯坦说,我闭上了嘴。

阿维娅睁大了眼睛,张嘴吸了一口气,"他已经死了,对吧?"

"恐怕是的,杰瑟普小姐。"

她叹了口气,把脸转向天花板,"我就怕这个。"

哦,真的吗?

"你跟他很熟吗?"崔斯坦问道。

"我们是好朋友,"她回答说,"他是怎么——怎么发生的?"

"我觉得是砒霜。"我说。

"哦,尼克。"阿维娅闭上眼睛,但又睁开了,专注地看着我的脸,"你说'你觉得',是什么意思?"

"尼克死得很蹊跷。他有什么仇人吗?"

"没有。大家都很喜欢他,不管他怎么看待自——。"阿维娅盯着我,"他是被谋杀的?"

我张了张嘴,又闭上了。她怀疑是自杀。如果是我们错了呢?如果尼克疯了呢?他请求我帮助的时候也许是疯了,但他肯定是被谋杀了。

"我们有理由相信他是,"崔斯坦说,"如果你能帮我们——"

阿维娅用一只脚一转,笔直地打开了通向休闲版编辑部的双开门,"我不敢相信有人会对尼克这么做。大家都很喜欢他的。"

一个女人推门而过,手里端着一杯黑咖啡,"尼克怎么了?"

她上下打量着我们,目光停留在我的奖章上。我应该换件衣服的。

"他死了,"阿维娅说,"死于谋杀。"

"尼克·埃利奥特被人谋杀了?"那女人惊叫道,新闻室沉闷的轰鸣声顿时平息下来。

他们瞪大了眼睛。人们开始哄抢钢笔和记事本,记者们围了上来,猎物出现了。

"你们也不是警察呀,"那女人接着说,"为什么是你们在这里,警察呢?"

我犹豫了一下。崔斯坦介入了,"辛格医生正在收集证据,准备递交给警方。"

"尸检难道还不足以引起他们的注意吗?"

"尼克·埃利奥特是怎么死的?"另一个人问。

"我们认为是被毒死的。"崔斯坦说。

人群靠得更近了,"你认为?"

"这就够了。"

二十个人的头转向一个身穿玫瑰色步行服的娇小女人,她的长发打理成了复杂的冠状辫子,这是我小时候流行的风格。她用手杖支撑着自己,"你们可以回去工作了。先生们,可以来下我的办公室吗?"

阿维娅作势要跟我们走,那个女人眯起眼睛拦住了她,"杰瑟普小姐,红丝带女性午餐会上的底片都冲洗出来了吗?"

"还要选择一种印刷字体。"

"那你还有工作要做哦。"

阿维娅喘了口气,大步穿过房间,行李袋上的轮子吱吱作响。

"我是卡罗琳·米勒,"小妇人说,"你准是崔斯坦·亨特。"

崔斯坦弯下腰,握住她的手,"我身边这位是迈尔斯·辛格医生。他是这个案子的正式调查员。"

她又看了我一眼,"军队里的外科医生?"

"我在博勒加德退伍军人医院工作,米勒太太。亨特先生把尼克送到了我的医院。"

"我明白了。"

她让我们进入她的办公室,里面的空间很狭长,还有一面玻璃墙,可以俯视员工的办公桌。她的客用椅子很好看,是用手工雕刻的木头做的,有着完美的弧形靠背。我心满意足地叹了口气,然后她用仿佛可以洞穿一切的眼神看着我,"你就像在鱼钩上蠕动的虫子。既然警察说没有证据，你为什么还要追究？"

"我还没来得及检查，尸体就被毁了。"我说。

"埃利奥特先生今年早些时候有几次旅行。"崔斯坦说，"是因为这里的工作吗？"

米勒太太抬头看了看天花板，气得不得了，"那些该死的旅行。我就不应该答应的。他开始提前完成工作量，这样就可以抽出时间赶在截止日期前完成任务。现在休闲版编辑部的每个人都认为他们可以潇洒地说些废话，然后去度假。"

"他们是个人旅行吗？"我问，"他有说去干什么吗？"

"他说在为一本新书做研究。"

崔斯坦插了一句，"所以他从来没有根据他的研究给你编过故事？"

米勒太太盯着崔斯坦，"他旅行的时候到底做了什么？"

"我们也不确定，"崔斯坦承认，"你知道他去哪儿了吗？"

"你应该问问爱丽丝·法默，"米勒太太说，"她虽然只是个打字员，不过哪怕她有一星半点的写作能力，我也会马上给她一张记者证。"

崔斯坦歪了歪脑袋，"这个感叹还挺有趣。"

"她从来不忘事，"米勒太太说，"但她不会写字。任何写字的任务都不行。就是那个在拐角处，穿绿色衬衣的。"

爱丽丝·法默在打字记录时，她的前臂有力而灵巧地摆动着。她的姿势很完美，身形挺拔，泰然自若。她看着我们走近——

好吧,是我。她虽然盯着我,可手指始终没有失去节奏,还伸手将压板打回原位,又去征服下一行。她甚至没有看一眼她抄写的笔记。她的眉毛总是露出惊讶的神情,额头上布满了皱纹,褐色的大眼睛睁得大大的,目不转睛地看着我。直到我们走得很近伸出手后,她才转移了视线,耸起肩膀自卫。

我把手放了下来,崔斯坦也是。

"是法默小姐吗?我是崔斯坦·亨特,这位是——"

"我知道他是谁。"她的声音很轻柔,几乎有些水汪汪的,"大家都以为你死了,克里斯托弗爵士。"

房间仿佛震动了一下。

崔斯坦抓住我的胳膊,稳住我,"你怎么会认识他?"

"《金斯顿皇家先驱报》,康斯坦丁娜女王统治的第四年,飘零之月19号。你和你父亲在一张照片上出现过,"她说,"你在汉斯莱公园的儿童花园剪彩。"她歪着头,把手指捏在一起。

那天我就已经剪了彩带。那时我才六岁,还没有让人失望。

"我是迈尔斯·辛格医生,愿为您效劳。"我说。

"尼克有一张你的照片,"她说,"很高兴见到你,辛格医生。"

"有什么?"

爱丽丝从座位上移开,低着头走到尼克的办公桌前。她拉开抽屉,递给我一张照片。我站在博勒加德的铁栅栏旁的人行道上,等着罗宾解开自行车链。这张照片的构图很草率,仿佛有人只是把相机对准我们就拍了。

"飘零之月16号。"爱丽丝说,"这张照片拍得不是很好,但尼克给我看过之后,我就记住你了。我告诉他你是谁后,他似乎很惊讶,甚至还问我是否肯定。"

这就解释了尼克是怎么知道我的名字的。为什么要拍这张照片呢?如果假设尼克能看到光环,那就说得通了。他可能在医院调查那几个人,看到我在那里,便拍下照片作为他探寻真相的一部分。

"对不起。"爱丽丝说道,眼泪直流。

我们跟着她回到打字机前。崔斯坦扶着她的椅子说:"米勒太太和我们说,你可以回答一些关于尼克·埃利奥特今年旅行的问题。"

她把目光滑向一边,"他确实去旅行了。在新岁之月3号至7号去了赫德利(因个人原因);雪凝之月14号到19号去了柯福德(去写一篇关于南方温室养殖的文章);阳春之月20号到25号去了红鹰(因个人原因)。樱之月4号到9号去了诺顿(参加桃花节)。夏令之月11号到16号去了玛丽的愿望(因个人原因)。"她的双手一下子松开了,用手指紧紧地拧着裙子,"我要工作了。"

他最近去了什么地方?"只有这些吗?"

"飘零之月5号到9号去过拜韦尔。"爱丽丝咽了下口水,"去看——去看他母亲。"

崔斯坦和我交换了一下眼神,"他母亲。"

爱丽丝把目光落在双手上,双手拧成一团,"他已经完成了所有工作。他的每个专栏都是我打的。尽管提前三个星期就写好了,但他还是完美地预言了那个的可爱花园。"

崔斯坦在我身边动了动,"他是个什么样的人,爱丽丝?"

"他很善良。"爱丽丝的笑容让她看起来很漂亮。"如果他想查阅上一个专栏的内容,他会来问我。我挺喜欢他的。"

"他有什么变化吗?有看起来不开心吗?"

"他试图掩饰这个。"爱丽丝说,"也许没人知道。"

"他什么时候开始隐藏的?"

"从诺顿回来后,他变得更沉默寡言了,也不再笑了。"

有几个月了。可能更久,但我相信法默小姐的记忆力。

"法默小姐,如果你还记得什么,请告诉我好吗?"

崔斯坦递给她一张名片,是用乳白色硬纸做的,有压花边框,"谢谢你的名片,亨特先生。我会保存好的。再见,辛格医生。"

爱丽丝回到她的抄写工作中,打字时依旧没有参照原页。

我们向米勒太太点了点头,一言不发地离开了,直到电梯里只剩下我们俩。

"她没叫我崔斯坦爵士。"

"她大概已经记住了贵族的名字。"我说,"亨特不在上面。"

"那些城镇之间肯定有什么联系,"崔斯坦说,"找到其中的联系,我们就能发现旅行的原因。"

"他对自己正在研究的东西保密,"我说,"金钥匙出版社虽然拒稿了,但还是被偷走了。很明显,他发现了一些别人不想泄露的东西。"

"有权势的人?"

我想到了珀西爵士,但我没有证据。如果是哪个隐巫者想杀掉一个有记者证的反战煽动者,他是最有可能的。我怎么能找到他的证据呢?我根本无法接近他。

但崔斯坦或许可以。如果我们有足够的证据指向珀西爵士,或者更准确地说,指向他的部下的话。"必须这样,不是吗?我被他的手下抢劫,尼克的公寓被盗,他的尸体被巧妙地毁掉……我们必须找出他写的东西。"我说。

我们来到了街上。这里没有庆祝活动,但在我们南边的街区,到处都是唱歌跳舞的人。迈克尔坐在马车顶上,手里拿着一个便条本,但还是跳了下来给我们打开车门。

"迈克尔,去喜鹊路东3921号。"

"好的,医生。我记得。"

"如果你需要帮忙收拾衣服,我可以帮你。"崔斯坦伸开四肢躺在马车后面的弹簧软垫长椅上。"现在,简单吃点怎么样?"斯帕罗太太把肩膀的一边靠在炉子上,现在炉子应该快要散架了。

"我应该待在家里。我要……我明天要做一次治疗。"

崔斯坦歪着脑袋,"你隐藏了你的天赋,但你还在做治疗。"

我不想谈这个。马车颠簸着进入车流后,一团又酸又热的东西在我的胃里膨胀起来,化作一只酸涩的手伸进了我的喉咙。"我的家人。"

"啊。"

回家的路途很短。崔斯坦伸出一只手拦住我,伸向自己胸前的口袋。

"我想给你一样东西。"

我盯着他掌心上那把长长的铁钥匙,"你的钥匙吗?"

"以防你需要一个精神疗养院。"

"我不能——"

"我希望钥匙会在初日回来,"崔斯坦说,"现在就拿去吧。"

我接过钥匙。因多年的使用上面产生了一些缺口和刮痕,放在手里感觉很沉。现在无论白天还是黑夜,我都可以随时光临。普通朋友可不会把家里的钥匙交出来。

只有恋人可以。"我可以——"我说。

崔斯坦迎向我的目光,握住我的手,"迈尔斯,拿去用吧。我们还有工作要做。霜夜即将来临。这样会更轻松。"

霜夜来得太快了。"那我收下了。"我说。

他肩膀上的紧张感消失了,"要记得用上它。"

"我会的。等我结束之后。"

"人们会在马车后面啧啧称奇的,"崔斯坦说,"明天见。"

第十六章　羁绊

我从口袋里拿出钥匙端详一番,然后放在床头柜上,紧挨着我的闹钟,闹钟的时间是早上五点。我闭上眼睛准备睡觉,钥匙捕捉到了街上的一丝光线,直到第二天早上,它仍然在那里,并不是幻想和什么假把戏。我烤面包时,钥匙压在了我的裤兜里。在休息日,我是第一个起床的,甚至在巴斯太太下楼去打开公寓大门之前,我就已经醒了。

"辛格医生。"她歪着头站在厨房的门槛上,但还是走上前,喝了一杯刚煮好的咖啡。她呷了一口,对我冲泡的质量满意地点了点头。

"你要去医院加班吗?"

"只是早起而已。"我说道,我的指尖触摸着白色的杯子,收集着它的热量。

"你朋友会派那辆上乘马车来接你吗?"她举起了咖啡杯,"你来之前,从来没有绅士在我家里住过。"

"我已经不是绅士了,巴斯太太。"

"医生,有些东西就像一件旧外套一样,是褪不掉的。"巴斯太太冲我微笑,"如果你需要突然行动,我也能理解。"

她从椅子上起身,我跟在后面。巴斯太太打开前门,在周末版的《星报》后面,一辆沉重的钢制敞篷四轮马车正等在人行道的尽头。四匹戴着头巾的黑马形影不离,静静地站在那里。

巴斯太太回头看着我,"我猜那是给你准备的。"

"谢谢你,巴斯太太。"我弯下腰为她取回那份《星报》,然后跨过门槛,走向人行道。

"辛格医生。"

我停了下来,"巴斯太太,怎么了?"

她用苍白的手指捧着报纸,眼睛盯着马车,"小心点。你们两个。"

"巴斯太太?"

她紧张地笑了笑,然后关上了门。

"您需要帮助吗?"

脚夫已经悄悄地走了过来。我把包交给他,领着他往马车走去。这是一辆旧的家庭马车,经过翻新,看起来就像十几年前的样子。格雷丝向我眨了眨眼,把脚从对面的长凳上挪开让我坐下,"天哪,你穿的是什么?"

她惊讶地看着我的花呢夹克和平顶帽。

"工作服。"一个叛逆的小恶魔在指导我穿衣——我没有穿那套上好的灰色法兰绒西装,而是穿了一套用机器按照均码制作的花呢格子夹克。肩部很合身,身体起伏较大,裤子上的格子也不太搭。

没那么糟。

格雷丝皱了皱鼻子，"你住在一个单间，穿得破破烂烂的。我觉得你穿去参加午宴的那件衣服有点过时了，那件衣服穿起来就像个劳工。"

这不公平。我没有戴领巾，而那套西装有一件马甲。"我想我们应该谈点别的。"我说。

"我给你带了早餐。"格雷丝指了指对面座位上的篮子，我坐在旁边，掀开了盖子。

格雷丝敲敲车顶，马车颤抖着开动了。我紧紧抿着嘴唇，看着我的早餐。从玻璃罐中取出的草莓，放在了人工制作的双层奶油中。用鸡蛋、蘑菇、香肠和奶酪填充的鸡蛋面包结。我的口水都快流出来了。一堆粉红色的培根，上面还淋着甜芥末酱。

这是一场灾难。

"这是我最喜欢的早餐。"

她微笑着，充满着自豪与喜爱，"我记得。"

"格雷丝……"她只是想让我开心，"你不应该这么做。"

"哦，迈尔斯，求你了。别再荒唐地自我否定了。吃你的早餐吧。"

"你把仆人赶出了房子，"我解释道，"然后你让厨师在黎明前为克里斯托弗少爷做好最爱吃的早餐，在天亮前带走。"

"哦。"格雷丝的嘴抿了下去，担心得嘴唇发抖，"你觉得她明白了吗？"

"她会用我最喜欢的东西来逗我开心。"

我调皮的时候，常常躲在她的厨房里。就算在最糟糕的日子里,我也完全不想离开。

"我会让她保持安静的。"

"那她就知道自己是对的。"

"我不是故意要——"格雷丝叹了口气,"抱歉。"

"你也没有恶意。"我拿起银勺,开始吃早餐。我吃了草莓,三个带馅的鸡蛋面包还有培根,一点也没剩下。我吃完的时候,格雷丝目瞪口呆。

"治愈术会耗尽我的精力的,就像风暴之歌会榨干你一样。"我说,"神奇的魔法。虽然只是二流的把戏。"

"我知道,"她说,"次巫的魔法也有自身的价值。但是你的会——他们应该对你更好,迈尔斯。他们应该更好地对待所有的次巫。"

"哦,得了吧,格雷丝。我们有住的地方,衣食无忧,生活得很奢侈,不是吗?我们不应该心存感激吗?"

"别对我发脾气,迈尔斯。我理解那种感觉。"

"你不明白。你可以想象,也会同情,但你无法理解。"

格雷丝望着窗外的金斯顿,随着马车车轮的每一次转动,她变得更加时尚和富有了。我们经过韦尔斯顿三角区,进入了哈尔斯顿公园。崔斯坦家的前门就在我们身后的某个地方。

"我们快到家了,"格雷丝说。

我的早餐让我的胃变得沉重起来。

西角是一个公园,里面散布着各式房屋,比15号以西的街区豪华多了。这里种植的苹果呈深酒红色,果肉酸涩,非常适合做馅饼和苹果酒。格雷丝还爱吃苹果吗?还是已经长大了,不爱吃了?

我回头看了看那个舒舒服服地躺在座位上的女人。我不认识我妹妹了。我离开的时候,她还那么小,现在已经要站出来承担一些父亲的责任。

马车放慢了速度,转过身来,抹去了我的沉思。汉斯莱府在朝阳中打着瞌睡,玫瑰色和琥珀色的灯光照在我们身后的马厩上。我伸长了脖子。房子这边的小窗户一字排开,挤在一起,这样每个仆人都会有自己的小房间。我摸了摸那块手工凿成的灰色石头,惊讶地发现里面什么也没有。

仆人们早上放假了。大多数人都不在这里,剩下的都在享受奢侈的睡眠。我小心翼翼地踏上台阶,安静得像只老鼠,直到我们走到地毯上。地毯是手工编织的,上面还勾勒着环环相扣的正方形图案。我头也不回地穿过我以前的卧室,在小桌子之间晃悠,桌子上立着几尊透明的玻璃雕像——那些是艺术,不是宗教。我把手抄在背后,永远都不想碰那些东西。

我想弄倒一个。

格雷丝停了下来,我们忙着倾听这种寂静的声音。她轻轻地用手指按了按门把,我们蹑手蹑脚地走了进去。

我早该料到的。

主卧旁边那张又宽又重的床上,一个老人正躺在左边睡觉。头发因年岁而结了霜,鬓毛般的胡须雪白一片。他在我的记忆中是那么的高大。眼前这个男人十分消瘦,经过一年痛苦的垂死挣扎，脸上的皱纹更深了。

我的父亲。

这就是那个给我的生活蒙上阴影的巨人的下场？他看起来是那么的弱小。虽然人很虚弱，但肺里的赘生物却生长得很健壮。它们仍然在生长。长得很旺盛，有的大如拇指头，有的小如斑点，但数量太多，太结实了。我救不了他，但我可以为格雷丝争取一些时间。

我把指尖放在他露出的胸骨上，开始早饭后的工作。太多了。我来得太晚了。如果我一年前就看到这个……

在我的意念下，赘生物都缩小了。我攻击最大的，让它们变小，然后直接杀死了小的赘生物。我一直忙活到视线边缘发黑，头脑肿胀发热。

父亲可以从床上爬起来。这会是一个奇迹，即使还不够完整。我治愈不了他，但可以多活几个月了。

格雷丝注视着我，嘴唇抿得发白。她眯起眼睛，似乎想看清我在做什么，她的眉毛担心地扬了起来。我希望有更好的消息给她，并努力微笑。

格雷丝的表情从担心变成了恐惧，"迈尔斯。"

她注视着我身后那个虚弱的身影。

床上的人动了动。

父亲像毒蛇出洞一般迅速地抓住了我的手。力量压在我的皮肤上，在我身上打洞，威胁着要把我碾压个粉碎。

我奋力挣扎，但我已经倾注了所有的力量去治疗，心力交瘁了。他那又薄又干的手如同他的力量一样紧紧地捏住我的手指。

"别再挣扎了。"

"放开我!"

"哦,别傻了,克里斯托弗。"

我拽着他的手,想把力量之网扯开。

即使房间在旋转,眼前一片漆黑,我也没有放弃。

我坐在一张软垫椅子上,苏醒了过来。我觉得皮肤还紧绷着。一些肮脏的东西污染了我鼻子下的空气——闻起来有咸味。

"迈尔斯。"

是格雷丝的声音,她的手放在了我身上。实在是太多了。我挥手驱散臭味,挣扎着站起来。

一股力量把我压住了。怎么——

瞬间我就明白了。

我看了看妹妹的肩膀,"放开我。"

"不行,"我父亲说,"是时候停止胡闹了。你的自私几乎毁掉了这个家庭,你要负起你的责任。"

不能再使力了。我现在浑身乏力,已经晕倒了,"我才不要做你的奴隶。"

"是为了格雷丝,而不是我。"

"闭嘴。"我紧紧抓住椅子的扶手。我的手腕很疼,一直在发热,抽筋。父亲的力量包围了我。如果能将力量刺穿,撕裂,我就能挣脱开来。

父亲证实了我的怀疑,"你没有被缔结,只是被控制了。如果你不识抬举,我就让你成为格雷丝的羁绊。"

我抬起疲惫的头。格雷丝跪在我面前,双手放在我膝盖上。

"迈尔斯,他真的会那么做的,"她低声说,"求你了,这是唯一的办法。"

"这是你的计划吗?"

"笨蛋,你们俩总是太放肆了。格雷丝已经告诉我,在我准备控制她的时候,她做了什么。我应该抓紧你,确保你会同意。"

"我从没想过会发生这种事,迈尔斯。"

"同意吧。"父亲说,"答应与格雷丝缔结羁绊,否则我就把你带走。"

他有一个弱点。我后背上有个地方在摇晃。我感觉到了,摸到了它,让我的触觉变成了一把刀——

父亲弯了弯手指。

我的喉咙哽住了。我挣扎着,窒息的感觉把我拖入了恐慌。我失去了对力量的掌控。我真蠢。太蠢了。我又一次挣扎着寻找它,在我的监狱里寻找着一个弱点。这时,一切都变得黑暗起来,我的身体迫切需要空气。

"别打了。"

"迈尔斯,"格雷丝哀求道,"他会缔结你的。"

我看着眼前的一条隧道正快速地消逝。

父亲又恢复了体力。他的身体并没有因为治疗而枯竭。他站起来了,充盈着我的力量。我需要触摸他。但我无法与他的力量抗衡。

我拖着身子在地板上走,但他却迈开了脚步。我爬得更远了，他只得离开我的手掌。我抬起头，伸出手，一切都暗了下来。只要我释放出能量，父亲就会给我喘息的机会。我的头晕乎乎的，但还能呼吸。

我吸了两口气，然后又贪婪地吸了一口，咳嗽起来，"我同意。"

"直接说出来。"

"我同意你缔结我，格雷丝。"

"让她来吧。"

"父亲——"

这股力量再次将我压垮，"说。"

我老鼠般的生活结束了，我的自由消失了，但我仍然没有勇气去死。

我向妹妹伸出双手，掌心向上，手腕合拢，"请缔结我吧，格雷丝。"格雷丝哭了，但她还是照做了。

我太虚弱了，无法独自行走，但我只是朦胧地意识到这一点。我已经走得很远了，到了一个没有什么值得大惊小怪的地方。

格雷丝扶着我走过走廊，喃喃地说："不该这样的，绝对不应该，迈尔斯，很抱歉。我从来没有想过会弄成这样。"

这并不重要。甚至连自己的感觉都不是真实的。格雷丝的力量控制着我，但这发生在别人身上。另一个人的手腕温热地跳动着，而且带有瘀伤。有人感到恶心和疼痛。另一个人在挣扎，拍打着薄如纸片的翅膀，试图从刺穿他的大头针中逃脱。

我只是静静地看着，内心毫无波澜。

去人格化是一种心理上的诡计，是将身体里自我的感觉分离出来，用来缓冲恐惧。我非常清楚那是什么，但即使知道也不能改变什么。我只是一个旁观者。

所以我看着格雷丝带着我走过几何地毯，走过那些玻璃雕像。我伸出一只胳膊，富有同情心的莉莉娅摔在了木板上。

"对不起，迈尔斯，原先不应该是这样的。"

她用脚尖推开了一扇门。

我的卧室没有一点灰尘。床上用品散发着马鞭草的味道，各种亚麻制品洗得十分干净。我留下的一切都摆在原来的位置，就连留声机的喇叭也还对着床。

这是一个圣地。我钻进毛茸茸的床，格雷丝给我披了一件锦缎。她坐在床边，用一只手抚平了我的前额。

"说点什么吧，迈尔斯。什么都可以。你尽管恨我。我活该。"

我闭上眼睛。而我的声音，我自己沉着冷静的声音，向我内心那病态的、空洞的感觉低声说道：*我不认识这个女人。我只认识那个女孩，那个忠贞不渝、才华横溢的女孩，她无法承受保守秘密的重负。这个女人可以做到吗？是她一手策划的，还是她在父亲面前根本毫无秘密可言？*

"和我说说话。"

我一直闭着眼睛，"走吧，格雷丝。让我一个人静一静。"

"你有什么想要的吗？"

"我的自由。放了我。"

"没你想的那么糟,迈尔斯。"

这不值得回答。

她把手放在我肩上,"我希望你能继续行医,希望你能独立。让人们看看一个次巫如果能自由支配时间会有什么样的表现,这至关重要。"

"可以自由支配,但并不自由,格雷丝。"

"我需要你,迈尔斯。如果我要想得到发言权,我就需要你。我想说服你,但我不想像这样。"

"可你不肯放了我。"

一片沉默。

我转身松开她的手,背对着她,"走开。"

床摇晃着。门边的地板还在吱吱作响。门关上了,伴着钥匙转动的沙沙声,我那平静的、思绪遥远的心灵点了点头。

为了做自己想成为的人,我放弃了一切,抛弃了一切。我想成为一名医生,一个治疗师,而不是依附于一个真人做她的奴仆。十三年来,我一直是自由的。

不。十三年来,我一直在躲藏,把自己缩得很小,因为害怕这一刻——他们发现了我,把我扔回原来的地方。

我还是回到了这里。所有的东西都和我离开时一模一样,每本书和唱片都在原处。在这里的那些年并不重要,那段时光根本就不存在。

我的生命结束了。我的事业毁于一旦。我辛辛苦苦掌握的所有技能都将付诸东流。我被送回了家庭的牢笼里,只不过是格雷丝的副手，要我顺从她，服从她，我唯一的价值就是随时可以从我身上夺走的力量。

我已经走了这么远，即使我不得不在行医背后隐藏我的力量。我现在要治好格雷丝的感冒，减少父亲体内的癌细胞。照顾那些已经拥有最好的一切的人。

我想睡觉。我想遗忘。许多次巫每天都喝酒，在酒精的朦胧中尾随在他们的风暴歌者身后。有些人闻到了鸦片烟斗里的花香，就目光涣散，几乎走不动路。

他们中一些人吸食的鸦片，足以使他们做梦到永远也醒不过来。

很多东西都能杀了你。不用喘一口气我就知道了一百种。自从有"天堂营"以来，我第一次列出了触手可及的手段。我心里估量着系在银灰色丝绸窗帘上的绳子，另一个念头向我泼了一盆冷水——如果我死了，我的灵魂就去不了绚夏福地了。崔斯坦还是没有找到他们真正要去的地方。

崔斯坦的钥匙压在我的大腿上。我摇摇晃晃地从口袋里取了出来，在手指中转动着，触摸着那些划痕和凹痕。崔斯坦肯定想知道我出了什么事。他会来找我的。他也许知道如何解开羁绊。就算他不知道，他也会帮我反击。

我把钥匙塞回口袋里。

我坐了起来，把铺盖从腿上扔了下去。格雷丝已经把门锁上了。我穿过连接卧房、更衣室和浴室的狭窄走廊，来到客厅。这里和我离开的时候一模一样，就连书桌也还在窗前，窗外有一棵榆树，离窗台只有几英尺远。

我从小到大都没有爬出过这个窗户。我感觉有点难受。无论我跑到哪里,格雷丝最终都能找到我。

我打开窗户,爬过我的旧桌子,不顾自己的手腕,沿着皮叶粗糙的树枝匍匐前进。树枝在我的重压下倾斜了,灿烂的金色叶子在我的打扰下颤抖着飘落。我爬了下去,双手挂在最低的树枝上,落到草坪上。

这不是最好的着陆方式。我一瘸一拐地走到马车房,冲了进去,我已经扭伤了左脚踝。我目瞪口呆地看着旁边停着的车辆,长着一副鼻子,质地光滑,闪闪发亮。

这是一辆汽车。在这个城市里,萨迪·兰瑟的发明并不多,普通人十几年创造的价值也抵不上它。它们是令人叹为观止的奇物,奔跑的速度可以超过最快的马或最强壮的骑手。

要是开车,格雷丝马上就能抓到我。

我转过身去,找到了我想要的东西。我偷的那辆黑漆自行车可能是仆人的。我把内疚感塞在同一个角落,在那里我忽略了自己颤抖的四肢,踩着脚踏穿过风景如画、令人牙痒痒的车道,来到光滑的黑色街道。

还要过多久格雷丝才会意识到我已经不在了?她可能已经知道了。我的脊椎骨慢慢地蠕动着,但我还是继续踩着踏板。我把自行车拐进了哈尔斯顿公园,沿着公园的斜边骑到了对面,离开了这个仍在沉睡的地区。

韦尔斯顿三角区已经苏醒,开始营业了。我遇到了书店、软呢帽店、裁缝店和茶馆，骑着车逆风而行。一阵头晕目眩的感觉和越来越暗的视线说服我下车步行。我没有锁，但崔斯坦的家并不远。

如果我还有什么东西要排出的话，我一定会在街上呕吐的。汗水的淡淡光泽让我感到寒冷，但我还是走到了崔斯坦家的前门。

这把钥匙可以插进锁里。我转动钥匙，拖着自行车走了进去。我的倒影十分苍白，深陷在阴影中。楼梯若隐若现，又陡又窄。厨房似乎有一英里远。

但我已经骑了三次了。

我步履沉重地走着，全然不顾脚踝的疼痛和手腕的跳动。我跌跌撞撞地走过短短的走廊，来到厨房。

崔斯坦穿着一件黄色的丝绸睡衣坐在那里，喝着一杯咖啡。

"迈尔斯。"他站起来把我扶到座位上。

"他们给我缔结了羁绊，崔斯坦。"

"你的家人？"

"我逃出来的。"

"原来是这样。"

"我饿了。天好暗……"

天暗了好一会儿。

第十七章　更崇高的利益

橙子的酸味和果糖味浸湿了我的舌头，我咬了一口。果汁像阳光一样爆裂开来，糖粒在我嘴里融化。鹿皮衣在皮肤下伸展着，光滑而温暖。

我睁开眼睛。

崔斯坦坐在昏睡沙发边上，手里拿着一块糖粒状的橙子。他把橙子举到我嘴边，我又咬了一口。

他耐心地喂我吃橙子，一块接着一块，煮咖啡和煮燕麦的香味飘进了客厅。我想坐起来，但他推了推我的肩膀。

"放松点。你当时晕倒在我怀里了。你一时半会儿还不能起床。"

"我没有晕过去。"

"你昏倒了，精疲力竭。我很惊讶你能一个人来到这里。"

"我也是不得已。"

"我猜你家住在西角吧。"

"我们那儿可以看到艾尔斯湾，就在公园旁边。"

"我有一次曾试着去探索这个地方,结果被礼貌地送出了小区。你们家很有势力。"

"是的。你知道的,我们都是法师,个个都是皇家骑士。"

"你和谁……缔结了羁绊?"

"我妹妹。"

"啊。"崔斯坦用一只手在收拾果皮,"她会来找你的。我马上就回来。"

他离开了房间,我的头倒在垫子上。我感觉好些了,但已经饿坏了。我不能吃下堆积如山的食物,然后再准备战斗。我必须慢慢地补充能量。我会在原地不动,等格雷丝找上门来。她会在我恢复之前找到我。

空气变得越来越凝重,存在一股朦胧的力量。空气跳动着,经过我的皮肤,每一次跳动都会渗入墙壁。崔斯坦回来后,我已经听不到街上的噪声了。

"你做了什么?"

"我给房子蒙上了帷幕,这样她就察觉不到你了。"

我安全了。"完美。"我说。

"还得看情况。"崔斯坦端着一个托盘和两个碗回来了——他吃大份的燕麦,给了我小份的。他把燕麦递了过来,"不用我多说,但你要慢慢吃。"

"我会的。这取决于什么?"

"你妹妹有多聪明?"

"她很机灵,有耐心,肯定会找到我的。"我抬头看着他,"你不能……你有办法破除那个羁绊吗?"

"我不会，"崔斯坦说，"等你康复了，你自己说不定可以。你比你妹妹强大。"

我吞下温热的麦片，"你怎么知道？"

"你有两颗灵魂之星。除非她天赋异禀才能比得上你。"

"格雷丝很厉害的。"她还是学生的时候，因为想骑自行车，她就第一次靠自己的力量平息了一场风暴。但崔斯坦是对的，"我怎样才能解放自己？"

"如果她不让你走呢？把她榨干，直到她无法再保持这种关系。"

我放下勺子，"要是我贸然出手，万一力量不够，那怎么办？"

"你可能会死的，像你母亲那样。"崔斯坦直截了当地说，没有遮遮掩掩，也没有喃喃自语，"这不是我说了算，但我希望你不会。"

"但你认为，我比她更强大。"

"两个灵魂缔结在一起？是的。但你可以在她放弃羁绊，对你放手之前伤害她。"

"她会因此恨我的。"

"那你愿意继续做她的奴隶，好让她继续喜欢你吗？"

"我也会因此恨她的。"我吃着燕麦。里面有浓郁的香料，点缀着烤苹果块，"所以我就待在这里，直到我准备好面对她。"

崔斯坦喝着咖啡，"你想待多久就待多久。我会继续更新房子外面的帷幕。你去给谁治疗了？"

"我没有治好他，"我说，"我为他争取了一些时间，但他快死了。"

"谁?"

"我父亲。"

"他是谁?"

"隐巫者主音。"我说,"他是——我父亲是一张巨网中的蜘蛛,他快死了。我妹妹将会接任,但权力已经发生了转移。"

解释完的时候,我已经刮到了碗底,最后一口燕麦有点胶着和冰凉。崔斯坦听着,若有所思地点着头。

"你的归来有助于提高你妹妹接班的机会。要是她失败了……次巫的现状就不会得到改善。但你妹妹想要改革,对吗?"

"是的,"我说,"她想让我成为一个标杆,让我知道一个受到一定重视的次巫能做些什么。她希望他们更有利用价值。"

崔斯坦歪了歪脑袋,"为什么你最看重风暴歌者?"

我眨了眨眼睛,"隐巫者控制着艾兰的天气。所有的天气。嗯,不是每一阵风,而是天气模式。"

崔斯坦盯着我,"他们控制着全国的天气?怎么控制的?"

"通过联结,"我说,"数百人一起工作。"

崔斯坦惊讶地看着我,"他们什么?"

"半神国人不会互相联结吗?"

"没有这么大的规模。数百人?"

"他们每个季节都会聚集在这里唱歌,冬天留在金斯顿过冬,直到春天来临继续歌唱。乡村的巫师圈掌握着当地的天气模式。"

这些暗示在崔斯坦的脑海中产生了共鸣。我看着他仔细思考这件事。"聪明。但如果组织瓦解了……"他说。

"整个艾兰国都会遭殃。庄稼要歉收。人们得挨饿。"我看向别处,"我知道一走了之很自私。"

崔斯坦抓住我的手,"他们为了自己的繁荣,把你当奴隶。"

"是为了国家更崇高的利益。"

崔斯坦摆摆手,"不对。为他人服务是一回事。不管事业多么高尚,强迫自己去做是完全不同的。如果他们没有与你缔结羁绊,你会离开吗?"

"不,"我说,"我不介意自己的渺小。我无法驾驭狂风。我想治病救人。我想拯救生命,而不是做一个电池和繁殖者。"

崔斯坦扬起眉毛。我看向了一边。

"给次巫……配对。"

"我很高兴你跑掉了。"崔斯坦说,"我希望你能激励其他人也这样做。"

"我想一定是这样。"我说,"我不认为我的消失会让我的家人情绪低落。"

"待在这里,直到准备好面对你妹妹。"崔斯坦说,"希望你有足够的时间恢复体力。"

"我已经感觉好多了。"

"很好。我得去穿衣服了。我在等一个人。"

"谁?"我把碗放在崔斯坦的托盘上,坐了起来。

"爱丽丝。至少,我猜她今天会来。我想她是去参加寺庙里的活动。"

"她来的时候,我也许应该躲起来。我穿着不够得体。"

我的脸颊越来越热,但我笑了,"我想让自己看起来像个脱了制服的仆人。"

他的嘴唇颤抖着,"恭喜你成功了。"

"我觉得我可以说自己乔装打扮了。"

"你把衣服留在这里了。"崔斯坦说,"斯帕罗太太把你衬衫上的酒渍洗掉了,就是出事那天借的那件,还补好了你裤子上的破洞。"

我动了动脚踝。没什么问题。"愿上帝保佑斯帕罗太太。我的夹克呢?"我问。

"还在修补中。你只能只穿衬衫了。"

"总比这个好。"我跟着崔斯坦上楼了。

早餐吃得不够。我的头晕程度足以让崔斯坦担心,他把我塞进躺椅里,我在他的注视下打着盹。我梦见了一座房子,如果你关上一扇门,然后再开门去寻找我留在书房的那匹高大的黑马,房子里的屋子就会发生变化。一切仿佛还历历在目。我醒来的时候,带有一种恐惧感,因为梦见黑马是死亡的预兆。

敲门声响起,我坐了起来。崔斯坦把他的书放在一边,但我必须行动起来,把梦里的最后一丝痕迹从脑海中抹除。

"我去开门。"我把偷来的自行车推到大厅更远的地方,然后为法默小姐转开了门。

站在台阶上的身影虽然更高大,更优雅了,却不那么受欢迎。格雷丝长长的黑色汽车停在路边,格雷丝自己也松了口气。

"我不是来拉你回去的,"她说,"我想和你谈谈。"

我想把门关上，但格雷丝把门挡住了。"迈尔斯，求你了。"她说。

我又猛地把门拉开，"你会放了我吗？"

格雷丝双臂交叉抱在胸前。"所以我们要在街上争吵吗？"

"你走吧，格雷丝。"

她放低了声音，"迈尔斯，我可以让咱们做到双赢。"

"怎么说？"

"你能让我进去吗？"

"这不是我的房子。"

"没事的，迈尔斯。"崔斯坦站在我身后，他的手温暖地放在我的背上，"她不想出洋相，但如果你让她别无选择，她只好那样了。"

我叹了口气，把门开大了一些。

格雷丝脱下外套，走了进来。她盯着那张布满镜子、不配套的墙纸，发出阵阵叹息，"你不应该待在这儿，迈尔斯。他是个巫师。"

"我们也是。"我打开了客厅的门。

"我们可不是普通的——"

格雷丝对着色彩鲜艳、数量繁多的植物和墙上的镜子眨巴着眼睛。在平复好心情，舒舒服服地坐下之前，她检查了翼状靠背椅的座位，并对着躺椅旁边三英尺高的水烟筒瞪大了眼睛。

"迈尔斯，你不会是认真的吧？"

"我觉得很舒服。"

"这很粗俗。"

"可能这就是舒服的原因吧。"

"我们应该去别的地方谈谈。去个私密的地方。"

我把脚放在桌子上,"我不会走的。你是怎么找到我的?"

"我们已经联结在一起了。"

"我被屏蔽了。"

"你消失的时候,我就已经在跟踪你了。我隐隐约约知道你在哪儿,所以我就去找你的护盾了。"

崔斯坦端着一个茶盘回来了。"真是遗憾。我还以为你没那么聪明呢。"

他坐在我旁边,给我倒了一杯,把一块方糖搅拌进去。他把手放在我的大腿上,抿了一口自己的酒。格雷丝的鼻孔惊讶得张开了,她看着崔斯坦靠在我身上,好像我们是恋人一样。

是我让他这么干的。

崔斯坦在沉默中率先开口了,"你做的事太残忍了。"

"不关你的事。"

"我们为什么不谈谈天气呢?"崔斯坦喝了一口杯子里的酒,"你打算如何度过这个冬天?你有没有让暴风雪通过,或者干脆赶出你的国境?"

格雷丝向我投来了震惊的目光,"迈尔斯!你做了什么?"

"他什么也没做。你知道你都干了些什么吗?"

格雷丝没有理他,"迈尔斯。我知道你很孤独,他给了你想要的东西,但你不能让一个普通人知道我们的秘密。"

崔斯坦依旧走到我身边,"那么,你打算怎么办呢?指控我有巫术,让我接受那些滑稽的审判?把我关进精神疗养院?"

"你迟早会疯掉的,"格雷丝说,"他们都这样。"

"但你和你的亲人却不会。"崔斯坦歪着头说,"你不觉得奇怪吗?"

"他们不具备掌控魔法的能力。"

"格雷丝,"我打断了她的话,"巫师和法师之间可能并没有什么区别。"

崔斯坦轻蔑地哼了一声,"你和他们唯一的区别就是他们出身贫寒,而你不是。你不希望他们在身边。"

格雷丝眯起眼睛,"他们?不是我们吗?你觉得你和其他巫师有什么不同吗?"

"我不是巫师。"崔斯坦站了起来,显得更高大、更有气势了,他粉碎了掩盖自己真实面貌的面纱咒。格雷丝倒吸了一口气,扭动双手做出防护的手势,崔斯坦恼怒地一挥手,抹掉了这个动作,"迈尔斯是我朋友。如果他说出那句话,别怪我对你发火,格雷丝·汉斯莱小姐。我保证,你要是敢伤害他,我肯定会报复你。"

格雷丝紧闭双眼,"你离我哥哥远点。放他走。"

"我可没有抓着他不放。这是你干的事。"

格雷丝现在跪在地上,与使出全力的崔斯坦作斗争,"求你了,让他走吧。他对你毫无意义。他是我哥哥,我唯一的哥哥。请放他走吧。"

我妹妹在为我求情,以为我被崔斯坦施了咒语。这是因为她爱我,还是她需要我?

"崔斯坦,不要。"我碰了碰他的胳膊,他平静了下来,"格雷丝，我知道你不希望闹成这样。我们先把事情放在一边。放了我吧。"

"我做不到。"格雷丝从地板上站起来，"迈尔斯，你确实应该恨我，但我不能让你走。很多事情都得依赖你。你走了之后，又跑掉了十个次巫。"

我也曾怀疑过，"他们逃走了吗？"

"只有两个没找到，其他的都被严密控制了，有一个还自杀了。我们可以把事情做得更好，但如果我不接替父亲，珀西爵士就会接管。"

崔斯坦鄙夷地说："这跟迈尔斯有什么关系呢？"

"你不会理解的，半神国人，但迈尔斯清楚。"

真让人恶心。我确实在乎。我也没办法。珀西爵士当家对次巫来说可糟透了。他将成为总理，拥有比担任国防部长时更多的权力。如果他能像父亲那样保住内阁的职位……

我必须让他为自己在这场战争中的所作所为负责，如果他对士兵们的病况也有责任的话——我希望我的良心能让我释放崔斯坦，但是一个半神国人的报复可能会产生超出代价的后果。

格雷丝看着我，"迈尔斯。我发誓，你知道我永远不会虐待你的。我需要你帮助他们。等我成为隐巫者主音，你就可以做自己喜欢的事了。"

"但你还是不放我走。"

"除了我们在各个季节和节日歌唱的时候以外，并没有什么影响。每年只需要八个晚上，迈尔斯。仅此而已。"

"这不是自由。"崔斯坦说。

"确实不是,"格雷丝说,"但这是我能给你的。"

"对不起,格雷丝。我不能接受。"

"我也很抱歉,迈尔斯。但你没有选择的余地。"

"我有。"

确切地说,我和妹妹之间的纽带并不是一条线,但我可以从崔斯坦的镜子里看到这种联系。通过这样的联系,她可以把我的力量当作她自己的来使用,就像——

仿佛我的灵魂与她缔结在一起,就像母亲和尼克与我紧紧相连一样。但有一点不同:灵魂只是力量。我还有意志力。

我抓住她的手腕。

她吓了一跳。"迈尔斯,你怎么了——迈尔斯!"

她的光环是金色的,很有威力。我必须更强大。我试着拉紧我们之间的羁绊,但它就像拉着艾尔斯桥的钢索一样坚固。

她想把她的手拽开。"迈尔斯,停下来。"

"你会放我走吗?"

"我不能!"

"你不会的。"我拉了拉,再次测试了一下羁绊。我可以做这个。我将自由。

"求你了。"

"他强迫我们两个,格雷丝。"

"这是唯一的办法!"

"再想一个吧。"

她光环的边缘消失了,离她的皮肤更近了些,变得更薄、更苍白了。如果你认为钢缆很柔软的话,那么这种羁绊也是柔软的。我得使劲拉，直到变成一股线，我已经头晕了。

格雷丝向后拖，我们在地上摔成一团。她攥起拳头打在我的眼睛上，但我没有放手——仍抓着她的手臂和她的力量。

"你弄疼我了。"

"你可以停下，放我走。"

她一脚踢了出去，又打在我身上，结结实实地打在三角地带。

"迈尔斯！"崔斯坦动了动，我抬起膝盖，喘着气。

这个纽带现在变成了一条麻绳。我赢了。

血从格雷丝的鼻子里渗出来。我没有打她，但一股红色液体从她下巴流下来，滴在她的牡蛎丝绸衬衫和暴风雪般的淡紫色领带上，在氧气的作用下，看起来鲜红而明亮。

"迈尔斯，"崔斯坦抓住我的肩膀，"她快不行了。"

格雷丝喘着气，咳嗽着。鲜红的血液从她嘴里飞溅出来。她体内在出血，心脏和肺部在攻击下有些衰竭。她快要死在我的手中了。这就是自由的代价：我妹妹的生命，被我亲手夺走。

我将力量化为一把刀，开始切割我们之间的羁绊。如果能弄断的话，也许我能及时抓住她。

格雷丝试图挣脱。这种努力是如此无力，甚至不如一个孩子。她瘫软了，嘴唇上冒着血丝。她想说话，但挣扎着保持呼吸。

我将获得自由，她将失去生命。

我松开手中的力量，拽住她血淋淋的领带，手指紧紧地抓着她的喉咙。

"格雷丝。对不起。回来吧。"

她又咳嗽了一声,但鼻子不流血了。我努力让她起死回生,挽回我所做的一切。崔斯坦的手一直放在我的肩膀上,带着悲伤和愧疚,源源不断地给我力量,与我的力量混合在一起。

"格雷丝!"

我不会让她死的。当我修复她肺部的小裂口,安抚她过度劳累的心脏,按摩肝脏和肾脏恢复功能时,她的呼吸开始变得平缓了。房间疯狂地倾斜着,但我不敢停下来。

"对不起,格雷丝,我不知道,我永远不会——"

她抬起一只手放在我的脸上,"迈尔斯。"

我握住她的手,看着崔斯坦,"我不能。"

"你不能这样,"他说,"她宁愿死,也不愿放了你。"

"他说的没错。"格雷丝的声音沙哑了,"我是个胆小鬼。"

"别说了,"我说,"不会有事的,格雷丝。我们会解决的。"

"现在你会恨我的。"

"永远不会,"我说,"我永远不会恨你。"

她的笑容滑过血淋淋的牙齿。"也许今天不会,但你迟早会的。我不能让你走,迈尔斯。我得领导隐巫者。我必须。"

"嘘,崔斯坦,帮帮我。"

他跪下来抱起我妹妹,把她带到我睡觉的房间。他给我端来一盆温水和一块海绵,把她的上衣泡在冰冷的水槽里,而我则把她皮肤上的血迹清洗干净。他把海绵和脸盆拿走,领我下楼去沙发上休息。

"你看起来像是我应该把你塞到她身边。"崔斯坦说。

"我很好。"

"你才不好呢。"他的手温暖地放在我的肩上,"不过还是算了吧,她醒来后会饿的。"

我的肚子在咕噜咕噜叫。"还有香肠吗?"

"斯帕罗太太可以把储藏室清空。"

我浑身发抖,我差点把我妹妹给杀了。"我现在该怎么办?"我问。

崔斯坦抓住我的手,捏了捏,"想办法活下去。"

第十八章 妥协

格雷丝睡着了,我正在吃晚饭,比平时早了一些,这时前门响起了敲门声,打断了我。

我正在等爱丽丝·法默,但阿维娅·杰瑟普踱进了客厅,她穿着一条阔腿裤,配着一件黑白相间的针织背心,衣领下系着一条紫红色的领带,与嘴唇上的颜料很搭。她在崔斯坦手工结成的羊毛地毯边上停了下来,一只脚向前,另一只脚向后,屁股摆出光滑的曲线。她把两根手指举到嘴边,把一支未点燃的香烟插在中间。我真希望自己也能抽一口烟。

"英雄,你看起来像个饿鬼。"她慢吞吞地以一种优雅的姿势坐在格雷丝坐过的椅子上,身子前倾以便给我点烟,"要吃的还是要抽的?"

"如果还有其他的,我就不客气了。"

她啪的一声打开手提包,一个银色的箱子放在手里,"我请客。亨特先生?要不要来根烟?"

他阴沉着脸,"不了,谢谢你。"

阿维娅向天花板吹着紫罗兰色的烟雾。我拿了爱丽丝的名片,她并不需要这个。从来没有忘记过一件事,可怜的姑娘。

"这是一份非凡的礼物。"我说。

她摇了摇头,"既是好事,也是坏事,英雄。你的苦日子已经过去了,她却永远也摆脱不了,"她没有理睬茶水服务,"你确定尼克是被谋杀的?"

"我们都确定。"

"他没来上班的时候,我以为——"她的小手指轻敲着嘴角,她想了想,决定说话了,"我还以为他自杀了呢。"

"理由是什么?"崔斯坦问道,"他不开心吗?"

"也不完全是不开心。听着,我知道现在离喝咖啡还有一个小时,但你有什么适合女孩子喝的吗?"

"威士忌?"崔斯坦问道。

"愿诸神保佑你。"阿维娅等着那只雕花水晶杯,然后一饮而尽,"他是什么时候死的?"

"初日。"

她又吞下一口酒,崔斯坦则给自己灌了一大口,"其实,他死的那天我也去了现场。他刚从一次旅行中回来。他不在的时候,我帮他的植物浇水。"

"这么说你当时在他韦尔斯顿街的家里?"

她点了点头,"他当时……盯着墙看,不肯说话。他总是对秘密守口如瓶,我已经习惯了,但他人已经不行了。我应该陪着他,但我不是那种你生病或伤心时会打电话倾诉的人。我不知道该为他做什么。"

"那你做了什么尝试?"

"那地方连根黄油都没有。我帮他给斯旺森食品杂货店打了电话,这样他就有东西吃了。"

崔斯坦靠得更近了,"你点了什么?"

"尼克不怎么会做饭。他喜欢吃口袋饼,我就点了半打。还有冷冻螃蟹杂烩,葡萄和饼干,苹果馅饼,他对烹饪一窍不通。"

"你和他一起吃吗?"

"我当时在市区,"阿维娅说,"我冲进去打了个招呼,但我应该'在期待回归日中捕捉金斯顿精神'。我一直待到给斯旺森的送货人员开门后才走的。"

"你以前也这样做过吗?"

"这就是为什么我和尼克从来没有认真相处过。他把自己关起来写作,忘记了吃饭,变得越来越安静,越来越陌生。我去那儿是为了——"她吸了一口烟,"我是个好人。"

"你是要去斩断你们之间的柔情蜜意。"崔斯坦说。

阿维娅点了点头。"我喜欢能照顾好自己的男人。而尼克的情况越来越糟。每次旅行他都会带着更多的秘密回来,在写他那本该死的书。"

"你知道那本书是关于什么的吗?"我问。

她摇了摇头,"他说在出版之前必须保密,所以不是关于园艺的。尼克本应该坚持做花坛的。他是因为那本书而被杀的,不是吗?"

"你怎么会这样想?"

"他没来上班的时候,我回去看过他,"阿维娅解释说,"我已经在担心出现最坏的情况。我想去找纸条,可他的办公室里一张纸都没有,甚至连我的购物清单都不在了。"

我的心怦怦直跳。崔斯坦和我对视了一眼,"你在找什么?"

她的肩膀垂了下来,"也许是一张纸条。但后来我又去找他的手稿,找他所有的文件,结果都不见了。"

"包括购物清单。你说你以前给他订过食品杂货,"我说,"这个订单有什么不同吗?有什么特别不一样的地方吗?"

"那次不是塞德里克。"

"塞德里克是送货员?"

阿维娅点了点头,"是个男的。最近落难了,我想。"

"为什么?"

"看他的衣服就知道了。哦,他以前穿的是粗花呢,但不是碎布织的衣服。这是很好的东西。他还戴着一顶海狸皮帽子。对这样卑微的工作来说穿得太好了。"

我想知道他是否骑着一辆崭新的自行车。

"谢谢你。"崔斯坦把手搁在膝盖上,尽量靠得近些,"你告诉我们的东西非常有用。如果再见到这个人,你能认出他吗?"

"除非他刮了胡子。"

"胡子很显眼吗?"

"那是他脸上的骄傲。两端卷曲起来,就像士兵的一样。"她注视着我,"你要是留起胡子应该挺潇洒的,英雄。"

我也笑了,"打理起来很麻烦的。"

"他有一双水汪汪的蓝眼睛。不像你那样,亨特先生,你的眼睛是苍白的。要是再见到他,凭那把胡子我就能认出他。"

"你能做个证人陈述吗?"

她坐了回来,"你认为他是凶手。"

"别去找他。"崔斯坦警告说,"否则你们报社的人都会因你的好奇心而死。要真是他,那就很危险了。请你保证你不会去找他。"

她举起一只手,仿佛在发誓,"以我的天地良心起誓,我会做一个好女孩。"

"谢谢你,杰瑟普小姐。如果没有你,我们就不会了解这些。"

"还有一件事。"我说。

阿维娅笑了。"英雄,尽管说。"

我希望脸上的热气没有让我脸红,"尼克对战争是什么看法?"

"他讨厌战争,"阿维娅说,"他读过《和平报》和《人民之声》,你懂的。他在工作时总是闭口不言,当然,在《星报》没人会听反战的论调……他绝不会因为你上过战场而不尊重你,辛格医生。他不生士兵的气。"

"那他在生谁的气?"

"当然是战争委员会,以珀西·斯坦利爵士为首的那些人。你知道吗,珀西爵士是六个公司的董事会成员,这些公司在兰尼尔的出口上有着特殊的商业利益。我不是什么喜欢喊口号的人,但这次胜利让他赚得盆满钵满,我说真的。"

"我不知道这件事。"

"哦,当然。皇冠木材,皇家矿业,女王纺织品和出口公司,艾兰以太和灯光集团,国家铁路和航运集团……最后一家我记不清了。这就像一座金山,不是吗?我明白尼克为什么会那么愤世嫉俗了。"

"我知道了,"我说,"这确实给斯坦利部长的个人动机蒙上了一层阴影,对吧?"我颤抖着,想再抽一支烟。要是我追查到底……

好吧,我再也不用担心被家人抓住了。也许老鼠最后能猎到狐狸呢。我还没有傻到去相信珀西会为尼克的死负责,但我们可以阻止他成为隐巫者的领导,也许我可以想出其他方法,让珀西爵士为尼克的生命付出代价。

杰瑟普小姐起身接受崔斯坦的鞠躬礼,临走前又递给我一支烟,我把烟藏在了胸前的口袋里。崔斯坦送她下楼,回来时打开了客厅的窗户。

"我更喜欢大麻燃烧的气味,"他说,"但杰瑟普小姐看到了杀害尼克的凶手,你敢打赌那不是我们在街上追的那个人吗?"

"我连一个纽扣都不会赌。"

"塞德里克·鲁克三天前来过这里,给我们送杂货。我亲眼看到的。"

"那我们可以问问他关于那个人的情况。"

"我们有一个任务,"崔斯坦说,"斯旺森食品杂货店离这儿不远。我们明天就得去,我想他们现在已经关门了。"

"我应该去看看格雷丝。"

她侧身躺着,毯子拉到了耳边,但并没有睡着。我在门口等着,"要不要给你带点吃的?"

她没有动,"你怎么还对我这么好?"

"你是我妹妹。"

"我让你最害怕的噩梦成真了。"她翻了个身,抬起头来。她看起来几乎毫无血色,是那么苍白。

内疚和羞愧从我们的羁绊中触动了我。她知道我小时候逃避了什么,而现在,这又给我带来了什么。

这是我能想象到的最糟糕的事情:在我十七岁的时候,在特权手中长大。但我遭受了更严重的痛苦,我有奖章可以证明。

我把手放在她的额头上,看她状况如何,"你最怕的噩梦是什么,格雷丝?"

"失去隐巫者主音的地位。"

她会好起来的。她需要好好休息一晚,吃饱饭,一天内不能使用魔法,但她最终肯定会好起来的。"失去力量对你来说很重要吗?"我问。

"一切都靠这个。这个风暴年,珀西爵士不知道他面对的是什么,次巫需要我取得成功。你也需要我成功。父亲……"

"还有几个月的时间。"

"只剩这些时日了吗?"痛苦使她的声音嘶哑了,"他能活到婚礼那天吗?"

"新年的时候?或许可以。"

"时间不够了。"

"没办法。你为什么这么关心次巫呢?"

"你是次巫。埃德蒙……"说到这里,因为想起了少女时代的爱情,她颤抖了一下,紧紧地闭上了嘴唇和眼皮,"他肯定是和雷吉娜·霍华德在一起了。她二十年来一直忍受着无子的婚姻,直到今年。"

"雷吉娜·霍华德不是圈子里的,对吧?她要次巫干什么?"

"自从你离开后,次巫就注定会被缔结在实力不够强大,不足以进入金斯顿巫师圈的隐巫者身上。"

"来自全国圈内的吗?"

"任何圈子里都没有,"格雷丝说,"他们缔结的是15岁的次巫。"

"这是为什么?"

她尖锐地看了我一眼,"我有没有提到雷吉娜·霍华德怀孕了?"

我想了好一会儿才明白过来,"这也太可怕了。"

"这种情况必须制止。作为隐巫者主音,我可以阻止。"

"珀西爵士也不会。"

格雷丝的笑容有些苦涩,"有孩子是一种幸福,迈尔斯。次巫的孩子是合法继承人。有些隐巫者实际上有两个妻子……只是有一个人没有配偶的合法权利。"

"你为什么不早点告诉我呢?"

"在你爬出窗户来到这里之前?"

我耸了耸肩,"当然可以。"

"我是认真的,迈尔斯。我不想控制你。但我需要你。我真的需要你。"

她确实需要,该死的。而且她需要我成为大家期望中的次巫，所以我的"归巢"将是一次胜利。

"我想独立，"我说，"我知道你不会解开我的羁绊，但我要过自己的生活。我将继续在博勒加德当医生，我将有自己的家。"

她握住我的手，"迈尔斯，我答应你，我会尽量给你自由。你是我们次巫的未来。我们会带领大家一起前进。"

"你要和次巫商议解除羁绊的条件。"我继续说，"这样一来，受到虐待或不公平对待的人，可以请愿获得自由。"

她坐了起来，脸色发白，"可以，还有天赋的训练。应该把那些叫做天赋，而不是恶作剧——哦，还有很多事情要做，迈尔斯，太多了。"

"也许我们应该在楼下吃晚饭时再商量。"

她眼中的热情消失了，"你知道他是什么人，对吗？"

"他叫崔斯坦。"

听到我口中这个熟悉的称呼，她眯起了眼睛，"迈尔斯，别跟他在一起。"

"他又没有伤害我，格雷丝。"

"你知道半神国人厌倦了自己的凡人玩具后会发生什么吗，迈尔斯？如果他没有蛊惑你，就离开吧。只要你愿意，你可以留在伊甸山庄，想待多久就待多久。"

"我不是他的玩具，崔斯坦是我的朋友。"

"他们的种族是没有朋友的。"

"他有一个。"

"我不能放任你就这样疯掉。"

"格雷丝，你和我一样知道这些故事。崔斯坦是个自负，不安分的家伙,还很傲慢。他这么善良也是他自己的选择。"这些批评从我嘴里毫无拘束地冒了出来,"我被蛊惑了吗?"

我坦率地念叨着出崔斯坦的缺点,她咬着嘴唇。"没有。但是他可以——"

"我相信他。"

"你不该这样。"

我抱起双臂,"我交的朋友都是精挑细选的。"

她的头重新垂到了枕头上,"他会想要更多的。"

"没时间了,格雷丝。他要在霜夜回去。"

"他怎么会在这儿?"

我转向衣柜里那一堆薄薄的衬衫。崔斯坦借给我一些,我从中挑了一件,亚麻布洗得很柔软,"这就是他的故事。"

"他不会告诉我的。"格雷丝坐起来,把手插在袖子里,晕眩使她脸色苍白,她向后靠在枕头上。她衬衫的花边上,有一点血斑正在变成褐色。

"也许你不应该在我的朋友面前胡闹。"我举起她的手,帮她把袖口的扣子扣好,系好她借来的衬衫的纽扣,"我去给你拿点东西来,待在原地别动。"

崔斯坦在厨房前的大厅里看到我了,"你妹妹怎么样了?"

"还不能下床,"我说,"不过,多吃点东西,休息一下,就会完全好的。"

"你呢?"

"我已经恢复得差不多了。"

崔斯坦交叉着双臂。

"但我不介意再来一个橙子。"

"照顾病人之前,得先把自己喂饱。"崔斯坦带头走进厨房,"然后告诉我,你打算怎么办。"

"情况比我离开时更严重了。"我从一个刷着蓝色漆的碗里挑出一个橙子。我在解释格雷丝告诉我的事情时,尽量不为隐巫者辩护。我还没说完,崔斯坦就沉下了脸。

"跟我走吧,别管这些了。"

"我必须帮助他们。"

"为什么?"

"因为他们很重要,"我说,"如果我能帮上忙,我就不能让他们受苦。"

崔斯坦噘起嘴角的一边,交叉着双臂,"你妹妹也很关心这件事,和你一样。"

"那倒不至于,但她的确在乎,确实明白这是不对的。"

"而帮助他们的最好方法,恰好是让她在你们族人中拥有最强大的地位。"崔斯坦把我的橙子皮捡了起来,扔到垃圾桶里,"这似乎有点可疑,但很好。她明天早上能恢复到可以起身离开这里吗?我们必须找到塞德里克·鲁克的车。"

第十九章 大屠杀

躺椅睡起来还不错,吃过比平时稍晚的早餐后,格雷丝乘坐汽车向西走了,而我和崔斯坦则往东走,迫不及待地要去办事。一个明亮的黄色遮阳篷是斯旺森食品杂货店的特色,遮住了半边人行道上摆放着的水果和蔬菜摊位,其中有一摊当地的苹果免费供人取用。崔斯坦拿起一个咬了一口。

"我从来不买食品杂货,"他说,"都是斯帕罗太太负责采购。"

我自己只买过几次,但我知道得够多了。工人们的衣服上都系着黄色围裙,我还发现一个男孩在摆放蜜饯罐头。

"先生,需要帮你找东西吗?"

"我在找一个叫塞德里克的送餐员。他在这吗?"

"要是在的话,应该在后面。"他放下手中摆放货架的活儿,指着一袋袋麦片和干蔬菜旁边的一扇门。

在后面的区域,堆叠的木质平台上存放着更多的食物。一个姜黄色头发的男人把一个装满农产品的木箱放在一个横置圆筒做成的架子上，然后一推，箱子就被送到队伍的尽头。男孩们看了下订货单，然后把箱子装在三轮自行车上运走。

那人瞥了我和崔斯坦一眼，"先生们，有什么需要帮忙吗？"

"我在找塞德里克·鲁克。"

他把拳头放在屁股上，眯起眼睛看着我，"他怎么了？"

"没什么，"我说，"我想问一下他上周送货的事。"

"有什么问题吗？你不能拿他出气，他只是送货的。"男人皱起了眉头。

"没什么问题。"我宽慰地说，"我只是想和塞德里克谈谈。"

"他可以算是你的服务的一个重要组成部分。"崔斯坦给了他一张钞票。他眨了眨眼睛。这是一笔慷慨的，甚至是离谱的小费，但消失在了那个男人的口袋里。

"塞德里克！"他大吼一声，一个男孩吓了一跳，像是已经预料到了似的，"这些人想和你谈谈。"

他小跑过来，斜着眉头，满是担忧，"我做错什么了吗？"

"完全没有。我们想问你一个关于送货路线的问题。有人和你的送货区域相同吗？"

"珍妮·库珀。我没上班的时候，她负责我的路线。"

"可你上个初日下午还在工作吗？"

他点了点头，"那天太忙了。我一次运了三个订单。"

"你还记得给韦尔斯顿街1455号301房的尼克·埃利奥特送过货吗？"

他点了点头，"当然，那次很轻松，因为那个人在楼下等我。"

"尼克在楼下等你?"

他摇了摇头,"不,先生,是他的朋友。他说他要去见埃利奥特先生,他会帮我提上去。他给了我三个硬币作为小费。"

三枚硬币可以买到足够多的糖果,一个星期内他都会是同龄人中最幸福那个。"你还记得那人长什么样吗?"我问。

"很富有,虽然比不上他——"他指着崔斯坦的羊绒大衣和小山羊皮手套,"但也差不多。他有军人一样的胡子,但他没有穿像你这样的大衣。"

"他个子高吗?"

"没你高。"塞德里克说,"怎么了?出什么事了?他到底有没有偷吃?"

崔斯坦和我对视了一眼,"你什么意思?"

"他到楼下的门厅里去了。"塞德里克说,"埃利奥特先生住三楼,楼里没有电梯。"

杂物间就在那儿。他可以藏在下面,对尼克的食物做个手脚,然后再送过去。我记得尼克说过:"在茶里。"他的意思是让人吃饱饭,而不是喝饮料。

"谢谢你,塞德里克。如果再见到那个人,你能认出他吗?"

塞德里克皱起眉头,"他长得挺普通的,没什么特别的。"

"除了那把胡子。"

"对。"塞德里克摸了摸自己的上嘴唇,用手指顺着嘴唇往下摸,"你还想知道什么吗?我还要工作呢。"

"时间的回报。"崔斯坦说道,银币落入了塞德里克的掌心,"你真是个眼尖的小伙子。"

"谢谢你，先生。"硬币放进口袋后，塞德里克小跑着离开了。

我带路回到商店的公共区域，在一个冷藏箱前停了下来，里面装着几瓶苹果汽水。崔斯坦在过道里转来转去，等着我排队付钱。他摸了摸那些杂志的封面，上面印有电影明星的照片。我翻开《先驱报》，看到了《星报》，顿时怒火中烧。

"大屠杀！"标题是这样写的，一张照片占据了整个版面，一位穿制服的警察在砖砌的联排屋里拦路。

"报纸也要吗，先生？"收钱的女孩问我。

我付了钱，把报纸塞在腋下，标题藏在了褶子里。

"你拿了周末报？我不觉得你是休闲版的爱好者。"崔斯坦评论道。

"又发生了一起谋杀案。"我说。

"另一起？什么意思？"

我们现在肩并肩走在街上，风从背后吹来。"你还记得第一个晚上，因为在调查另一起谋杀案，警察迟迟不肯来吗？"我问。

崔斯坦一脸惆怅地看了我一眼，"有点印象。"

"退伍军人一直在杀害他们的家人。妻子，孩子，然后是他们自己，"我说，"又发生了。"

我们一起在崔斯坦家客厅读着报纸。我读到了特伦斯·比奇下士的故事，他是一名刚从兰尼尔回来的军人，他在家中割断了所有人的喉咙，然后去街上袭击平民，最后才被警察制服。崔斯坦靠着我，在我肩上读着。

"这也太恐怖了。上周的事吗？"

"是的。都是退伍军人，最近刚从战场上回来。"

崔斯坦抬起头，"你的工作是治疗士兵。"

我点了点头，"他们抓住了这人，另外两个自杀了。"

"你知道为什么吗？"

"和我一起工作的士兵……战争太残酷了。我甚至无法向你描述那里的情形，我们身上发生了什么，我们对他们做了什么。这深深地伤害了我们的心灵。"

"他们会因此而杀害自己的家人吗？"

这只是猜测，我没有任何证据。我不愿相信这个事实，也不愿相信在将士归来的游行上，我看到的许多男人和老杰拉尔德、比尔以及被我排除在出院名单之外的另外 21 个病人有同样的感染。但我还是告诉了崔斯坦真相。

"恐怕确实如此。"

崔斯坦揉了揉我的肩膀，而我则低头盯着《星报》封面上的警察，"继续看吧。"

外面有人在欢快地叫喊，想邀请大家一起喝一杯。阳光斜射在镜子上，这是午后的亮光。我靠在崔斯坦的手上，继续说："有些人有着同样的错觉，他们认为自己体内有个杀手，想要对所有人进行发泄。我觉得有生理原因，但我还没找到。"

"这是用你的能力看到的？"

我叹了口气，"是的。我一直在保密，因为我想用普通的测试来发现问题。"

"因为这会泄露你的秘密。"崔斯坦说,"不过,你在兰尼尔的时候是个外科医生。我知道人们崇尚外科医生,认为精神科医生甚至不应该被称为医生。你为什么要转到精神科呢?"

我闭上眼睛,"兰尼尔人突袭了一所野战医院,要把我带走,"我说,"如果他们只是想要一个好医生来挽救他们的生命,那也不至于这么糟糕。"

崔斯坦的手滑过我的肩膀,抚摸我的脊椎时,我衬衫的一角溜到了他的手下面。我也曾这样抚摸着我的病人,让他们看到往事中最黑暗的部分。

"他们让我出手施救,"我说,"我自己的人。他们会被折磨,肢解。他们知道我是如何创造奇迹的,所以拿枪指着我的头,一直举到我因治疗而昏迷过去。然后他们会喂我吃东西,直到我恢复,再次施救。有一个人,我救了他四次,这样他们就可以再次审问他。他虽然不知道他们想要什么,但这并没有阻止他们。"

"你是被迫的。"

"我应该让他们杀了我。"

"没人想死,迈尔斯。"

"是的,"我说,"他们求我。我本来应该——"

崔斯坦用手捂住我的嘴唇,"你获救了,却认为自己不值得。你被绑架了,被监禁了。这不是你的错。"

我对我的病人说过多少次了?

他把我拉到身边,我靠在他身上,毫不羞于索要这种亲密行为。他把我的头放在自己的肩膀上,继续说下去,"他们救了你,就把你送回家。但你不可能成为那样的治疗师,所以你找到了另一种方法。"

"精神病治疗法。"

"因为你还想治愈他们。"崔斯坦说,"你从不放弃,迈尔斯。你和我认识的所有治疗师一样勇敢,甚至有过之而无不及。我的朋友科马克——我真想带你去见他。"

"半神国人也需要治疗师?"

"我们也会受伤,迈尔斯。也可能会被杀死。"

"我还以为你们都有不死之身呢。"

"除非我们过得很无聊。他会教你一些我不会的东西,你也可能会教他一两样东西。但他对你和你所做的一切,只会表示钦佩。"

"但愿吧。"

"嘘,你什么都不用说,"崔斯坦说,"在半神国,你应该有个伴儿。"

"像助理那种的?"

"从某种意义上说是的。你不用为了救别人而自杀。我无法想象你一个人是怎么做到的。"

"没办法。"

"如果我——如果你有个同伴,他就会告诉你,发生的这一切并不是你的错。你只是做了你该做的,这样才能活下来。他会很高兴看到你回去的。"

我从他肩膀上抬起头来,"你以前不认识我呀。"

"那么,我很高兴你来到了我能找到你的地方。"

他离我太近了。我之前一直很平静,因为他的靠近而感到些许安慰。现在我感觉更加激动了。

他把两根手指放在我的下巴下面,把我拉近,让我们的呼吸搅在一起。在他吻我之前的一瞬间,他的温热就扩散到了我的嘴唇上。

苹果汽水清脆香甜的味道在他的嘴里回荡着,我就像开瓶时冒起的气泡一样发出嘶嘶声。下意识的颤抖和强烈的兴奋感在我的皮肤上游走,而他的温暖并没有触及我的皮肤。我有点头晕目眩,张大了嘴巴,他把我紧紧地拉向他。

我们一直在奔向这一刻,无论我怎样回避,试图否认我那愚蠢的想法——不在乎他是否无情,不在乎半神国人从来没有爱过,也不会去爱的传说。现在,他的手游走在我的腰背上,我什么也不在乎了,我只想要更多。

我们把鲜艳的坐垫推到一边,我把头枕在一个软垫长椅上。一个枕头尴尬地躺在我的肋骨下,我并不在意。崔斯坦的辫子落在肩膀上,当他在我身上伸展时,辫子又缠在了我的脖子上。我用手指抓住他的领带,然后扯松,扭开他的领扣。他的心在胸膛里剧烈地跳动着,整个人不住地颤抖。一种温暖的感觉传遍了我的全身。他也许是个半神国人,但我却让他着迷了。

"迈尔斯,"他喘息着说,"我们需要一张床。"

"不,我们不需要。"我不想让他停下来,哪怕是飞上楼的半分钟也不行。我把他拉回来,解开另一个扣子,去感受他的皮肤与我贴合。

就像魔法一样神奇。这是魔法。我碰到他的时候,我让魔法从指尖渗出,而崔斯坦则紧紧地抓住了我,甚至是在颤抖的时候。如此循环往复。我从来没有用魔法碰过情人。我从来没有做过自己，即使是在那些最私密的时刻。总是躲躲藏藏，从不自由。

现在自由了，我又拽着他再吻一次。

然后他抬起头，听到了前门的敲门声。

"可能是爱丽丝。"崔斯坦的头发从辫子上散开了，衬衫领子和领带也歪了。

我看起来可能有点衣冠不整，但我还是坐了起来，"我去烧水。"

我们各自离开的时候，把躺椅垫子留在了地上。

法默小姐坐在一张椭圆形靠背椅的边缘，双手搭在膝盖上。即便是休息日，她也没有降低穿着的标准，脚边的手提包里露出一片蕾丝网纱。她是个常去寺庙的姑娘，一到没有女人的房子去，她就会瞪大眼睛，内心恐慌。

"喝茶吗，法默小姐？"我演示性地给自己倒了一杯。虽然我更喜欢不加牛奶的甜茶，但还是加了奶油和糖，"崔斯坦很快就会过来。他给女管家放了两天假。我们应该想到……"

她的目光从我那乱蓬蓬的头发和匆匆拉直的领带上移开，羞怯地笑了。"打扰了。"

这女孩真聪明。要是崔斯坦继续待在这，我建议他和法默小姐组成调查搭档。她会比我更在行。

"法默小姐，"崔斯坦说，她对着嘎嘎作响的杯子点了点头，棕色的鬈发颤抖着,"应该没有让你久等吧?"

他把笔记本和钢笔放在茶水旁,又坐到我身边。他把手搭在我的膝盖上,爱丽丝强忍着没有松口气。

"我来是因为不想让编辑部的其他人知道。他们会……问很多问题的。"

经历过记者们的好奇心全部集中在我身上之后,我并没有责怪害羞、不自在的爱丽丝想要逃避这样的审查,"我们也会有问题。是关于尼克的书吗?"

"是的。尼克·埃利奥特当时在写一本关于尽职的巫师的书。"

所有的假设都破灭了。他写的不是战争吗?他写的是关于巫师的书?那么,尼克说士兵们应该知道的时候,他指的是什么呢?

崔斯坦放下茶杯,"你知道为什么吗?"

"他很痴迷,"爱丽丝说,"他读了关于审验和审判的所有东西,可以追溯到五十年前。他还对此保密——只有卡利·米勒知道,她所在部门的记者中,有很多人都梦想着做财经新闻、时事或调查性报道,尽管写专栏挣的钱更稳定一些。"

"还不如破获一个重大新闻来得光荣,"崔斯坦沉思着,"你知道他为什么对巫师那么感兴趣吗?"

当然,因为他自己就是。但是爱丽丝不知道,我也不打算告诉她。她低头看着自己的双膝,正端庄地靠在一起,上面盖着淡灰色的华达呢衣裳,"我想这和他母亲有关。"

"为什么是他母亲呢?"

"她被检查出是个巫师。几年前,《星报》上有一则告示。在康斯坦丁娜女王统治的第十四年,苹果枝之月12号。"

那一年我离家出走,花了七年时间侍奉女王,以换取药物。我在心里盘算着。"尼克不可能超过——"

"十三岁,"爱丽丝说,"他来这里和一个监护人住在一起。在他母亲作为病人被送进医院之前,他曾住在拜韦尔。"

崔斯坦看了我一眼,"法默小姐,你知道尼克去过的其他城镇是否有巫师精神疗养院?"

"都有的。诺顿的佐登伍德精神疗养院,建于尼古拉斯国王统治的第三十年——"

她看我皱起眉头,对我表示同情,"41年前,拜韦尔的疗养院也差不多在同一时间完工。它们都是大约40年前建造的。我可以用下你的笔记本吗?"

她写的字迹圆润,看起来赏心悦目,上面列出了尼克去过的每个城镇,精神疗养院的名称和开业年份。

"你见过他的手稿吗?"

"对不起,亨特先生。"她擦了擦手指上的墨迹,"他从来没有让我看过。我只看过他的笔记,内容是关于六个精神疗养院的建设,以及获批巨额资金,修往这些城镇的铁路。尽管那些地方都很偏远,副线的扩建一拖再拖,而艾兰却在修建通往任何地方的火车。"

我闭上了嘴。每个小学生都知道,一个不懂交通规划的老国王会有什么歪点子。但同时在这些线路两端建造的精神疗养院呢?

他们在学校里从来没有教过我们关于精神疗养院的知识。

我的下个念头让我有点寒心:如果这个想法是正常的呢?

崔斯坦捏了捏我的膝盖。"法默小姐,我觉得你很机智,把这件事告诉了我们,并且还保密。"

她看起来满怀希望,"你知道这意味着什么吗?"

崔斯坦摇了摇头,"还不知道,但我会调查清楚的。"

他护送爱丽丝出去,然后走进客厅,脚底下发出了砰砰的声响。他从我身边冲了过去,走进一间本应是餐厅的房间,里面有一张大桌子和几个书架,在书中搜寻着。

"在哪儿,在哪儿?怎么会消失了呢?这该死的东西好大——啊!迈尔斯。来看看这个。"

这儿是一本地图集,打开那一页就能看到艾兰的地图。他在昂贵的插图上到处比画。"那些城镇在哪里?"

我摇了摇头,"地图上没有。只是些小地方而已,甚至连铁路都没有。"

"是谁要修铁路的?"

"国王,"我像小学生般条件反射地说道,"不,他有顾问——部长。"

我的嘴有点发干。

"迈尔斯?"

"交通和基础设施部长。"

"哪位是……哦。"

"我父亲。"

我以为是珀西爵士。我可以把战争的责任归咎于他,但尼克的死却在另一个嫌疑人的脚下。父亲肯定参与其中了。如果他不想让这些火车无处可去，就不会造了。我父亲会为了保密而杀人吗？

我其实没必要问。正确的问题是：格雷丝会吗？一星期前，父亲病得卧床不起。他一直让格雷丝逐步接替他的位置。那个留胡子的男人可能是父亲的人，但也可能是格雷丝的人。

崔斯坦把地图册递给我，"找到那些城镇，迈尔斯。求你了。"

我扫视了几页，但上面都是苍蝇般的小点。唯一还有点规模的是拜韦尔，一个靠近国家中心的地方。但是这本书有一个索引，很快地图上就出现了环绕着这片土地的红点——不完全在边界上，但很接近。父亲为什么要在那里设立精神疗养院？

看着这些点，崔斯坦皱起了眉头，"为什么？"

"与家乡环境的距离——"

"我记得，迈尔斯，你说过。可为什么这么偏远？难道他们都关押着巫师？外面还有什么？我需要知道，但我找不到。"

我说出了一直在回避的话，"你不能留下。"

"不行。女大公会表现得好像需要把我找回来一样。我预计会有搜捕者在石头的另一边找我，要是他们越过石头，发现我没有被囚禁或丧失了能力……那就完了。你想让你的王储生你的气吗？"

我不想让他走，"惹恼王子可不是个好主意。"

"需要花很多时间来安抚艾菲太太。她不喜欢自己的宠儿离开太久。"

"你是她的最爱?"

"自从我救了她的命后。"他摸了摸那一页,翻到一张至少已经过时十年的金斯顿地图,"如果我回来了……我能在这儿找到你吗?"

"在这里?金斯顿?"

"在这栋房子里,"他说,"你就住这吧。我已经租了两年了。箱子里有钱,我肯定不需要了。"

我犹豫了一下。我没有住在巴斯太太家,并不是因为我只能住在这里,而是出于习惯。在西区找一套公寓太费时间了,我还得去医院工作。要是我不搬家,格雷丝就会帮我搬走。我的银行账户里有一笔钱,可以暂时支付斯帕罗太太的费用,但迈克尔呢?我不需要司机。这是一个不切实际的想法。但我觉得在这里很受欢迎,就像在家里一样。

"你就住这儿吧,迈尔斯。我还想着回来找你呢。"

"我……"

"求你了。"

我其实也想住在这里。"好吧。"

崔斯坦的笑容温暖了我的脸庞,他握着我的手,我歪着身子与他的嘴唇交会,"迈尔斯。"

门环敲了四下,声音又尖又响。

我往后退了一步。

"谁呀,真该死。"崔斯坦说着,大步走过地板,朝客厅窗外望去,"来了一次又一次!你妹妹。"

"格雷丝?她究竟要……哦,不,"我叫道,"回归日快到了。

她要我去参加那个社交季的首映式。"

"真是凑巧。"崔斯坦嘟囔道,"你愿意的话,我可以把她打发走。"

我叹了口气。"让她进来吧。我应该知道她的计划。"

"我不想说太多,迈尔斯,但投票前在人群中亮个相太重要了。"

"他们要对领导仪式的人选进行投票?作为代理隐巫者主音,不应该是你吗?"

"珀西爵士已经说服了自己派系的人,领导之位不应该由继承人担任。"格雷丝抿着嘴唇,下巴绷得很紧,"对不起,迈尔斯。我需要所有能得到的优势,这意味着要把你展示出来。"

这会把我从崔斯坦身边拉开。回归日是一场彻夜的狂欢,完全不顾及劳动者的睡眠。百大家族是不会派自己去工作的。

崔斯坦明晚就得走,我却没法在这里和他告别。我会和格雷丝一起在冬天唱歌,作为父亲的代理人,作为隐巫者主音的继承者。随着她的浪子哥哥回归后,她会在次巫眼里步步高升,牢牢掌握她生来就该掌握的力量。

尼克·埃利奥特死后保留下的神秘力量。

"我没衣服穿了。"

格雷丝向马车点点头,"我们得去把你的制服拿来。"

当然。这可是这场小戏剧最完美的服装。我叹了口气,伸出了手。不管怎样,既然大家都会盯着看,那为什么不像乌鸦中的红衣凤头鸟一样脱颖而出呢?

"我不能待到天亮,我还要工作。你得早点离开,就说你要去感知空气。如果今年是暴风雨年,这样做是说得过去的。"

"我忘了你在空气中感觉不到什么。"

"至少可以猜到什么时候需要雨伞。"我转向崔斯坦,"对不起。"

"我们都各自肩负职责,"崔斯坦说,"你那儿还有钥匙。回来的时候叫醒我。"

第二十章 回归日

"我们得早点走。"我说了不下十遍。

我把手表落在床边的床头柜上了。尽管按照惯例,我应该戴着的。其余百大家族的皇家骑士对庆祝的时间毫不在意,但医院却期待着我和太阳的到来。

我们在车厢里欢跳、颤动着,我尽力保持一切正常。我闭上眼睛,回想着和她的每一段对话。我可以肯定,我从来没有告诉过格雷丝关于尼克·埃利奥特的事情。我比记忆中的格雷丝更善于保守秘密。如果不是这样的话,在我去给父亲治病之前,她可能就把我的事告诉他了。如果是的话,我可能会和一个杀人犯的同谋坐在一辆马车里。我的心怦怦直跳。妹妹是个杀人犯吗?

她可能精心策划了我们在慈善会上的见面,来医院是为了比安插在我身边的跟踪者更密切地监视我。是格雷丝,还是父亲呢?

不难想象我父亲派一名部下去跟踪尼克·埃利奥特,又让那个下属跟着我。提着木偶线让他们跳舞,这有点像父亲的行事风格。

但他死后格雷丝会继承财富，财产……还有她梦寐以求的权力。

我们下了马车，迎接我们的是晴朗的天空，归来的家属们漫步进入位于西角公园中心的大厅时，我们忽略了星辰。好奇的目光回望着我那醒目的猩红色外衣，人们张大了嘴，惊讶地看着我的脸。我来到这了，回来了，一位战争中的英雄归来了。我在妹妹身后两步的地方坐了下来，她才是真正的大人物，即将成为隐巫者主音。

她会怎样来确保自己的地位呢？

我抛下这个想法，跟着格雷丝走进大厅，走在她身后两步远的地方。

人们窃窃私语，惊愕地走进大厅中央的五面宴会厅，人群像剧院的幕布一样散开，让出一条通往西边台阶的路，台阶上放置着一个镀金的紫色宝座。

上面空空如也。女王陛下已经从宝座上下来了。我们迟到了。

格雷丝挺直了身子，把头向左右微微转动。寂静已经波及边缘，将乐手们卷入其中。

一片沉默，直到一个身穿红衣的女人走进了空旷的地面。"我就在这里，我的姑娘。"

我们低下头，跪在地上。康斯坦丁娜女王猩红色的长袍上缀满了即将入秋的树叶，褶边的刺绣很厚实，还饰有珠子。随着女王不断走近，我想听到了树叶的沙沙声和嘎吱声，她伸出手让格雷丝亲吻。

"你们都起来吧。格雷丝女爵，克里斯托弗爵士。"

站起来之前，我有点想寻找我的父亲。我朝着她手的位置鞠躬，然后看着她的眼睛。

康斯坦丁娜女王年轻时很漂亮，但成熟后更加的摄人心魄。她的年龄轻松地栖息在精致的躯体上，平滑的金黄色皮肤在脸上显得十分柔和，那是一张曾露出过微笑，蹙起过眉头，经历过一切的面孔。一大堆钻石、黄玉、红宝石和祖母绿，披在瘦削的肩膀和弯曲的锁骨上，宝石的切工宛如秋叶一般。金色的橡树叶覆盖着她卷曲的黑色鬈发，银丝闪闪发光，毫无年老的歉意。

她伸手抚摸我的勋章，每举起一块的时候，都在感受着自己脸庞的轮廓。铜奖章放在她的指垫上时，我想闭上眼睛；在她凝视铜奖章表面的断裂镣铐时，我想拉开她的手。

"这就是你的成就呀，克里斯托弗爵士。你跑去参军了。告诉我们为什么。"

"自豪感，陛下。我加入了外科医生的行列，可以发挥我的天赋。"

"陛下，迈尔斯爵士有治病的才能。他想让这一本领有用武之地。"我妹妹解释道。

"所有的次巫都有这样的能力，还是你独有的?"

"夫人，有些人可能有。"

"现在又回到你真正的职责上了吗?"

你会因为撒谎而说不出话的。"夫人，我是医生。"我说。

她那浓黑的眉毛垂了下来，"你的工作会妨碍你为我服务吗?"

"不会的,夫人。"我的舌头干了,"我不会允许这种情况发生。"

她点了点头,"我对其他次巫很好奇。你有一个有用的天赋,也许其他人也是这样。"

我心中泛起了暖意。一个有用的天赋。身后传来舞步移动的声音,无数张嘴巴在舞厅里喘息,呼吸着温暖的空气。

我忍不住笑了,于是低头计算了一下分数:次巫得一分。

月亮沿着舞厅屋顶的玻璃窗变换了位置,从东南角的低处移到了南面的边缘。现在是十点钟,还是十一点?如果我有话说,早该离开了。我已经看腻了,说够了谎话,受够了去猜测隐藏在礼貌的好奇心下的东西。我厌倦了蜂蜡和香水的味道,厌倦了变淡的香槟酒味,厌倦了我笑脸上的疼痛。

但格雷丝走了,据我观察,首席隐巫者也走了,他们是在议会和内阁中实力最强、地位最高的法师,他们希望所有见到的人都尊重自己。所有能量站站长、首席法师的召唤者和联结者,可能都要关起门来争论到底是谁会在冬天歌唱。

格雷丝希望那个人是她。

我透过玻璃屋顶眯起眼睛看着月亮,试着计算时间。一旦格雷丝解脱了,我一定要离开。她还要再谈判一个小时。如果我没法睡觉的话,我上班的时候肯定是昏昏沉沉、头脑混乱的。

"克里斯托弗爵士?"

我转过身来,"请叫我迈尔斯。克里斯托弗爵士是我父亲。"

面前是个女孩,至少比我小十岁,从头到脚穿着奶油色和乳白色的丝绸与蕾丝衣裳。她抬起头看着我的眼睛,戴着手套的手握在了一起。

"我也会治愈术。"她的语气低沉,我得看着她涂红的嘴唇才能明白。

她不是第一个告诉我自身天赋的次巫,但她是第一个治疗师。

而且她年纪太小,不适合和我私下交流。

"这是一个有用的天赋,"我说,"你是和你妈妈一起来的吗?"

"和我哥哥。他在次席。我们来自红鹰镇。"这个名字在我的记忆中跳了一下。红鹰,那个有火车站和精神疗养院的北方小镇。

"我想见见他。"

她瞥了一眼那群年轻人,他们笑得太大声,喝了太多。一个和她有着同样金发的人发现我们在看他,便举起酒杯,但并没有过来与我们会合。

这年头,究竟什么才是礼仪?他对她有责任,这样不合适。我一直盯着他看,他离开了他的朋友们,在来找我们的路上又抢了一杯玫瑰金色的香槟。

"克里斯托弗·汉斯莱爵士。"他伸出手来,"我是理查德·普尔。看来你已经认识我妹妹塞林达了。"

"他更喜欢别人叫他迈尔斯爵士。"塞林达说。

"很高兴见到你们。普尔小姐告诉我你在次席。你一定很有天赋。"

"北方的天气就像一匹野马,"他说,"从小时候起,我就开始平息风暴了。"

如果有门路的话,他一定会大有作为的。不过普尔这个名字我只是略知一二,所以我猜不出来。

"我妹妹很有力量。"他说,"而且她的小把戏玩得很得心应手。我好几年没生病了。你喜欢她吗?"

我眨了眨眼睛,"我们才刚认识,但我已经被她迷住了。"

"也许你俩应该一起跳个舞。"

塞林达看起来容光焕发,"我做过白日梦,想在回归日上跳舞。"

我只能恭敬不如从命,"那我们一起跳吧,普尔小姐?"

我很少抱着舞伴跳舞,但她似乎并不在意我业余的技巧。她穿着少女般的礼服和端庄的珍珠首饰,闪闪发光。她瞟了一眼我的奖章,专注地盯着那枚铜章。

"很可怕吗?"

"是的。"

"你真勇敢,竟然做到了。"她说,"我的猫死了。"

什么?"很抱歉。"

"她很老了,有很多痛楚,也不能动弹。她死在了我腿上。我哭了,然后我——"她左顾右盼,噘起嘴角,然后瞪圆了眼睛看着我,"我想知道她是怎么死的。"

哦。"你做了死亡检查。"

她点了点头,"我想成为一名医生。你觉得我可以吗?"

"想成为医生有很多门槛。"

"但你做到了。"

"我确实做到了。但想想我做了什么,我逃跑了。我参军是为了换取接受教育,结果却卷入了一场战争。你也可以参军,但要得到许可。"

她低下了头。对于一个温文尔雅的皇室骑士之女来说,我大胆的提议并不是那么容易接受。如果她足够叛逆的话是可以的,但不能鼓励她这样做。

她抬起头,脸色凝重,"你觉得我漂亮吗?"

"我——普尔小姐。"

"我觉得你很帅,"她说,"而且很勇敢,你对治愈术也很了解。我们可以生出强大的孩子。"

哦。哦。"我从没打算结婚。"我说。

"我不介意,"她说。"成为一名医生就够了。你可以……你能让你妹妹和我哥哥谈谈吗?"

我突然哑口无言。舞蹈结束了。我们为那些翻找着音乐寻找下一首歌的音乐家们鼓掌。我把塞林达·普尔带回了她哥哥那里。

"这是我的名片,"他说,"我会在周中回家。"

他领着他妹妹穿过了人群。

普尔小姐是第一个走上前来的姑娘,可是大门却向一个接一个的姑娘敞开，她和到了适婚年龄的姑娘跳了一次又一次。所有人都向我低声诉说着她们的天赋。他们都想找到一种方法来掌握这些天赋，凭我自己的训练史，我难道不能成为一个宽容的丈夫吗？

这让我心碎了，也让我的心中燃起了怒火。我不想要一个妻子。我试图通过离开舞厅来逃避她们，但她们在不断补充的自助餐周围追赶着我，希望我在格雷丝埋头于另一个会议或友好的谈话之前找到她。

年长的劳森小姐把电影院的最新情况都告诉了我，这时一个男人优雅地伸手打断了我。他扫视了我一眼，从我擦得锃亮的鞋尖，到我精心梳理的头发，他从容的微笑说明我显然通过了这次检查，"我是雷蒙德·布莱克，我等你妹妹已经等得不耐烦了，她还没结束。"

"布莱克先生。"我低下头打招呼，"伊甸山庄酒店设计得非常成功。我迫不及待地想看你下一步要做什么。"

"在婚礼结束之前，我不打算做任何计划。"他转过身来，示意我跟他走，"跟我来吧。"

我们把劳森小姐甩在后面。

"你很受欢迎嘛，"他说，"我想每个令人中意的次巫都想认识你。"

"这有点让人吃惊，"我说，"我从没打算过要结婚。"

他对我耸了耸眉毛，"这不重要。你觉得埃尔辛·佩尔弗雷怎么样？"

她踩到了我的脚，"挺有魅力的。"

雷蒙德嘲笑道："她的下巴简直有一英里长，而且她有鼻窦炎。但她父亲是东南部的能量站站长。她是你最好的选择。"

我肚子里的酒凝固了，"从政治上来说。"

"他还在犹豫不决。先确保佩尔弗雷和格雷丝能成为隐巫者主音，然后再去和她跳支舞吧。"雷蒙德走开了，留下一道背影给我。

看到珀西·斯坦利爵士进入房间的那一刻，我就知道格雷丝已经自由了。康斯坦丁娜女王早就回家了，月亮已经升到了玻璃屋顶的西南面。音乐家们正在第二次用餐休息中。我回到崔斯坦家之前，天空会被黎明染成紫色。

我真希望自己还能怀疑珀西爵士谋杀了尼克。

珀西·斯坦利爵士径直朝我的猩红色外衣走来，他的脸涨得通红，"所以，他们已经说服了你，对吗？你现在处在一个合适的位置。"

我眨了眨眼睛，"是的，我和格雷丝缔结了羁绊。"

他眯起的眼睛和他的讥笑很搭。"埃斯特尔跑了，"他说，"是你干的。我们再次找到她的时候，她已经喝了毒药。都是你的错。"

因为我胆大妄为地离开了自己的地盘，在他的孩子身上种下了叛逆的种子。"埃斯特尔……斯坦利？我想我们从来没有见过面。"

血色加深了。他的鼻孔张得像个喇叭口，愤怒的气息激起了怒火。"狂妄。没有一个安分的次巫敢这样做。我不相信你是被威胁的,迈尔斯大师。其他人都被你用勋章迷惑了,完全不明白你根本就不属于战争。"

"我很高兴见到女王陛下,"我说,"我度过了一个最受欢迎的回归日。我彻夜舞蹈,见到了这里每一位迷人的年轻女孩。你觉得佩尔弗雷小姐喜欢诗歌吗?我一直在回想她眼眸中的星辰。"

要是埃尔辛亲耳听到的话,那就太残忍了。但这让珀西爵士的双下巴开始颤抖,对我的暗示感到微微的满足,这种感觉很好。但如果我对他逼得太紧,他就会挥舞紧握的拳头,次巫可没有还手的权利。

但他必须向格雷丝道歉。

"啊,珀西爵士。"格雷丝与雷蒙德·布莱克一同出现了,她的笑容充满喜悦,"你人真好,还问候了我哥哥。雷蒙德早些时候花时间做了自我介绍,据他说,迈尔斯从未感到孤独过。"

"你的脚一定酸了吧,迈尔斯。跳了那么久。"

"布莱克先生,跳到天亮是我期待精进的技能。"

"你肯定还有时间再跳一次吧?"他意味深长地看了佩尔弗雷小姐一眼。她独自站在为跳舞而铺设的地板边缘,梦想着打开镶嵌在地板上的五瓣图案。她触及到我的目光便摆了摆手,脸涨得通红,我也报以微笑。

如果珀西爵士再生气,他的头发就会着火。我讨厌他的乐趣也随之消失了。我今天笑了,但我受到欢迎让格雷丝感到很高兴,这让我有些烦恼。她可以安排我的婚事,她有这个权利。如果结盟能巩固她的地位,她就会这么做。

这比谋杀容易多了。

"我想我应该把精力留给所有应邀的来访者。"我说,"格雷丝,你还想继续待着吗?我可以派马车回来接你。"

"我准备回家了,"格雷丝说,"祝你晚上愉快,珀西爵士。"

我一路上一言不发,直到马车轮沿着红路驶回了国王大道。"'我早上还要工作'这句话,你认为哪一部分是微不足道的,格雷丝?人们在睡眠不足的情况下就会产生失误。我手中握有生命!"

"我们进行了一场辩论,"格雷丝说,"关于谁将在明天歌唱,恭迎冬天的降临。经过三轮投票,我以一票之差获胜。一票啊,迈尔斯。"

这并不是格雷丝希望得到的支持率,她甚至不应该只获得这点支持。她累了,身体随着马车一起颤抖着。

"你吃过饭了吗?"

"我还以为准时上班是最重要的事情呢?"

"你应该吃一点的。"

"我会想办法的,"格雷丝说,"你跟埃尔辛·佩尔弗雷跳过不止一次舞吗?"

这个问题把我吓得浑身发抖,"我没有和任何人跳过第二次。"

"很好。她父亲也在现场投票。我们不需要她。你觉得劳拉·伯利怎么样?"

劳拉·伯利?这是谁?"格雷丝,我从没有结婚的打算。"

"我们需要一场婚事,"格雷丝咬牙切齿地说,"我和布莱克

WITCHMARK / 259

家族的联盟还不够。伯利家会使我们和佩尔弗雷的结盟更加可靠，而且伯利小姐一点也不难看。"

一声冰冷的耳语震得我脖子发抖：*我不认识这个女人。*

"先不要喜欢任何人，"格雷丝说，"但要习惯这个想法。到了灯光盛宴上，你就会成为一个已婚男人。很抱歉。"

我正坐在座位上，这个声明带给我强烈的震撼。"我不会结婚的。"

"你必须结婚，迈尔斯。"

"格雷丝，别逼我这么做。不能在我已经答应帮你的情况下，不可以在……"

"什么？在你想要那个无情的半神国人的时候？他的族人和我们的感情不一样，迈尔斯。你只是在逗他开心，仅此而已。"

"我们不是……"

"他让你着迷了，所以你才会一直保持被他利用的关系。他想从你这里得到什么？他只是在跟你做交易，他们都这样。"

我咬住嘴唇，想了想，"他是我朋友。"

"你觉得他爱你吗？"

我退缩了，"我知道他不会。"

"迈尔斯，他不可能会爱上你的。你知道这些故事。我们爱上了他们，结果他们离开了，最终分手。"

"他从来没有做过你一直相信的事情。"

"告诉我，你看着他的时候，你是不是喘不上气？"格雷丝说。

我低头盯着地板，看着我们之间的空间。

"迈尔斯。"格雷丝温柔地说,"我不会再失去你了。不会的。我不会把你交给一个无情的人。只要我还能呼吸和战斗,我就不会允许这种情况发生。"

"他是我的朋友。"

"他是怎么成为你的朋友的?你是怎么认识他的?"

我看着窗外,"我们不会回城里的。"

"你要去哪里?你的公寓锁上了,我们快到家了。"

"格雷丝……"

"父亲还没醒来你就想消失。"

"我没有。"

"哈利整晚没睡,"格雷丝说,"他可以早点上床睡觉,而不是让他一路开车去伊甸山庄。"

"哈尔斯顿街……"

她用斩击的手势打断了我的抗议,"迈尔斯,我做不到。我不能相信他,请别让我这么做。"

她不能相信崔斯坦?我无法对这种讽刺进行评论。"我相信他。他从来没有给我不信任的理由。"我说。

"你在暗示什么?"

"你把我的事告诉父亲了。"

她畏缩了一下,好像我掴了她一个耳光似的。她看向别处。"他问过我。他其实已经知道了,迈尔斯。他一直都知道,但他从来没有告诉我,然后他问我你过得是否快乐。他一直都知道的。"

"你有没有陷害我?"

"不！我没有。我发誓，迈尔斯。"

"他已经恢复了一部分，你打算作何解释？你以为他不会察觉到吗？"

"我——"

我抓住她的手。她的心跳比平时更快，呼吸很浅，肾上腺素在她的血液中游走。由于争论的压力，一切都变得更加紧张了。"你要把我的事告诉他吗？"

"是的！"

坦白过后，她紧绷的肌肉放松了下来，"从那以后，我就知道我不能替你保密了。我要让他明白，我已经发誓不与你缔结羁绊。我需要你的同意和信任。我想告诉他，但他不听。我从没想过他会那样对你，迈尔斯。我发誓。"

告诉我这些后，我能感觉到她的释然，就像那种感觉在我自己体内流淌着一样，"好吧。"

她垂头丧气。

"还有一件事，"我说，"你认识尼克·埃利奥特吗？"

她眨了眨眼睛，"谁？"

她的心脏依旧缓慢地跳动着，她可以自由呼吸，不过脸上充满了疑惑的神情。她甚至不知道我说的是谁。

那就只剩下父亲了，还有发生在士兵身上的事。尼克说过，他们需要灵魂。灵魂是什么？

崔斯坦寻找的灵魂。

谁需要他们？

"迈尔斯，尼克·埃利奥特是谁？"

"别管了。"我说。

"他很重要吗?"

"他对我来说很重要,"我说,"我只是想知道。"

"你是不是在生我的气,因为我告诉了父亲?"

"是的。"

"他已经知道了,但我本可以试着撒谎的。"

"格雷丝,你我都知道如果你想对他撒谎会发生什么。如果他让你觉得自己像他靴子底下的虫子后,他迟早会知道真相的——"

"我还没告诉他你和半神国人的事。他也没有理由问。但他想知道你睡在哪里,如果不住在寡居屋的话。"

见鬼了。经过这么长时间,她很清楚如何操纵我。我叹了口气,把头靠在软垫靠背上,"很好。"

格雷丝微笑着,看起来松了一口气,"我已经让人清洗过了,但炉管裂开了。你该进屋吃早饭了。"

"我想你应该有我可以穿去上班的衣服吧?"

"当然,"格雷丝说,"我已经安排好一切了。"

寡居屋散发着马鞭草和油皂的气味。墙面上满是石膏和油漆,柔和的蓝色镶着白色和镀金边框。古色古香的家具上有我曾祖父那个年代的雕刻,床架布满了大量深色的木雕,式样奇特。床垫、床单和枕头都是新的,用薰衣草和玫瑰香水处理过,以助睡眠。

我倒头就睡。

一个我不认识的仆人用一杯巧克力饮料叫醒了我，给我送来了衣服。西装裁剪成了黑色、木炭和烟灰色，配以手工削肩，闪耀着羊毛丝织物的光泽。细小的针线缝制出最时髦的棉质衬衫圆领，织锦领带手感丝滑，用料厚实。一双闪闪发光的黑皮鞋搁在鞋架上。

我又回到了奢华的怀抱，周围都是华丽的服饰，还有富绅早上梳妆打扮用的生活用品。

这一切都是格雷丝早就计划好的。

"烟色的法兰绒，"我说，"天蓝色的领带。"

这是为了诱惑我。

"你是我父亲的贴身男仆吗？"我问。

"二号男仆，先生。"

"你叫什么名字？"

"我叫威廉，先生。"

我靠在一把皮革美容椅上，让他给我刮脸，我打了个盹。

随着诱惑的消逝，我不能指责格雷丝的选择。我已经很多年没有过这样舒适的生活了。另一个人从寡居屋出来，沿着小路走到早餐室的玻璃门前。

这是我的热咖啡，照例没有加牛奶。我最爱的撒着粉色食糖的橙子，双层奶油草莓，粉红色的腌猪肉和塞着炒鸡蛋的温热黄金面包卷。仿佛又回到了童年，只是我没有在盘子左边打开一本书，吃东西的同时津津有味地阅读。

早餐室外的走廊里有什么东西在吱吱作响。我放下勺子，注视着那扇门，告诉自己不要把通向地面的玻璃门闩上。可能是格雷丝。

吱吱声又响了起来，早餐室的门一打开，我就说出了那声音：一个没有上油的轮子。

雷恩先生还是管家。格雷丝可能比他矮一些，但只是矮了一英寸，和我一起长大的瘦高个儿现在驼背了。他把我父亲推到没有椅子的首座上。我在一张可容纳二十人的桌子中间坐了下来。然后又起身，把餐巾放在盘子上。我要去医院吃饭。

"儿子，你当医生是对的。"

我生硬地向他鞠了一躬，"谢谢您这么说，先生。"

"你要是觉得我不同意你当医生的话也没错。我是个傻瓜。"

什么？

"我相信你应该得到一个解释。坐下吧。"

我简直不敢相信自己的耳朵。我对了？父亲错了？外面下大雨了吗？

雷恩先生给我热了咖啡，在我手边留了一份《先驱报》。他还记得。我放下报纸，喝着咖啡，等待着。

"次巫被忽视了，"父亲说，"他们的天赋没有得到训练，因为他们的天赋不是最合适的，但不管怎么说也是魔法。"

我没有转身看向窗外，"你的态度变化挺大嘛。"

"你敢蔑视我。"他笑了，露出了整齐的人工假门牙。他的勺头落在一个煮鸡蛋顶端上，把鸡蛋打碎了，"我不敢相信你做到了。但有件事让我没有把你拖回来。我知道你在哪儿。"

我眨了眨眼睛，好像格雷丝还没有告诉我，"你一直都知道？你故意把我留在那儿？"

他点了点头,"我以为你会自己回来。没钱的时候,生活是很艰难的。住在一个单间,吃螃蟹,我以为你的新奇感会慢慢消失。"

"可我没有。"

"确实没有。虽然每个人都说你的天赋一文不值,你还充分利用了你的天赋。你有力量,我的孩子。力量和勇气,我花了很多年才发现。"

我想掐自己一把。我的指尖在桌布上划过,勾勒出一只扇尾鸟的轮廓,父亲则告诉我他是如何关注我的职业生涯的。他列举了我的成就,他读过我发表过的所有论文。

他表扬了我。但他强迫我同意缔结羁绊,尽管所有的隐巫者都会因为尼克·埃利奥特说出他们的秘密而感到尴尬,但不管尼克写了什么关于巫师和精神疗养院的东西,父亲都会责怪他。

我父亲会为了保密而杀人。

"你是什么时候改变了对次巫的看法?"我喝了一口咖啡,咬了一口凉了的蛋卷。

"在你来之前,我下不了床的时候。"

啊。"我没能治好你。"

"但我有更多的时间了。我们可以守住隐巫者主音的位置。我已经好几个星期没在电台露面了。格雷丝不会介意我旁听他们的决定,让他们看看你的归来给他们带来了什么。"

我查了一下《先驱报》晨报上的日期。*代表团将签署投降书*,标题是这样的。它应该说,*世界颠倒了*。"我的恢复是一大优势。"

"迈尔斯，你的治愈术是拯救这个家庭的关键。如果我当初没有看走眼，注意到你的潜力的话……"

"你同意格雷丝的意见吗？你认为次巫应该发挥自己的天赋吗？"

父亲把煮熟的蛋白和溏心蛋黄舀到吐司上，"太浪费了。他们认为次巫不过是为我们提供原始能量，实际上大有用处。"

确实有用。我所有迷惘的、轻率的希望都在这个词的刺激下爆发了。我有利用价值。

我明明更清楚这一点。为什么会忘记呢？

我站起来，把餐巾纸丢在花边桌布上，"我听到马车的声音了，我该去上班了。"

"当然，"父亲说，"今晚的仪式过后，你会筋疲力尽的。格雷丝打开了寡居屋的门。住得舒服吗？"

"睡在钱堆里能不舒服吗。"

"这里已经有一百年没有重新装修过了。"

"还保护得很好嘛。"

"它可以是你的。"

从来没有。"我有住处，爸爸。但还是谢谢你。早餐吃得很愉快。"有用的。我只是一个工具，不是一个儿子。

我不能再遗忘了。

第二十一章 延期

尽管博勒加德退伍军人医院就在街道对面,但其实可能远在八英里之外。我跳下马车,让马车夫先回去,然后汇入了稀稀拉拉的人群,大家都围着一个戴着白色手套的警员,他双手示意禁止我们通过。

"那个,我是博勒加德退伍军人医院的医生。医院就在那里。"我从警察的肩膀上方指了指。他的喉咙因感染而刺痛着,我向后退了一点。

"我明白,但你得先等队伍过去。"他对其他自以为值得破例的人也说过这句话,这些人要么紧咬着牙等待,要么昂首阔步地走另一条路。

如果我继续往前呢?那儿没有绳子。我可以冲过去,不会造成伤害——

"任何试图穿越的人,都会被控以妨碍外交官的罪名。"这名警察说。

我往后退了一步,"这是外交游行?"

"兰尼尔人来了，"警察说，"来签署投降书，宣誓效忠于女王。我们现在是一个帝国了。"

说最后一句时，他扬起了下巴。

笛声和鼓声在街上回荡着。我和其他人一起转过头去，我嗅到了一丝夹在风中的月桂树燃烧味。蓝色的游行队伍星星点点地沿着国王大道移动着，在前面击鼓前进的节奏慢如葬礼的步伐。

我想是吧。我看着，当穿着蓝色衣服的人群走近时，我试着眨掉眼睛里的斑点。我看到的不是斑点，而是在音乐家头上盘旋的巫师之印。

前面的人穿着浅蓝色长袍，裙摆在脚踝处盘旋，他们缓缓前行。笛手们演奏了一支乐曲，抑制住泪水和强烈的哀恸，这使我后背发抖。从黎明到中午，从黄昏到夜晚，长袍变得越来越暗。他们是天空祭司，兰尼尔人的主要精神信仰，他们个个都是巫师。

他们看了我一眼，如果我和他们有目光接触，他们就会把注意力转回前方的道路上。他们也能看到。他们是否也能看到一些旁观者身上干涸的血云？我抑制住惊讶的叫喊，反复查看。

没有一个祭司有感染的情况。

也许他们都不曾在战斗现场附近。不应该有一些人在吗？代表们走在穿着镶红边的白袍祭司队伍中间。他们脸上都没有兰尼尔上流人士化的妆容，平时华丽的辫子散落在脚踝处随风飘扬，也没有一个人受到感染。

五十人虽然算不上什么统计样本，但却让我很烦恼。既然感染已经蔓延到这么多归国士兵身上，他们怎么会一个都没有感染呢？

免疫力。对当地疾病的适应性。可能有一百种原因。如果我能在兰尼尔人身上做测试——假设存在那种情况。我看着那些带有巫师之印的祭司，他们因失败而垂头丧气，头脑中没有感染的痕迹。

是什么在保护他们？

他们在哀鸣的笛声和丧钟的鼓声中行进，月桂树的烟雾从各个香炉中喷涌而出，空气都变得圣洁了。他们会一路走到宫殿，在王座前停下，跪下来。这是再一次的羞辱，好像他们经历的死亡还不够。经过仪式性的监禁后，他们会签署投降书，成为艾兰国的臣子，彻底宣告失败。

即使他们做了那样的事，我还是会为他们感到难过。这是一场可怕的战争，但他们的武器从一开始就处于劣势。那场战斗从来都不是公平的。绝望的人会做出疯狂的行为。

这是我最接近原谅他们的时候了。

一位祭司转过头来，打量着站在那里嘀咕的人群。与我对视时，她的嘴角掠过一丝不怀好意的微笑。

她又看了我一会儿，然后转过身去，不把我放在心上。这不是一个被彻底羞辱的人应有的姿态。

那眼神很狡猾，有点自鸣得意，了解一些我不知道的事情。其他祭司在吹笛子和挥动焚香的时候还时不时地东张西望。我尝试顺着他们的目光，想知道他们在看谁。

士兵。他们脱掉了军装，有的剃掉了胡子，所有人都被感染了，头脑里蒙上了一层感染的阴影。

复仇出现在我的脑海时，冰冷的恐惧感在我的内心深处颤抖着。

游行队伍一过，警察就给沿街的人放行了。我转过身去看旁边的警察。他招了招手，点头示意我们可以通行。那些等待的人们要么穿过街道，要么骑上自行车，忙着自己的事情。

我跑到了医院。我一步两个台阶地爬上通往办公室的楼梯。这不是感染，是疾病。

也是报复。

走到楼梯间，虽有人从我身边经过，但没有一个向我问好。一名护士看到我之后，先在楼梯口停了下来，然后又退回二楼，尽管我知道她是一名精神康复工作人员。

她是在躲着我吗？

这个想法很荒谬。

我绕过第三层楼梯，罗宾从楼梯的座位上站起来，眼睛瞪得大大的。

"迈尔斯。"她张开手，楼梯在我脚下摇晃着。

她递给我一支卷烟。

我有点喘不上气。

爬楼梯的脚步声传来，医院的一个侍者喘着气。"你是罗宾护士吗？他们在找你。我已经快把医院找遍了。"然后他看见了我，眼睛转了一圈。然后往后退，显然是害怕了。怕我。

她站起身来。"我马上就到。胆囊，"她说，"一个小手术。我希望能及时出来见你。"

那位侍者飞快地投来惊恐的目光。"对不起，请不要生气，但他们需要罗宾护士。"

我从她手里接过香烟，塞进了胸前的口袋，"发生了什么事？为什么每个人都吓得魂飞魄散的？"

话音刚落，我自己就知道了。

那位侍者惊恐地从楼梯狂奔下去。

罗宾看我的眼神中透露着担忧。"一切都会解决的。"她说完便转身离开，留下我盯着她的背影看。

这不可能发生。至少不是现在。我终于知道我的病人出了什么问题。我爬完剩下的楼梯。我办公室的钥匙放在从崔斯坦那借的衣服旁边的口袋里，我伸手去拿时，铁和青铜制的钥匙发出了叮当声。在我办公室钥匙孔周围的小划痕中，明亮的青铜沟壑闪闪发光。门上的杠杆咔哒一声，推得比以前更深了。

在我推开门之前，我就知道会看到什么。

有人洗劫了我的办公室。我数了数理查森的《腹部外科百科全书》的卷数。八卷书都在那儿。我的水晶威士忌套装也是如此，空空如也，布满灰尘，没有被人动过。我的文件柜被掏空了。散落的纸铺在地板上，文件和记录被皮底鞋践踏过。最让我崩溃的是我的桌子被破坏了，每个锁着的抽屉都被打开了。

我的东西被扔回了抽屉里，乱糟糟的。我的银质钢笔在里面。我想修补的手表表面有一条裂缝，但还在抽屉里。

我打开了上锁的抽屉。

那本日记本已经不见了，上面详细记录了我所知道的感染情况。

也许就在这儿，在文件下面。我拿起文件，摸索着寻找日记本，但运气不佳。薄薄的转印纸虽然已经被干涸的绿墨水粘在桌子上，但还是在我的手指下噼啪作响，我知道那是我的失物招领单，上面详细记录了我医疗包里的东西。

我把纸从记事本上清理开。

那把白柄刀不见了。

钟摆也不见了，是从我放在抽屉的角落里拿走的。白柄刀，钟摆，详细记录杰拉尔德·格兰姆斯和比尔·福克斯病情的杂志……

克罗斯比。肯定是他干的。

马西森医生站在敞开的门口。她用敏锐的目光打量着我精致的衣裳。

"辛格医生。"

还好是辛格医生，不是迈尔斯。"马西森医生。"

"去我办公室吧，我想和你谈谈。"

巫术的工具我可以解释，但那本日记呢？我能说些什么呢？我该怎么办？

我能做的只有抬起头来，接受她的提议。

"好主意。我还担心我的办公室太乱了。"

马西森医生没有笑。她转过身，让我跟着她。下楼的时候，她没有回头看我，也没有跟我说话，大步流星地走进她的办公室。

"把门关上，坐下吧。"

钟摆、白柄刀和书是马西森医生的记事本上唯一的物件。

"克罗斯比医生昨天从一个新来的病人那里知道一些传闻后，

闯进了你的办公室,"马西森医生说,"你认识一个叫詹姆斯·沃尔夫的人吗?"

我在流动医院的最后一天救了他的命,治了他的腿。我累得连脚都抬不起来。太累了,我都没听见他们来。

"我有个病人叫这个名字。"

"他说你用魔法治好了他,还偷走了他的灵魂作为报酬。"

马西森医生天花板的一角都被水渍弄脏了。她在墙上栽了一株四处蔓延的植物,而没有去修理墙角。

马西森医生点点头,"这很荒唐,我也同意。但这促使克罗斯比医生找到了这些东西。"

我等待着。

"克罗斯比已经被停职,在等待董事会的审查,"她说,"你也是。"

"马西森医生?"

"我也没办法,只能让你俩停职。但我想知道这些是什么。"

"一把开信刀。"我说。

"当然。可克罗斯比说这是一把用来收集魔法物品的银刃刀。"

"刀刃是银的,"我说,"但这是一把开信刀。链子上的那个硬物是钟摆。我用来作为催眠的视觉焦点,帮助病人控制疼痛和睡眠。"

"迈尔斯,我读过这本书。里面的措辞很有意思。"

"我用病人的语言来描述他们认为潜藏在自己内心的东西。"

这就是我的弱点。我把看到的东西写了出来,融合了我的魔法视觉和医学知识。但这样写毫无意义，没有临床价值，科学上也讲不通。

"故事有自身流传的方式，"马西森说，"对巫术的指控已经传遍了你的病房，没有人可以阻止。很多医生都看过沃尔夫先生手术后的伤疤。我也看过了。"

"我猜已经传遍了。"

"太令人惊讶了，"马西森医生说，"在你有机会完成一半之前，他就应该死了。但他还活着，还能走路。他告诉了所有想听的人，你是个巫师。"

"而且他们还信了。"

"我们可以解决这个问题，"马西森医生靠在桌子上。

"怎么解决？"

"接受检查，我们就可以摒除这个问题。"

哦。

她指的是巫术检查。他们会把那些疑似懂巫术的病人关在一个内衬有黄铜的房间，然后审问他们，并在交叉审讯中给他们使绊子。我知道该怎么回答。我可以答得出来。

但我受不了那么多黄铜。即使是携带着以太的黄铜线也足以令人大发雷霆，就像一只你无法从头上甩开的苍蝇一样。巫师们请求从检查室中得到释放。还在医学院读书的时候，从踏进检查室的那一刻起，我就开始讨厌它了。

黄铜才是真正的考验。有些人可能会声称自己整天在风中唱歌，整天跟死人说话，但如果没有被墙上的黄铜搞垮，他们就只是被忽悠了而已。

马西森医生打破了沉默,"你通过检查后,克罗斯比医生就会被解雇。就一天而已。你今天就可以去金斯顿精神疗养院,周中就可以回来巡视。"

我绝不会在检查室里待上一整天。

一切都结束了。我被毁了。如果不照马西森医生说的做,我就不能否认这些谣言。就在我的病人最需要我的时候,我的名誉一文不值。

除非我能用财富和权力把事情推到一边去。

我靠在椅背上,用手指敲击着椅子扶手,"我想你最好把我停职。我会在董事会听证会上请一名辩护律师。"

一丝绝望掠过她的脸庞,她脖子上青筋凸起,"要想平息克罗斯比医生的指控,这是最简单的办法。证明你不是巫师,迈尔斯,他就再也不能这么做了。"

"我做不到。太荒唐了。"我皱起眉头,撅起下巴,让马西森医生见到她已经预料到的愤怒,"我要雇个律师。"

"你为什么不参加测试,迈尔斯?"

"我今晚和我妹妹有个社交活动。"

"你不做检查,是因为你要和格——爵士出去。"

她捂住了自己的嘴。

现在轮到我向她靠近,"你已经知道了。"

"你们长得很像。眼睛一模一样。"

"这么说,你只是运气好猜对的?"我摇了摇头,"我的午餐会邀请函。我身份卑微,不可能受到邀请,但你还是坚持要我去。为什么?"

马西森医生紧盯着我的目光，"你在《神经》上发表的关于战斗神经症的论文，受到一位著名慈善家的极大赞赏。"

没有人会为了消遣而读医学杂志。我把这些点串联起来：马西森把我的成就告诉了父亲，然后父亲想出了一个计划，把我和格雷丝安排在一起。"告诉我，是谁想邀请我，把我介绍给格雷丝爵士。"

"克里斯托弗·汉斯莱爵士，"她说道，"你父亲，我现在明白了。"

她暗中监视我。作为父亲，他一直好奇我获得自由后会做些什么。"他给了你什么？升职？"我问。

马西森医生的眼睛瞬间瞪大了，"赞助。"

我不应在意自己的侮辱，"这就是他想要的吗？只是请我吃顿午餐？"

"他想知道你过得怎样。"

"你认为他听到我被指控使用了巫术会高兴吗？你不但不解雇我的指控者来支持我，反而要我接受检查？"

"这将消除一切疑虑——"

"你没有足够的权力把它抹去。"

一阵爆发性的叹息后，她的肩膀瘪了下来。她低下头，"我当然没有。我现在还不是医学主任，我要成为首席法师才有资格担任这个职位。"

"支持我一下吧，马蒂。建议开除克罗斯比医生，我找律师的时候请支持我，我会帮你的。如果——"

她抬起头，双唇微张，眉毛高高扬起，"如果？"

"上个星期去吃午餐前,你是不是下令把尸体都搬走了?"

她把目光移向别处。

"果然,"我说,"你怎么可以这样呢?他被谋杀了。"

"他说你不需要分心。"

"但是为了破坏尼克·埃利奥特接受警方调查的机会——"

"他要把桌上的钱拿走。"马西森医生握紧拳头,直到指关节发白,"我没办法——你知道我们有多需要钱吗?即使有补贴,以太要花多少钱?"

"这是谋杀,埃莉诺!你妨碍了正义!"

"这是为了我和你的未来!"她说,"还有医院的未来!你知道我们今年收到了多少捐款吗?"

"至少有五千块,"我说,"尼克·埃利奥特却为此付出了生命的代价!"

"真凶可能永远都找不到。我可以理解。但你连嫌疑犯都没找到,你只听到他是被毒害的口头保证而已。"

"因为你销毁了尸体。而且还为了一个赞助人,睁一只眼闭一只眼。"

"如果没有赞助人,成千上万退伍军人的医疗保障就会越来越少。"她把松散的卷发从紧蹙的额头上拨开,"我们一直尝试在手指上敷药来止住动脉出血。"

"就这么让凶手逍遥法外?就因为我出去抽了支烟?埃莉诺。要是下次我父亲想清除掉让我工作分心的人,会发生什么?"

我父亲想要什么,都可以。我不会放过这个机会的。尼克知道了关于精神疗养院和巫师的秘密,父亲不想告诉他。父亲知道我一直在这里工作,甚至不一定是尼克死在我怀里的事实促使他下令销毁了尸体。也许是他运气不好,尼克找到了我。

"你觉得呢,迈尔斯?"她看起来疲惫不堪。疲惫而消沉——肩负着与父亲交易的真正压力,"我只能那么做。"

"如果我离开医院,或者被解雇,你就会失去你的钱。"

"一切都取决于你能否留在医院。"

"我知道,我很抱歉克罗斯比医生把这一切都破坏了。"

"如果你的辩护人不能说服他们——"

我点了点头,"我不想离开。"

"但如果董事会不相信——"

"我知道。"我不能在这里坐一上午,也不能就这么溜走。我得去精神康复中心,"我想跟我的病人解释一下。"

"你不能这样做。"她摇了摇头,"你被停职了。"

"他们有权从我这里得到解释。"

"你还有可能是在操纵你的病人,把他们当作你复职斗争的棋子。对不起,迈尔斯。我不能让你这样做。"

"就几分钟。"

"如果有必要的话,我会让警卫护送你出去。安静地离开吧,迈尔斯。我是认真的。"

我的每个病人都是一个嘀答作响的时钟。退伍军人分散在全国各地,回家后他们的家人将成为攻击对象。我不能阻止他们回家,但我可以保证我的病人的安全,保护我的病房,和每一个在那里工作的人。

"好吧,"我撒了个谎,"让我先收集一些东西。"

我被停职了。我没有特权,不能诊治,也不能见我的病人。我必须走下这些楼梯,然后出门。

该死的。

我穿过大厅,沿着走廊走到精神康复中心,途经女更衣室。罗宾出现了,穿着一件水漂过的灰色棉衣。"迈尔斯。"

"罗宾。我得走了。"

她抓住我的胳膊,"别听他们说的那些蠢话。我希望我能做点什么——我很抱歉发生了这些。比尔的事我也很抱歉。你一定很担心他。"

比尔?"你什么意思?"

她沮丧地把头往后一仰,"马蒂从没告诉过你。她当然不会。如果她说了,你绝不会悄悄地离开。"

"比尔怎么了?"

"他的急性应激反应发作了。他在一个安全的房间里。很严重。"

我用手抓住她的肩膀,"有多严重?"

"他袭击了克罗斯比医生。这是整个混乱的开始。他还在用兰尼尔语大骂你是个巫师。而新来的病人告诉了大家,你是如何在他的腿上施魔法的——"

"哪个安全室?"

"他在B室。我去看过他。他们给他打了镇静剂——迈尔斯!等等!"

我没理她，跑开了。

病房有一部分灯光闪烁不定。我跑进空荡荡的走廊，在B号安全室前刹住脚步。一扇沉重的门打开了，门上有一个与眼睛平齐的窥孔。

比尔躺在里面，裹着厚厚的帆布保护装置。你从镇静剂中醒来后，要不是还疯狂地不讲理，准备对自己施暴，他们也不会用这些东西。但更糟糕的是，感染会一直蔓延到手指和脚趾。

我拉开了门。地板和墙壁上有羊毛衬垫和汗液的味道，还有——有人没有及时带他上厕所，或者他是故意这么做的。

我走了进去，地板在我的鞋子下沉了下去。"比尔。我一听到消息就来了。你没事吧？"我说。

"巫师。"

带着一丝极为丑陋的兰尼尔人的味道，他嘴里吐出了那个词。

我站在原地，向他展示空空的双手，"他们把你关在这个房间是为了保证你的安全，因为你有暴力倾向。你现在还想伤害别人吗？"

"我要杀了你。我们要把你们都宰了。"

"所以你还是很暴力，"我本想用兰尼尔语回答，但我还是换成了艾兰语，"我们来聊聊是什么让你这么生气。"

"不要说鸟语，你这个杀人凶手。"

我眨了眨眼，但还是继续说下去，"你为什么不想用艾兰语跟我说话?"

"闭嘴。"

"回答我。"

"肮脏的艾兰人。嗜杀的巫师,死灵法师。你就该死。"

那是什么?我应该在闯进来之前看一下图表的。"为什么?"

他没有回答。我又用兰尼尔语试了一次,"为什么?"

"因为你很邪恶。你这个杀人凶手,灵魂吞噬者。你的行为必须被阻止。"

"你要阻止我们。"

这是——我不知道这是谁。肯定不是比尔,比尔可不是这样的,仿佛有另一个人在操纵着比尔的身体,在跟他说话。我必须做点什么。

我能操纵这个咒语吗?我已经把杰拉尔德的照片揉成一团。我跪在比尔身边。他想咬我,但我把手放在他的前额上。他猛烈地扭动着身体,咬着下巴,但我的注意力集中在遍布他全身,一直传到他脚趾的咒语上。

走廊里回荡着奔跑的脚步声,但我没有理会。

我无法打破咒语。我在帮老杰拉尔德的时候曾把咒语折服。咒语的边缘反抗着我,比尔挣扎着,试图摆脱我的触控。

"迈尔斯,"马西森医生说,"你被停职了。"

"就一会儿。"

我抓住了其中一个边缘。它想要挣脱开来。我往后退,它从比尔的身体内升到了空中。我不停地拉,一点一点地,就像从病人的肠子里拉出一条绦虫一样。像个寄生虫,但它……

"迈尔斯。我命令你,离病人远点。"

我没有理会马蒂,陷入了沉思。这是一个灵魂,是一份财产。

我用力拉,把它从比尔的身体里拖出来。比尔在愤怒和痛苦中尖叫着。他抽搐着咬住自己的舌头,呼吸急促,血像雾一样喷出来。

它一下子就松开了,从我的手里扯了出来,然后——跑到了东边。在它消失前的那几分之一秒里,又向东移动了,我能看见它。

有人双手抓住我的腋下,把我拖走了。比尔不断咳嗽,挣扎着。他的头发被汗水打湿了,贴在前额上。

"医生?"他问道,又咳嗽了一声,"医生,发生了什么事?"

我定住双脚,挣脱了把我拖出来的勤务兵。

比尔害怕得声音沙哑了,"我为什么会在这里,发生了什么事?"

马西森医生的背僵硬得像块木板。她转过身来看着我,脸色白得像纸一样。

比尔气疯了。我触控了他,他恢复了理智。

她向后退了一步,让我够不着。

"埃莉诺。"

"什么也别说了,迈尔斯。去找你的辩护人吧,没找到就不要回来。护送他出去。"她说完就转身走了,匆匆走进安全室,跪在比尔身边。

勤务兵把我拖走了。我必须回去!我必须明白我做了什么。

我使劲拉扯，想挣脱他的手。

"走吧，辛格医生。"

"我必须回去。"

"马西森医生让我护送你出去。安静点，否则警察会介入的。"

如果警察听到关于我的一丁点传闻，就会立马把我送进金斯顿精神疗养院。谣言会传得更广。

我放弃挣扎，跟他走了。我释放了比尔。我帮不了别人，但我可以对老杰拉尔德再试一次。

第二十二章 特劳特街东3125号

坐了三十分钟的火车，我向北步行到特劳特街的一个地方。3125号是一栋刷着黄色漆的窄小房子，跷起两层楼高，四周都是花园。老杰拉尔德的房子可能需要粉刷，但那整洁漂亮的小院子要归功于他的手艺。

我站在前门，敲了三次门。门廊上还挂着屏风，这些家具适合陪伴在霜夜前最后几天的阳光下。他们明天就会装上百叶窗，如果买得起的话，也可以装上双层玻璃。

我透过花边窗帘窥探着里面的动静。没有人来。我不可能白跑这么远。应该有人在的。玛丽至少应该在家。

难道她去购物了？他们的小花园里不可能什么都种，而且杰拉尔德不在的时候，她也没有人帮忙打理。我在路上经过一家斯旺森食品杂货店——去找她有什么好处吗？

也许那里有一间外屋，一个棚子。一个用回收的窗户做成的小温室，可以在秋末春初为娇嫩的植物提供庇护。我绕过房子，小心翼翼地踩在狭窄的平滑石板路上，路就铺在房子和篱笆之间，这里甚至也建有花园。南瓜在地上游荡；啤酒花在房子的一侧生长。

沿着水果墙建有一个温室，但里面是空的。一只手套丢弃在草地上，一个篮子在后花园的小路上洒落一地，里面装着切好的草药和晚熟的蔬菜，仿佛有人匆匆离开了花园。新鲜的泥土上有左脚的印迹，但没有右脚的。

小杰拉尔德曾来过这里，然后又进了屋。我顺着后面的台阶走进了屏风房，在炎炎夏日，这里可以给家人提供一个舒适和隐秘的地方。我嗅到了血液的刺鼻气味。太多的血。小杰拉尔德受伤了吗？我不这么认为。没有血迹通往房子里，那是来自于——

不，不。

在里面。

我拉开屋里的纱门。厨房的门半开着，发出一股恶臭，哦，太难闻了。味道十分刺鼻，有腐烂的气息。出事了。

我把门推开。小杰拉尔德躺在地板上，眼睛睁得大大的。他的血液在身下聚集起来，闪烁着湿润浓稠的光芒，但边缘却很黑。我抬起他的手腕，摸了摸他蜡黄的脸。他的身体正在逐渐冷却。

很明显，一个女人的腿横在隔壁房间里，一只鞋不见了，袜子底部有一个裂口。是玛丽吗？

我避开小杰拉尔德的血迹。

玛丽。她的血浸透了餐厅下面的破旧地毯，双手上的伤口明显是因防御而划破的。

《星报》会管这叫什么？血洗？

恶心的感觉聚集在我的胃里，虽然我见过更严重的死亡，更惨烈的伤痛，知道血液干涸后的腐肉味。我蹲下身子，抓起她的手，压在她手腕上最安静的地方。

这是我的感染和金斯顿的国内谋杀之间的联系。这是我自找的，因为我不希望这种联系是真实的。现在我知道成千上万的人都有这种寄生的灵魂，他是真实存在的，而不是人为的捏造，用以否认令人发指的战争行为。我没有告诉任何人，一直保守着我珍贵的秘密，直到现在为时已晚。

这些死亡都是我的错。其他人的死也是，但这些人与我干系重大。我把玛丽·格兰姆斯的头发从脸上抹去，然后骂了一句。我在破坏犯罪现场，到处都留下了我的脚印和指纹，我还乱摸了格兰姆斯太太的头发——我很清楚。

我穿过餐厅走进前厅时，地板吱吱作响。

上面的吱吱声回应了我。然后又是一声。沉重的脚步声穿过二楼。一只靴子重重地踏在笔直而狭窄的楼梯上，发出空洞的响声。老杰拉尔德跳了下来，蹲在地上。

他拿着一把血淋淋的刀向我走来，他手里反持着刀刃。我拿起一把客厅里的椅子，一边摇晃一边瞄准他的脸。

他躲开了，向我的双腿扑来。我向后一跃，落在了玛丽的手臂上。为了站稳脚跟，我把椅子弄倒了——要是摔倒，我就死定了。

椅子砰的一声倒在老杰拉尔德的头上，可惜没有更重一点。他紧握着刀，费劲地想把椅子推开。

我慌忙向后退去，鞋子上沾满了小杰拉尔德的血。我无法在刀战中干掉一个兰尼尔人。我需要一把刀或一把剑之类的东西。

我发现了一个拖把，我一把抓住，把拖把顶部挥向老杰拉尔德的脸。沾满水的绳子让他失去了平衡。

我的心怦怦直跳。我只有一次机会。

我冲过去，把他推到餐桌上。我摸索着找到他那只空着的手，使出了浑身的力气紧紧抓住。

当我封住他的气管时，他感觉有点窒息，拿刀的手臂疯狂地摆动着。

我进入他的脑海，"沉睡吧。"

刀子滚落在地上。

我松开他的喉咙。老杰拉尔德的口鼻在颤抖着呼吸，而我则将他体内干涸的血魂剥离出来，拉走了。

我已经想好了剥离杰拉尔德入侵者的诀窍，但灵魂又像被吸走了一样，从我的手中抽走了。再一次向东飘去。

我调整了重心，停了下来，因为我的脚碰到了什么东西。我低头一看。

我踩到了玛丽·格兰姆斯的头发。

我踉踉跄跄地往后退，差点被拖把绊倒。杰拉尔德躺在桌子上，双腿悬空，双臂张开。他轻轻地打着鼾。

我还不能叫醒他。我轻轻地碰了碰他的手，让他睡得更深，我蹑手蹑脚地从他和他妻子的尸体旁走过，爬上楼梯，来到楼上的卧室。

一定要在学校。一定要在学校。

杰拉尔德和玛丽的卧室在前面，一张编织的床罩铺在床上，足够两个人睡，还有一些带有针线装饰的小枕头，写字台的顶部挤得很紧。床罩的一角被翻了起来，所有的抽屉都打开了。

他曾一直在这里寻找。我从房间里走了出来，转向第一扇关着的门。

我推下门杆，打开一个小房间，窗下有一张窄小的床，我的胃里一阵翻腾。

房间里空空如也，只有一个军用包，靠在梳妆台旁边的墙上。这是小杰拉尔德的房间。我继续往前走。

老杰拉尔德有两个儿子，杰米和山姆。他们一定住在后面的同一个房间，门关得紧紧的。门前的地板发出咯吱咯吱的响声，一块鲜艳的牌子上涂着他俩的名字。

我闭上眼，推开了门。

老天保佑。

对面的墙上有两张床。中间的编织地毯上散落着一个男孩的玩具。球和音乐曲柄盒，高尾马和士兵，都是木制的，颜色鲜亮而且一尘不染。

很干净。

我跪在了地上。

楼下传来一阵撞击声，惊讶的尖叫声变成了惊恐的哭喊声。

"玛丽？"

杰拉尔德醒了。

我冲下楼去。

杰拉尔德把玛丽抱在怀里。他摇晃着她的尸体，埋在她的头发里抽泣。他想把头发从她脸上抹去，不让她的头往后摇晃，不让她的喉咙裂开。

"杰拉尔德。"

"走开。"

"杰拉尔德,我是辛格医生。"

"你走吧。"

"你还记得什么吗?"

"别管我。"

我走近了些。"你还记得——"

"我把她杀了。我把她杀了。"

"是他杀了她。"

"是谁已经不重要了。"老杰拉尔德说,"她死了。"

"我得叫警察来。"

"叫他们来吧。我才不在乎。"

"杰拉尔德。杰米和山姆不在这里。你的孩子还活着。"

他好像没有听见我的话。

我想找一部电话。他们很富有,完全买得起。我拿起了听筒。

"报纸上提到了这里!"一个女人惊呼道,"这就是为什么所有的专栏都是重复的原因。他被谋杀了!哦,可怜的绿拇指先生。"

"不好意思,"我打断了她,"我需要用下电话。"

"谁在那儿?"另一个女人问道。

"迈尔斯·辛格。我是医生。我现在需要报警。"

"报警!"第一个女人叫道,"快。"

他们挂断了电话,为我腾出了线路。

我站在前厅。我拖着脚走在地毯上,鲜血染红了我的外套和裤子。杰拉尔德在我身后哽咽着。电话铃响了一下又一下,一个声音接了电话。

"这里是金斯顿警局,我是格雷·芒廷。"

咔嚓一声。有人接了他们的电话。他们会听到一大堆。

"可以派警员来特劳特街东3125号吗?"我咬紧牙关,抵御着警察离我耳朵这么近的刺痛,"这里恐怕发生了两起谋杀案。"

我刚挂电话,铃声又响了。我让铃声刺耳地响着,冲回厨房取回我的包,跪在老杰拉尔德身边,"警察来了。杰拉尔德。你不记得发生了什么。你懂我意思吗?你不记得了。"我打开那个水渍斑斑的包,往里面寻找一个瓶子和一个定量杯。

"这有什么关系?"

"做这件事的时候,你已经不是你自己了。"他是不是从一个可怕的梦中醒来?难道他一直都是一个无助的看客,无法阻止自己攻击妻子和朋友?这都不重要了。杰拉尔德·格兰姆斯已经崩溃了。他身体的一部分仍然抱着格兰姆斯太太的尸体,她的四肢歪歪扭扭地伸展着。他摇晃着她的尸体,抚摸着她凌乱的头发。

鸦片酊的苦味在我鼻子底下弥漫,他一直挣扎着,"我真该被绞死。"

"不,你不应该。你没有责任。你明白我的意思吗?你精神不正常了。我会告诉他们的。我会在法庭上作证,因为这是事实。喝点这个。"

他拿起杯子喝了一口。老杰拉尔德叹了口气,"鸦片酊?"

"是的。"

"把剩下的给我，"他说，"这样我就能永远睡下去了。"

"我不能那样做，杰拉尔德。"

嗡嗡的声音越来越大。我站起来，透过花边窗帘往外看。妇女们在街上闲逛，扣好羊毛大衣的扣子，在家居服上系着鲜艳的围巾以抵御寒冷。有些人在抽烟。他们都看着那所房子，担忧地皱起了眉头。

第一个警察来的时候，他们像鸽子一样散开了，都带着担心的眼神回答他的问题。

杰拉尔德点了点头，补药已经起作用了。我放轻了手脚，他一直坐着，不过摇晃了一下。"在这儿等着。"

我打开前门。

我走出来后，迎接我的是阵阵喘息声。几个女人尖叫起来，昏倒在其他人中间。

这名警察嘴唇发白，双手紧紧握着警棍的把柄。

我眨了眨眼睛，"怎么了？"

"待在原地别动！"

"当然，"我说，"我正想请你进来。发生了什么——"

我低头一看。我手上和袖口上的血迹都干了。

"哦。"

我把手举起来，"我给你打过电话了。我是来看望我的病人的。"

"你是谁？"

"迈尔斯·辛格医生。我是博勒加德退伍军人医院的医生。

杰拉尔德·格兰姆斯是我在那家医院的病人。"

"他是个军人?"

"是的。"

他的眉毛从中间翘了起来,"他打过仗?"

"是的。"

如果说有什么变化的话,那就是警官的脸色更加苍白了。"他死了吗?"他问。

"走得很安详。"我说,"我能活着算是走运了。"

呜呜的铃声响起,声音越来越近。

"那是运尸车。"警官说。

一个女人惊恐地倒吸了一口冷气。

后援的到来鼓舞了年轻人的士气,他爬上了楼梯,"你可以把手放下来了,但不要去任何地方,我们还有问题要问你。"

其他警察跟在他后面,其中一个身上的黄铜装饰比我平时看到的巡警还要多。他是一名警官,可能是那些警察的上司,他们聚集在这里记录凶杀案这种严峻的业务。

"之前是你打的电话?"

"我是迈尔斯·辛格,杰拉尔德的医生。"

他向一名警员招手,让他过来,"告诉我发生了什么事。"

"我是来看望老杰拉尔德的,这是我让他从医院的精神康复室出院的条件之一。"

"精神康复?他疯了吗?"

我皱起眉头,"我到的时候,格兰姆斯先生正经历着现实的全面崩溃。正是在这种不理智的状态下,他杀害了自己的妻子和朋友杰拉尔德·马丁。"

"那你是怎么活下来的?"

"把他制服后,我就把他劝住了。"

他又看了我一眼,露出钦佩的神情,"靠你自己。"

"挺不容易的。"

"不过,如果他和另一个人一样,那你可真厉害。"他点头表示赞同,幅度大得足以算是一个鞠躬,"他在现实中有了这种突破性的转变时,说的是兰尼尔语吗?"

"是的。"我说,"意识到自己的所作所为后,他有点心烦意乱。我给他打了镇静剂。他有自杀倾向。"

"是什么驱使他这么做的,医生?"为什么是他们——他们的妻子和家人。

"那里发生了什么事?"

"战争。"我说。

警官摇了摇头。

还有更多的问题,我从他们那里了解到,特伦斯·皮金除了兰尼尔语之外什么都不会说,而他现在身处金斯顿精神疗养院的一间安全室里。

他们想让我告诉他们发生了什么,如何解决这个问题。但我做不到。

一个警察让我搭便车到伯德兰,他十分肯定,如果我坐火车的话,血迹斑斑的衣服会引起骚乱。我在他车的侧斗里踩着脚踏板，感到很困惑。

"他们会帮忙吗？你逮捕的人。他们会帮你把自己踩回监狱吗？"

"很多人都会，医生。甚至那些和我作对的人。你会惊讶的。有时候，被抓住也是一种解脱。"

我决定专心蹬车。

他陪我走到门口，向惊恐万分的巴斯太太解释说，我一直在协助警方办案。我冲上楼去脱掉血淋淋的衣服。我不知道能不能把血迹从我的工作服里清洗出来。我有一件备用的，比这更破旧的衣服。也只能这样了。

在回崔斯坦家的出租车上，我带了一套换洗的衣服和鞋子。他门前停着一辆长长的黑色汽车，孩子们涌了过去，虽然在很近的地方观望，但却不敢碰那弯弯曲曲的轮毂和车头上跳跃的雄鹿装饰物。

崔斯坦和格雷丝在独自酝酿着麻烦。

我跑上台阶，穿过门，侧耳倾听是否有人提高了嗓门或是争吵的迹象。

格雷丝放下茶杯，在座位上扭了扭身子，瞪着我。"你上哪儿去了？"

"没时间审问了。"

"我们都去医院找你了。"崔斯坦说，"我们听说了那个医生指控你使用巫术。"

"我还担心你被逮捕了。"格雷丝的声音在颤抖，"我来这里找你，你却不在，亨特先生也不知道你去了哪里……"

"别说了,"我说,"格雷丝,你最近有没有关注《星报》?"

"我们不看《星报》,你知道的。"

"那些谋杀案。战争归来的士兵杀害了他们家庭里的所有人。你听说过他们的事吗?"

"你昨天还在说。"崔斯坦说,"还有其他的吗?"

"我的一个病人。"我说,"我一直在研究我一些病人的问题。我以为这是一种疾病,但我错了。错得离谱……"

"所以那是什么?"

"他们被附身了。"我说,"我也不知道是怎么被附身的。但我在他们体内看到的不是感染。他们一直都是对的——他们体内还有一个人,一心想要杀人。"

格雷丝显得很困惑。崔斯坦脸色苍白,"你确定吗?"

"我见过两个病人都是这种情况。我把乌云从他们身上抽走,他们才恢复了正常。"

"一朵云。"崔斯坦靠得更近了,"像一群昆虫?"

"是的。"

格雷丝的手掌在膝盖上拍了一下,重新吸引了我的注意力,"你们俩在说什么呢?"

"我的病人——"

"——一种魔法。"崔斯坦说,"亡灵巫术。"

这句话把我吓呆了,"亡灵巫术?"

"是的。"

"你们两个在说什么?迈尔斯,这是什么咒语?"

我用手捋了捋头发,"格雷丝,你能看到人身上的魔法吗?

你能认出巫师吗?"

"可以。"格雷丝说。

"来,看看窗外。"

我们聚集在客厅的小玻璃窗前。哈尔斯顿街来往车辆很多。在下午的交通高峰期到来之前,趁着自行车流量较少,送货车布满了公路。一群孩子围住了格雷丝的车,但不敢触碰。一个男人骑进了十字路口,我朝他指了指。"看到了吗?"

"看到什么?"他们异口同声。那个人骑着一辆装满新鲜蔬菜的自行车,从视线里消失了。

"见鬼了。那有一个。还有一个!"

"我没看见——"

他的半边身子都被红褐色的泥土包裹着,"戴着圆顶礼帽,穿着绿色呢子外套。"

"那件可怕的绿色呢子外套。"格雷丝说,"我没看见——"

我抓住她的手,进入她的力量,"看。"

"迈尔斯。你怎么……"

"我跟崔斯坦学的。"崔斯坦握住了我伸出的手。我从格雷丝的力量中抽回,崔斯坦让我进入他的力量,让我给他看我视线内的东西。

他感受到了格雷丝没有体会到的温暖,眉宇间透露出焦虑,胃也紧绷着。格雷丝只觉得好奇和沮丧,直到洞察力的极大提高牢牢吸引住了她。

"迈尔斯,我还是能看到的。"格雷丝说,"还有一个。"

崔斯坦指着东边,摸了摸窗户,"还有第三个人,从服装店走出来了。"

我退了出来，又只剩下我自己，站在姐姐和朋友之间，"你还能看到吗？"

"是的。"他的声音很严肃，"就像我看到科马克一样。那些人都是和死人的灵魂拴在一起的，亡灵巫师们靠这个保持年轻。"

我知道这个故事，"用手或刀剑诱骗一个人杀死你，在你死去的时候触控他们……"

"你的灵魂附在他们身上，这样你就可以把他们的身体据为己有。迈尔斯，这就是卢卡斯的复仇。"格雷丝脸色发白，用手捂着身体，不知道是要抚慰自己翻滚的胃，还是捂住自己的嘴。

崔斯坦低声咒骂，"有多少士兵是这样的？我已经看到五个了。"

"根据我在回归日上看到的情况？我放弃了，数了数那些没有被附身的人。"

"有多少？"

"成千上万。"我说，"他们都要回家了。在艾兰各地。要是他们突然攻击——"

想到这就难受。全国各地会有更多的家庭被毁灭，成千上万本应被信任的英雄突然变成了怪物。艾兰将被摧毁。

"什么时候？"

"我不知道。"但其实我知道。兰尼尔代表团在皇家监狱里又坐了三天的仪式性监禁。"投降的人。和外交官一起来的天空祭司，他们中的一些最高级成员头上都有十几颗星星。如果他们施了咒语……"

格雷丝脸色一变,"女王有危险。"

"除非她得到保护。"

"这是……"格雷丝用一只手捂住肚子,呼吸急促,"对不起。我要……"

她微微摇晃着,挺直了身子。我起身去扶她,但她稳住了身子,离开了房间。通向卫生间的门喀嚓一声关上了,水哗啦啦地流出来。

崔斯坦双唇紧闭,"为什么兰尼尔人要施这个咒语?"

"复仇,"我说,"发起最后一次反击,给我们一记过肩摔。他们不会因为被征服而感到庆幸。"

"都是很好的理由。"崔斯坦说道,但皱起眉头看着天花板。

"还能想到别的吗?"

"没有了。"崔斯坦承认,"我正试图让这件事符合我的任务要求,但我不确定这些碎片是怎样组合在一起的。也许亚历山大——那是我在兰尼尔的同行——也许他成功了,知道灵魂的去向。"

我想起了释放比尔和杰拉尔德时看到的情景,"东边。他们往东走了。我不知道为什么,但他们去了那儿。"

厨房和崔斯坦书房之间的门滑开了。在穿过房间的路上,格雷丝在一个用来展示上乘瓷器的小橱柜前停了一下,盯着储藏在里面的书籍和其他东西,"那是头骨吗?"

"我刚到这儿时,从一个到处行骗的巫师那儿得到的。"

她点点头,转过身去,"什么……"她弯下腰,崔斯坦的记事本放在图册上,已经打开了,"你为什么在这张地图上画了一个五角召唤星印?"

崔斯坦眉头紧锁,"一个什么?"

格雷丝拿着崔斯坦的图册来到客厅,"北面、东面、东南面、西南面、西面,中间是召唤者,要合五为一。我们在季节里唱歌的时候,就是这样站在仪式上的。"

"迈尔斯告诉我,你在仪式中动用了数百人。"

格雷丝点了点头,"是的,包括边境上的次巫。一百五十六名隐巫者,还有同等数量的次巫。但能量站站长和隐巫者主音是这么站的。方位很重要。"

"那么,你能去这些地方,为你们整个国家制作一个五角星印吗?"

"只要有足够的力量,但这需要……"格雷丝抬起头来,"几千人,数万人,我也不知道能不能做到。为什么?"

崔斯坦和我对视了一眼。

格雷丝站直了,"这是怎么回事?你为什么会在这里,亨特先生?"

崔斯坦站了起来。"说来话长,最好边喝边聊。来点葡萄酒还是威士忌?"

我们喝着威士忌,舌尖冰凉,心口温暖。格雷丝懒洋洋地躺在翼背椅上,而我则靠在崔斯坦的昏睡沙发斜背上。等我们坐定后,崔斯坦解释了寻找亡魂无果的事情。艾兰没有鬼魂,但巫师引导迷失者前往绚夏福地的传统早已消逝。他告诉了格雷丝关于尼克·埃利奥特的情况，还有遇见我的经历。

"所以尼克·埃利奥特在调查这些城镇的精神疗养院。"格雷丝说，"关押巫师的精神疗养院。为什么？"

崔斯坦紧紧咬住嘴唇，"我也不知道。但五角召唤星印可以聚集力量？"

"是的，你不用它们吗？"

"半神国人对群体魔法没有兴趣。"崔斯坦戳了戳地图，"我得去拜韦尔。尼克的母亲被送到那里了。也许他想方设法见了她一面。也许她能告诉我们那些精神疗养院里发生了什么，他们让她做了什么。"

格雷丝的杯子在送到嘴边的时候停了下来，"他们让她做了什么？"

"汉斯莱小姐。"崔斯坦说，"你们的法律和实施方法把所有能找到的巫师都挖了出来，以这种特殊的模式分配到你们国家边境的各个据点。你觉得他们是被抓去编筐的吗？"

她转过头来，嘴唇发白，"你说的有道理。这么说你是打算把回来的日期推迟了？"

"我就快找到答案了。"崔斯坦回答道，"拜韦尔附近有一些石头，我可以从那里通过。我可不想再闯进皇家公园，被卫兵追着跑。"

"再次？"格雷丝问道。

崔斯坦摆了摆手，"去年我到你们王国的时候，发生了一个小小的误会。任何人都有可能这样。我本想为这场混乱道歉，但他们直接向我开枪了。"

格雷丝故作冷静,"你说的石头是什么意思?"

"宫殿的地面上有一圈螺旋形的石头。那是一扇门。"

格雷丝的眼珠子都快瞪出来了,"国王之石是一道门?而你们半神国人可以随时从里面蹦出来?"

"即使在稳定的土地上也不容易。"崔斯坦倒上第二杯威士忌,"我在金斯顿石头上的所作所为简直就是英雄事迹。如果我前往拜韦尔,并穿过那里的石头……"

"你打算怎么去那儿?"

"我有一个马车夫。"

"但我们得进精神疗养院。"

"我也许能把我们隐藏起来。"崔斯坦说,"如果最后遇到麻烦,我就帮不上忙了。如果把我们隐身且同时行动的话,会用掉我所有的力量。"

格雷丝坐立不安,"要不……"

"要不怎样?"

"我带你去。"格雷丝说,"我的车虽然不舒服,但比马车快多了。"

"可这样还是进不了精神疗养院。"崔斯坦说,"不过还是谢谢你。"

"我可以让咱们进去。"格雷丝说,"慈善会资助了全国的每一个乡村疗养院。我们实际上已经拥有了那些机构。"

"我们可以找到安·埃利奥特。弄清楚他们受到了何种对待。"

"疗养院是下一个线索。"崔斯坦说,"我需要带着答案回来。"

"但是这个……附身呢?"格雷丝问道,"如果附身会让士兵们杀害家人……必须要阻止他们。"

"仅仅靠我们三个是不够的。"我舔了舔嘴唇,继续说道,"我们需要隐巫者。"

"我们还需要次巫。"格雷丝的表情变得激动起来,"如果他们可以帮忙拯救艾兰的话就可以让隐巫者意识到,他们对待法师同伴的态度到底是如何阻碍了我们的进步。"

"所以你是这么看待他们的。"崔斯坦说,"不是作为工具,而是人。"

"我们都是工具,亨特先生。隐巫者只是对王室的用处更大罢了。"

"你们是人,汉斯莱小姐。特别是为你的女王服务,但还是人。你将如何告诉其他人?"

"今晚,我们在冬日里唱歌的时候。每个人都会到场。我会召集各大能量站站长,先告诉他们。迈尔斯,你需要解释一下,但你认识所有人。"

"珀西爵士会是个麻烦。"

格雷丝的嘴噘到一边,点了点头,"珀西爵士一直都是个麻烦。但其他四个人会很理智。我们今晚就和他们谈谈,明天早上再去精神疗养院。"

"你能再等一天吗,崔斯坦?"

"我必须这样做。"崔斯坦耸耸肩,"最好晚一天才有答案。如果任务完成了,艾菲女大公会收敛脾气的。"

第二十三章 黑珠与白袍

坐在格雷丝的车上,我头晕目眩,浑身起鸡皮疙瘩。车辆是以太驱动的,要想让这辆沉重的黑车在大街上行驶,所需要的有功功率让我在三十秒内就得眯着眼睛抵挡疼痛。

"你怎么受得了?"

"准备一辆马车要花好几个小时,"格雷丝说,"这景象比以太光还要糟糕,对吧?可惜已经成了遗物。"

一个精致的遗物。前面板是用昂贵的金色木头雕刻而成,暗色的结点使其更加讨人喜欢。厚实的真皮座椅上,手工雕刻着类似棕榈叶的叶子,黄铜装饰着驾驶盘周围拱形的表盘和仪表。

只有最富有的人才能负担得起这样的奇物,而他们大多数人将不得不忍受接近如此多的以太和黄铜进行驱动的痛苦。我咬紧牙关,看着小路上的小树枝,紫色鹅卵石铺就的小路通向一座又一座令人瞠目结舌的房子。

当我们经过大门,走向庆祝回归日的大厅时,我已经做好再走出去的准备。一辆金色马车径直停在门前。我们急急忙忙地冲过被践踏的紫罗兰顶端,边走边追寻花儿的踪迹。

我跑到汉斯莱家的私人套间,格雷丝躲进了装有玻璃穹顶的房间,我曾在这里和十几名年轻女子跳舞。我换上一件次巫长袍,白色羊毛上装饰着白色的刺绣,袖子是方角的。我对环形纽扣的系法并不熟练,我的慌乱只会让情况更糟。

在我换衣服的那个小房间外面,有许多人在嗡嗡低语。格雷丝已经去召集各大能量站站长来聆听我们的警告。我必须把我看到的情况告诉各大能量站,并经受住他们的质疑。格雷丝不知道如何应对他们的审视。

这就像解释一个棘手的医疗案例细节,或者在同行面前争论自己的发现。我经常这么做,这次也不例外。但少数人不能发出这么多的喃喃自语声。

我从小更衣室出来,停了下来。二十几个人侧过肩,瞥了我一眼,又耸耸肩把我打发走了。格雷丝去找统领各自能量站内法师的那五个人,但他们带来了自己的下属联结者。

这可不是领导之间的简短对话。这是一次决定性的,足以通过投票决定结果的集会。格雷丝倚着壁炉,站在套间前面。面对众人,她没有理会木雕桌上的黑色玻璃瓶。她是唯一没有穿礼服的人。我是套间里唯一的次巫。

"去做你自己的事吧,孩子,"一位年长的妇女对我说,"在仪式之前我们还有事情要做。"

"他才是和你有关系的人。"格雷丝说,"迈尔斯,上来吧。"

当我在人群中穿梭时,听到了轻微的咔哒咔哒声,就好像他们在用一串珠子数数。格雷丝靠在壁炉上,给我一个鼓励的微笑。

在套间前面,所有首席巫师都无动于衷地盯着我。我认识其中一些人。他们没有一个人回过头来用温暖或鼓励的目光看我。

"把你跟我说过的事再告诉他们。"格雷丝说。

我双手交叠在次巫长袍的袖子里。这一直是个错误。我不该为此穿上这件衣服,提醒自己的卑微。

"我们的时间不多了,"我说,"所以我就直说吧——艾兰国有危险,康斯坦丁娜女王可能会在周末签署投降书时被我们自己人袭击。"

有些人一副不相信的样子,其他人则皱起了眉头。

"我是博勒加德退伍军人医院的精神病医生。我大部分病人都有战斗疲劳症,我们还在努力了解这种情况。"

说到战斗疲劳症,许多人的眼睛都翻到了天花板上。很多人不相信这个,也不相信忧郁症和慢性焦虑症。但我必须继续说下去。我得告诉他们一些能产生共鸣的东西。也许他们自己也看到了。

"你们当中有多少人能认出法师,或者看到一个人周围的光环?"

格雷丝用嘶嘶的声音警告我,但她却噘起嘴,交叉着胳膊责备我。隐巫者不会承认自己懂次巫的技能。

"我口误了,抱歉。你们中有多少人的家人或朋友也会这种把戏?"

有几个人举起了手。数量很少,所以我能数出来,其他人看到有人承认后又多了一些。

"他们对保护女王意义重大。我自己也会这一招。我将我能看到的情况描述一下，你们可以问问自己的家人，是否也见过像这样的人。"

我向他们描述了瘴气的情况，几个人睁大了眼睛。他们已经看到了。希望从我的胸口蔓延开来，温暖了我冰冷的手。他们中有些人见过。

"我不知道我看到了什么。我以为是一种疾病，因为我的技能是治愈术。但我错了。这不是病。"

我深吸了一口气，继续说下去，"这是一种咒语的效果，将兰尼尔人的灵魂与杀死他们的士兵的身体缔结在一起。渐渐地，他们会附身在士兵身上，然后攻击他们的家人，再攻击任何接近他们的人。报纸上已经报道了四起这样的谋杀案。我今天目睹了第五起。"

人们坐立不安，四处张望，查看其他人的反应。他们都看见了珀西·斯坦利爵士，他双臂交叉，嘴巴抿得紧紧的，一副不以为然的样子，眯起眼睛瞪着我。我寻找着那些能认出我所描述的征兆的人。他们坐得那么的，那么的安静。

"来到艾兰的兰尼尔人在投降书上签字时，会有一千名士兵站在那里休息。在这一千人中，有些人将会被附身，在女王面前拿着礼仪性武器。在那里发动袭击可能会导致灾难。"

这时响起了惊慌的声音。隐巫者一个接一个地大声发问。但是珀西爵士站了起来，举起手让大家肃静。

房间里安静了下来。

"好了。"珀西爵士说，"汉斯莱小姐，这出歌剧我们都看过了。你在浪费我们的时间吗?你给次巫的自由太过了。"

我无法让他否认这一点。我向首席法师们讲话,好像他要求我澄清似的。"参加投降的不只是那一千人。艾兰各地有数万名被附身的人都回家见他们的家人了。光是屠杀他们的家人,就会让这个国家遭到毁灭性的打击。"

议论声此起彼伏。能看到光环的法师们转向身旁的人,他们窃窃私语,语气十分迫切。但珀西爵士却发出了一声短笑。

"这太荒唐了。巫师之王卢卡斯的复仇只是一个故事,一个玩笑罢了,迈尔斯大师。格雷丝,我知道你还太年轻,不能承担隐巫者主音的责任,就算一个幼稚的小学生也不会相信这些。"

"我没有说半句假话。"我让自己的声音扩散到整个套间,但我没有喊叫。喊叫是为无力者准备的,"可就算你需要更多的证据,你能无视我的警告吗?至少告诉女王,加强对她的保护——"

他气得直剁手,脸色通红,"听我说,到此为止。"

所有认识我的隐巫者都把目光从我身上移开,摇了摇头。一个个咬着嘴唇,站了起来。

"我们应该调查一下。"她说,"珀西爵士,我也会他说的那招。我见过他描述的东西。"

"你们能量站的长官让你说话了吗,琼爵士?"

她扬了扬眉毛,"这算正式出席吗?我以为这只是一个紧急会议。"

"我也看到了。"另一个隐巫者站了起来,长着尖鼻子和长脸,"而且我读过报纸。那些杀手每一个都是军人,都是从战争中回来的。他可能搞错了,但我不相信他在撒谎。"

更多人开始窃窃私语。

珀西爵士翻了个白眼,"还有其他会次巫把戏的人相信这个次巫的故事吗?"

格雷丝走上前来,站在我身边,"我也能看到。我相信我哥哥。他在成千上万的士兵身上都见过他报告的状况。我们不能忽视他的警告。"

一个穿着厚重刺绣长袍的人站了起来,全场顿时鸦雀无声,"这个次巫逃避责任,用假名参军,被迫回来执行任务。"乔纳森·布莱克身材魁梧,众人将目光投向他,默默地表示敬意,"我们怎么知道他不是为了提高自己的地位而编造威胁?他显然不知道自己有几斤几两。"

我感觉浑身发冷。格雷丝未来的公公已经起身质问她。我们脚下的地面塌陷了。

我妹妹用坚定的声音回答了他,"我哥哥是一位出色的医师,也是一位战争英雄。他选择去充分发挥自己的天赋,是我们可以做到提前预警的唯一原因。如果没有他,这次袭击将变成一场彻底的突袭。"

乔纳森爵士表现出一副深思熟虑的样子,然后再次开口说话。

"够了!我们要赶不上仪式了。"珀西爵士举起拳头,拳头里的关节发出了咔嚓声。

另一只手回应了他,现在两撮拳头都发出了咔嚓声。不是珠子的声音。

投票球。

"我对格雷丝·汉斯莱爵士的能力没有信心,她无法担任代理隐巫者主音。"他说,"我提议进行投票。"

乔纳森·布莱克站了起来,"没时间投票了。仪式——"

"——仪式太重要了,不能交给我们不信任的人。我感谢星辰者,她从来没有机会知道内阁的真正秘密。投票吧,我们现在就投票。"

珀西爵士大步走到黑玻璃瓶前,把选票啪的一声投了下去。还没等他落座,他的追随者就已经把瓶子挤得满满的了,当他看到首席法师们排着队走向瓶子,投下他们的选票时,他十分得意。

不到两分钟就搞定了。在里面投球的时候,有些首席法师连看都不看她一眼。珀西爵士朝瓶子点了点头,脸上的得意之情溢于言表。

"统计一下。"

格雷丝抿着嘴拿起了瓶子,倒置过来。

黑球倾泻而出。只有一道白色的闪光。但这还不够,远远不够。

珀西爵士张开双臂,"格雷丝·汉斯莱爵士不再是代理隐巫者主音了。按照惯例,如果有位置的话,她会被降级为末席中的一个联结者。谁还有位置吗?"

没有人举手。

一切都结束了。

格雷丝一动不动地站着,她为之努力的一切都灰飞烟灭了。

首席法师们从我们的家庭套房里鱼贯而出——这里还属于我们吗？从这个套间装饰的经久不衰就可以看出，汉斯莱家族的权力已经延续了几个世纪。我的父亲、祖父和曾祖母的画像还挂在墙上，俯视着我们。

我本以为会发生争执，但没想到珀西爵士会如此小气，竟然无视我们的警告——

我的警告。格雷丝让我发言，自己站在一旁。隐巫者对自己手下的次巫可不是这样的。也许父亲已经意识到，隐巫者丢弃了多么丰富的工具，但其他人并不认同他的看法。

格雷丝已经被完全挤出了圈子。甚至圈内最低的职位也不属于她。我穿上外套，把睡袍揉成一团扔在地上。

格雷丝还是没有动。

我走近了，"格雷丝。我们得想想该怎么办。"

她眨了眨眼睛，视线还停留在菲奥娜·汉斯莱的画像上。

"格雷丝。"她现在不能对我破口大骂。我们有一场大屠杀要阻止，"女王还在这里。"

现在她看着我，"不。"

"格雷丝，她有危险。"

她下巴的肌肉跳了一下，"可现在，你不用再参加重大仪式了。你不必嫁给任何人。汉斯莱的遗产已经粉碎了。而这对你有利，迈尔斯。"

她的话让我浑身发冷。确实如此。她说的没错。"这是一场灾难，格雷丝。你听到我说的了吗？这不是我干的。我为什么要这么做？"我说。

"你的自由。"格雷丝说,"我们夺走了你的自由。这是你的报复。"

"格雷丝。事情并不是你想的那样,这是我最不愿意看到的局面。我应该坚持让你亲自和他们对话。他们当然不会听一个次巫的警告。"

格雷丝仰头看着我。

"我不会因为你缔结了我而让艾兰陷入水深火热之中。"

她又喘了口气,发出一声颤抖的叹息,"你确实不会。照顾好别人之后,你才会想到自己。我们该怎么办?"

我朝门口走去,"我们应该告诉女王。"

"他们不会让我们接近她的。"格雷丝说,但她跟着我走到门口,穿过宽阔的走廊,身穿白袍的次巫在那里狼吞虎咽地吃着自助餐。他们注视着我们,在我们经过时互相嘀咕着。

消息已经传开了。

我一直绕到大厅北面,打开了召唤大厅的门,昨天晚上我们还在那里跳舞。

我们在镶嵌着华丽装饰的地板上走了五步,隐巫者才来拦在路中间。

"你已经被罢免了,请离开这里。"

我急着要说些什么,但我已经犯了那个错误。我看向王座,康斯坦丁娜女王在那里和珀西爵士说话。我盯着她,真希望自己是名议长。她穿着一件鸽灰色的丝绸长袍,钻石垂在锁骨上,就像雪花永久地定格在灯光下。从房间的另一边看去,这一切很耀眼。

请看着我。我在心里重复了一遍。我用我的意志向她倾诉我的想法。*你有危险*。*请你看着我*。

"你在无视王室的致命威胁。"格雷丝把声音压得很低。我希望她能大喊大叫,但她永远不会打破控制的假象,"保护女王高于一切。珀西爵士可能已经忘记了,但我没有。"

珀西爵士说着话,把双手塞进长袍里,然后把手垂在身体两侧,似乎不知道该拿它们怎么办。康斯坦丁娜女王并没有发出叹息,但她的目光一转,视线掠过人群,落在了我身上。

一道眉毛扬起。她歪着头,专注地望着我和我妹妹,除了她之外,只有我们没有穿礼服。我做出了最可怜的哀求的表情,并为她的好奇心祈祷。珀西爵士顺着她的目光看向我,脸色暗了下来。

他做了个手势,派他的联结者来打发我们,然后继续和女王说话,女王不情愿地把注意力转回到新的代理隐巫者主音上。

乔纳森爵士又说话了。他的下巴和雷蒙德一样,又窄又尖,"请离开。"

"你这么肯定我的次巫错了?"格雷丝要求道,"你愿意拿生命作赌注?你确定?"

另一个人看了一眼她的伙伴,然后说:"你让你的次巫告诉了我们一些直接来自歌剧的内容了是吧。"

"所以你打算无视吗?"

珀西爵士的助手走上前来,挡住了我望向女王的视线。

她没有再看我一眼。

"是的,不要逼我们动粗,汉斯莱小姐。带着你的次巫离开吧。"

一个身穿长袍的隐巫者从一群穿着朴素长袍的联结者中间冲了出来。是雷蒙德。他握住格雷丝的手,把什么东西折叠在里面。

"对不起。"

他消失在了人群中。

格雷丝张开手。祖父的订婚戒指放在她的掌底,宝石绿得如此之深,几乎成了黑色。

她把手合拢成拳头,"迈尔斯,我们走吧。"

我跟在她身后步入了夜色中,我支撑着自己的身体,抵御着汽车的"鸡皮疙瘩效应"。"我们没有足够的时间去预约。"

"我们已经无能为力了,"格雷丝说,"我们现在也没有接到参加投降协议的邀请。只有圈子里的人才可以参加。"

"肯定有什么事。"

"可能是吧。如果他们不听我们的话,半神国人也许可以帮忙。我们和崔斯坦一起去精神疗养院,问问他的女王。"

"是女大公。"

听到我的纠正,格雷丝摆了摆手,"如果有必要的话,我愿意到石头里去。珀西·斯坦利爵士不会因为她讲那些荒诞的故事而投票反对她吧?我们可以得到她的帮助,迈尔斯,祈祷我们还来得及。"

我们驱车离开时,祖父的订婚戒指在汽车控制台中间的唇形架子上叮当作响。

"对不起,格雷丝。"

她瞥了一眼戒指,耸了耸肩,"我并不爱他。"

"即便如此。"

她摇了摇头,那顶圆帽也摇晃了一下,"忘了雷蒙德·布莱克吧。那是政治上的事。他有情人。"

"一个次巫?"

"理查德·伯利。"

格雷丝的汽车在穿过哈尔斯顿公园的中途,落下的冻雨从引擎盖上弹开了。

"什么鬼东西。"格雷丝打开开关,一个橡胶雨刷器刮净了挡风玻璃,"下冻雨了?在仪式期间?他们现在必须在冬天唱歌。"

"这是怎么回事?"

"仪式应该在星空下进行,迈尔斯。有人弄错了。"

"或者珀西爵士的技术还不能胜任这个职位。"

格雷丝的笑容不怀好意,"多尴尬啊。可怜的人。"

她慢慢地、平静地呼了一口气,然后又吸气,唱了起来。我从头皮到手臂上的寒毛都立了起来。格雷丝很强大。她自己能施展多少魔法?雨夹雪下得慢了,停了下来。

"没必要把你的外套弄湿。"格雷丝说,"你进去后我就收手。"

"你不进来吗?"

"不进来。"格雷丝抚摸着大衣的毛袖口,"经历过这么多事,我想一个人静一静。我会早点回来的,你好好睡一觉吧。"

"你怎么解释早上离开的事?"

格雷丝摆了摆手,"我会在他醒来前一个小时离开。他下次见到我的时候,会有半神国人陪着。"

"主动。父亲喜欢这样。"但也不是太喜欢,"格雷丝……我们不知道在疗养院会发现什么。而且我不知道他是否会鼓励我们去那里。"

她紧紧握住方向盘,"你说什么?"

如果我们完全保密的话,就会让女王失去最后一道防线。"把兰尼尔人的咒语和士兵的事告诉他。他可以和女王谈谈,至少可以安排人员保护女王。不要告诉他我们要去拜韦尔,或者任何关于疗养院和尼克·埃利奥特的事。"

他可以保护女王。他会保护她的。他可以让珀西看起来像个贪恋权势的蠢货。他可能从我妹妹那里夺走了代理权,但父亲仍然是隐巫者主音。

"为什么不可以呢?"

我不能把一切都告诉她。"我觉得这些精神疗养院会让我们无意中发现一个国家机密。他可能会阻止你。然后我们就不能向女大公求助了,因为那是一种外交行为,有些超出了你的权限。"

"我没有外交权力。我明白你的意思。我不会把疗养院的事告诉他的。"

我的嘴唇紧紧地贴在一起。我不应该让她一个人去处理这件事。"也许我和你一起去解释会更好。"

"迈尔斯。去那栋联排别墅,享受一个私密的夜晚吧,"格雷丝说,"我来处理父亲的事。"

我张大了嘴巴,"格雷丝……"

她耸了耸肩,"崔斯坦和我谈过了。我早上会来这里。做煎饼。"

我呼吸了一口新鲜空气,走进了崔斯坦家。

灯光很暗,但我对崔斯坦狭窄的门厅很熟悉,所以我脱掉鞋子,把自己的帽子收起来,这多亏了格雷丝为了方便我而施展的魔法。空气中飘着一股淡淡的热巧克力味,水龙头里的水不断冲刷着厨房里的锅。

"你们两个已经回来了?我没想到你们会去几个小时。"崔斯坦透过半开的厨房门叫道,"你出去的时候我想到了一件事,汉斯莱小姐。"

"崔斯坦,格雷丝没——"

他推开门,停了下来,盯着坐在前门垫子上的我,把我的外套挂起来。

"格雷丝不在这里。她早上会来的。"

他扬起眉毛,"有意思。"他的头发从平时扎好的辫子上散开,披在背上。他解下了领带,打开了最上面的纽扣,露出了光滑的金色皮肤,"发生什么事了?"

"我们被赶出来了。他们投票让格雷丝出局,让我们走人。"

"他们居然不听劝告。"

"格雷丝想向你们的女大公求助。"我在他面前停了下来,"她会帮忙吗?"

"如果这意味着你的人民欠她的人情……她可能会。但我不能保证。"他抬起手,然后又静止了,好像畏缩了,"迈尔斯。"

"怎么了?"

"你来了。"

"我应该走吗?"

"不,留下。"他的手颤抖着放在我的手上。

我把他的双手举到唇边,吻了吻他的指关节。"你没有蛊惑我。"

"像传说里那样。"崔斯坦说,"我从来没有。"

"你在发抖。"

"我是在发抖。是不是很傻?"

我翻过他的手,亲吻他的掌心,抚摸着他持剑之手的老茧。"你很紧张。我以为你没有感觉到……"

"别说了,迈尔斯。"

他搂着我的脖子,让我抱着他上楼。

崔斯坦壁炉里的桦木倒了下来,迸出一阵火花。我用一只手撑起身子,准备顶着让人起鸡皮疙瘩的空气去照看一下壁炉,因为主卧套间的暖气片站在两扇高高的透风窗户之间,窗户上挂着银色和紫色的花缎,暖气片十分冰冷且毫无用处。

当我从铺满绒毛的被子里滑出来时,崔斯坦抓住了我的胳膊。"不要。"

"火快灭了。"

他钻进毯子下面,我把另一根木头放在炭火上,拉上链帘,以防火花落在厚厚的地毯上。我的脸和胳膊被火烤得暖烘烘的,从窗帘周围渗进来的风把我的后背冻得冰凉。

我没有迷恋他，我应该感到着迷的。看着床上盖着的一个毯子成了驼峰状，我不禁笑了。我应该被施了两次魔法，但我没有。

他离开后，会很让人心痛。但也只是会痛而已。

"你笑什么？"

"当我把冰冷的手放在你身上时，你会号叫成什么样。"

"这是一段珍贵的回忆，我会铭记在心的。"崔斯坦把被子翻了回来，"过来，过来。别告诉我现在几点了。"

不管怎么说，天亮得太快了。

他蜷缩在我冰冷的后背上，下巴搁在我的肩膀上。"我会想尽一切办法回来的。"

"我知道。"

"迈尔斯。"他推了推我的背，这样他就能看到我的脸，"这可能需要一些时间。"

"没事的。你必须回家。你得去报到，毕竟是继承人的保镖。不必多做解释。"

他耸了耸肩膀。"是的，我必须这么做。因为我知道传说是怎么样的。有些是真的。"

"就像你不能……"

"我们怎么会不懂爱呢？"崔斯坦说，"我们怎么会把心锁起来，不受伤害呢？"

如果我把手举起来，就会碰到他的胸口。"确实如此。"我说。

"我们不会把心放在棺材里保管的,迈尔斯。但凡人的生命只存在七八十年,而强大的巫师能活一百岁到一百一十岁,然后他们才会死去。"

我舔了舔嘴唇,"崔斯坦,你多大了?"

"担心我老牛吃嫩草?我五十一岁了。"

"你看起来只有二十岁。"

一个枕头落在我脸上。"马屁精。"他说。

"好吧,二十五岁。但你不——你不会死吧?我可是会死的。"

"一个半神国人永远不会忘记他们所爱的人。他们会带着记忆,永远地走下去。直到他们被杀死,"他的手拂过我的脸,"迈尔斯,我永远不会忘记你。永远不会。"

第二十四章 霜之月

霜月的黎明，天空泛着银色光泽。乌云轻轻地飘在天上，暗示着有足够的雨水给街道铺上金橘色的叶子，清洗空气中的盐分和海藻。我望着客厅窗外空荡荡的街道，如同憋了一口气，一杯黑咖啡温暖着我的手指。

"她会来的。"崔斯坦在我身后说。

"我知道。"我说，但我又转头看向西方。

崔斯坦的手温柔地在我肩膀上画着圈。我转过身把他拉近，倾身亲吻他的下颌。我们一起站在客厅的窗前，但我不再注视着街道了。

发动机低沉的轰鸣声越来越近，崔斯坦把头缩了回去，"看。"

是格雷丝，她坐在她的黑色长车里。她把车停在公寓前面的空地上，向窗外挥了挥手，然后进来了。

"你说要来做煎饼？"崔斯坦迈开脚步，我的左手边突然变凉了。

"我来加热煎锅。"

格雷丝跟着崔斯坦进了厨房,"你觉得你的人在找你吗?"

"我相信他们在找我,但还没有任何寻找咒语触动过我。"崔斯坦说,"而且时间越长,我们可以期待的反应就越大。"

"他们真的会派战队来找你吗?"

"我……对女大公来说是不可或缺的。"崔斯坦说,"她等了一年零一天才等到我回来。最好提前做好准备,他们怕是来势汹汹。"

一支半神国人的军队直奔我们而来。数万名被死去的兰尼尔人附身的士兵,一心想要报仇。但如果要用魔法的话,吃顿早餐可以让我们恢复体力,所以我和格雷丝碍于情面想帮忙。他把我们赶到厨房的桌子上,我们猛喝咖啡,吃着崔斯坦给我们带来的食物。

我一边用叉子切煎饼,一边无视格雷丝对我这种工人阶级行为的嘲讽,"父亲对这个消息怎么看?"

她用的是小刀,每一个手势都很精准,"他醒来后要去见女王陛下。他深信不疑。"

"你说得好像很容易似的。"

"我把你告诉我的话和我自己看到的都转告他了,他相信你的才华。迈尔斯,他真的很在乎你。"

这可不是什么安慰。也许他真的在意我,但这并不重要。无论我们在精神疗养院里发现了什么,都很可能会让我们关系破裂。我耸耸肩,一口饮尽咖啡。我们还是可以成功的。格雷丝会赢回她的位置。次巫将赢得更多的权利,更多的尊严。雷蒙德·

布莱克会后悔抛弃她,但也许他们会和好。

说不定会有足够多的人站在她这边,这样我就不用再搞一场王朝式的婚姻了。

哦,迈尔斯。你还是很自私。"你知道你要问女大公什么吗?"

"不知道。如果崔斯坦的预测不正确,她不在那里呢?"

"我想我们会和他一起去找女大公的。"

"她肯定在的。"崔斯坦终于坐到了我身边,他的盘子里堆满了圆圆的金黄色薄饼、甜甜的糖浆和半磅香肠,"我快点吃。"他答应着,以一种不得体的速度开始吃早餐。

我们把脏盘子留在了身后,向缺席的斯帕罗太太表示歉意,准备骑马去拜韦尔。

格雷丝把车速开到了极限,速度的压迫感让我们紧靠座椅,摇晃得不行。旅途中的速度快得难以想象,比马儿奔跑的速度还要快,早就过了马儿会因为紧张而倒下死去的阶段,这是多么令人激动。速度表显示,时速四十英里,甚至比火车还快。

如果这辆车没有让我们感觉如此不适,我们几乎不说话,试图把我们的早餐咽下去。如果我们不是为了寻找尼克被害的真相而奔波的话就好了。我希望证据能指向别人,而不是父亲。

如果真是这样,我又能做什么呢?父亲是凌驾于正义之上的。他们永远不会以谋杀罪逮捕他,我知道这一点。但这不是放弃的理由。崔斯坦仍然无法回答被派遣去调查的问题——艾兰的死者去了哪里？我想起了我从比尔和老杰拉尔德那里拉出来的两个灵魂的路径，就那样从我的手中溜走，消失得无影无踪。究竟去了哪里呢？

东边。东边，往拜韦尔方向去了。

格雷丝开车在狭窄的道路上拐了个弯。"我想——是的。就是那里。"

她指了指窗外。疗养院的外墙刷着优雅的白色石膏，有高大的窗户和漫无边际的侧厅，四周环绕着鲜红叶子的灌木和欢快的黄菊花。在人们眼里，这座建筑是如此宁静、祥和而沉稳。一道高达十二英尺的黑色铁栅栏围着长长的、连绵起伏的草坪和成熟的橡树，栅栏顶端又长又尖。

"这地方让人感觉很友好嘛。"崔斯坦说。

"确实很舒适。"我同意道。

"你能感觉到吗？"格雷丝问道。

"我坐在这车里什么也感觉不到——"

但我的头发都竖起来了，空气中弥漫着闪电来临前一秒的重压气息。

充满了浑厚的力量。

"那是什么？"

崔斯坦捏住了我的手。他仰起脖子望着天空，声音因恐惧而变小了。

"灵魂。他们正涌入大楼。你能看到他们吗？"

"看不到。"我说，"给我看看。"

一分钟后，我希望我没有问这个问题。"哦，天哪。"

他们在空中飞驰,向精神疗养院飞去。他们进去了。

没有人出来。

格雷丝向门卫出示了证件,门卫亲自跑出来为我们打开大门,当我们沿着弯弯曲曲的小路驶向疗养院的大门时,他摸了摸制服帽的边缘。

"这么容易。"格雷丝说道,我的脊背一阵发凉。

"我要吐了。"我说,格雷丝刹住车。我跌跌撞撞地走到精神疗养院前那片散落着树叶的草坪上,试图呼吸没有尖叫气息的空气。

没有任何可以利用的东西。

"感觉有点不对劲。"格雷丝说,"我的皮肤在收缩。我们会在里面找到什么?"

"恐怖。"我边回答边擦着嘴。我不想进去。可我必须进去。我向疗养院的前门走去,格雷丝和崔斯坦分别站在我左右。

警卫在里面等着我们。格雷丝举起她的证件,他们就退了回去。

一个男人走进大厅,径直向我们走来。在白大褂下面,他还穿了一套精致的西装。"有什么需要帮忙吗?"

"有,"格雷丝说,"我是格雷丝·汉斯莱爵士、这两位是迈尔斯·辛格医生和崔斯坦·亨特爵士。我们是来参观设施的。我哥哥特别感兴趣。"

"我是个精神病医生。"我说。

"*精神*。你写了关于分离性记忆发作及其在患有战斗疲劳的退伍军人中的治疗。"

"你认识我?"

"我知道你的名字。我写过一篇文章,讲的是巫师之间错觉共性的文章,我也注意到了你对退伍军人的观察……你不是来谈这个的吧。"医生先是露出微笑,然后转向格雷丝,"我是詹姆斯·弗雷德曼医生,愿随时为你效劳。你是来带辛格医生参观精神疗养院的?"

"也是为了满足我的好奇心。"格雷丝说,"我想看看我们投资的成果。"

"当然。请进吧。"

他为我们打开了一扇门,把我们领进了一条用以太照明的走廊。他缓步走向金色橡木楼梯,"辛格医生,我想你对我们的病人护理有兴趣吧?"

"是的。"我说,"我想看看那些巫师。"

他在步子中间停了下来,"当然,他们在这里。我们是一家经过批准的机构,可以照顾有魔法天赋的病人。鉴于这种情况,我们会尽量让他们过得舒服些——"

格雷丝清了清嗓子,"不是这样的,如果你愿意的话。"

弗雷德曼医生又停了下来,一只脚踩在楼梯上,"你说什么?"

"带我们去地下室吧,"格雷丝说。

"你们关押巫师的地方。"我补充道。

他咽了咽口水,"病人都在楼上。"

他完全明白我的意思。

格雷丝摇了摇头,"肯定在下面,走吧。"她轻快地走过镶嵌在地板上的五角星,"我们没时间浪费了。"

格雷丝锁定了那股力量的源头,她穿过服务大厅、后楼梯和不合理的角落。弗雷德曼医生要求她停下来解释,但她没有理会。他的抗议渐渐变成了激动的语句"女士!"和"请你停下来"。

他最后还是溜走去叫警卫了,格雷丝带着我们往下走了三层楼梯,直接进入了地狱。

地狱是一间又深又宽的房间,有光秃秃的石墙和长时间没洗头发的气味。十五个人被锁链锁成一个圆圈坐在地上,用铜质的东西镶嵌在地上。图案和曲线在地板上蔓延成一条条连绵不绝的线条,就像隐巫者大厅地板上的镶嵌物一样复杂。

格雷丝吸了口气,"这是一个召唤圈。"

"就像隐巫者使用的那样?"

她点了点头,"他们用铁链锁起来的方式……是以能量站为单位排列的,每一能量站有两个联结者。他们正在把力量移到中央。"

我们进去的时候,没有一个巫师抬起头来。他们坐着,敞开心扉,让能量穿过他们的身体,汇集到圆圈的中心。

"你能感觉到吗?"崔斯坦问道。

确切地说,他不是指灵魂。他指的是能量运动的感觉。力量汇集到圆心,然后沿着直线被逼出来,延伸到我的感知范围之外。

他们怎么能受得了呢?这比检查用的带有黄铜装饰的房间还糟糕。我真想逃离这里,可惜我的腿不听使唤。这些人被强迫这么做多久了?

"是黄铜的问题。"我说,"大概有好几英里吧。就像铁路一样,把灵魂沿途运送到哪里去了?"

"发电站,"格雷丝说,"是以太。"

我们惊恐地面面相觑。

"我们必须打破它。"崔斯坦说,"阻止它。"

"怎么阻止?"格雷丝问道,"我们怎样才能打破它?"

"靠巫师们。他们必须参与进来。"

"他们是通道,就像被缔结的次巫一样。"我说,"这就是它们的作用。灵魂通过他们进入铜中。这是以太的作用。这个。"

"是的。"崔斯坦说。

格雷丝用手指梳理着她的头发,"一直都是来自灵魂。一直都是。"

"是的。"我在一个女人旁边停了下来,她用不解的眼神盯着我,她看着我测试她的羁绊。

"试试这个。"崔斯坦递给我一把手铐钥匙。

我看了看钥匙,又看了看他,"真的吗?"

他耸了耸肩,"我以为会有锁链。没有人愿意来这里。"

真是聪明啊,崔斯坦。我在镣铐里试了试,果然合适。我弹出了锁住她的锁。

"你能站起来吗?"我问道,并扶她站了起来。

当我走向下一个囚犯时,她跟着我。她看着我解开那个男人的手铐，扶他站起来。他挪到一个角落里，尽量离我们远一些。

"能量在波动。"崔斯坦喊道，"这取决于巫师。"

我继续往下一个囚犯走去。那个女人跟在我身后，眼睛里有了新的光芒。

"你会没事的。"我说，"我是迈尔斯。你叫什么名字？"

"安。"

"你是安·埃利奥特吗？"

她的眼睛瞪得很大，"是尼克派你来的吗？"

她充满希望的眼神刺痛了我的心，"是的。"

这是真的。

"大家都会没事的，安。"我说道，"没有人会再把你锁在这个圈子里。"

安一路跟着我，甚至当我重新与崔斯坦和格雷丝碰面时，她也不愿意离开我。崔斯坦用闪亮的眼睛看着我，格雷丝却惊恐地捂住了嘴。"感觉在圈子里不是这样的。这感觉就像——"她颤抖着，"迈尔斯，我错了。大错特错了——"

她的膝盖砰地一声跪在镶铜的地板上。她双手抱着头，"我们做了什么？"

"你不知道。"崔斯坦说。

"我早该知道的。"格雷丝把脸转向天花板，"我应该问一问的。迈尔斯。迈尔斯，对不起。"

"其实我知道。"我说，"但你还蒙在鼓里。现在我们可以——"

"不，"格雷丝说，"你不明白。"

门咔嚓一声开了。安抓着我的胳膊。

"迈尔斯,很抱歉。"格雷丝说道,父亲走进了房间。

"你也没告诉她。"我的心跳在耳边猛烈地跳动着。我想抓住父亲,给他戴上那些镣铐,让他尝尝安的感受,"你怎么能这样做?"

"想开一点,迈尔斯。你心里背负的东西虽然很可怕,但你能承受得住。"他把手杖的顶端安放好,靠在上面,他走近了一步,"想想金斯顿。想一想所有的人都得到了好天气和以太的恩惠。数数那些因为我们的伟大工程而兴旺发达的数百万人。"

我感到不寒而栗,"看看在这里面受苦的十五个人。父亲,你对他们说了什么?"

"多数人的需要是最重要的。"

"那你怎么不代替他们。"

他耐心地给了我一个微笑,"迈尔斯。将军会和步兵一起作战吗?"

"那就把隐巫者放到他们的位置上。"我把手臂甩向那台可怕的机器。灵魂堵塞了空气,我奋力呼吸着,"如果众人的需求如此重要。既然是为了国家的利益,那对兰尼尔发动的战争怎么说?"

"兰尼尔不需要他们生产的所有以太。"

"你发动了一场战争!你派成千上万的人去杀人,究竟为了什么?就为了那些小玩意?"

父亲用手杖咚咚地敲打着地板,嘴唇紧紧地贴在一起,"为了我们民族的进步。"

"这才是兰尼尔战争的真正原因。为了设下这个局,夺取他们的灵魂。这就是他们在外面的原因,不是吗?他们附身了我们的子民,准备在投降时进行大屠杀。我们要做点什么来阻止这种……令人发指的行径。"

父亲拄着拐杖,"我没料到他们会反抗,但这并不重要。隐巫者和王室都处于守护之中。后备部队已奉命集合。"

如果我会再次感到恶心的话,我一定会呕吐出来。"你真的不在乎。当你在皇家卫队和高墙后面的时候,他们见人就杀,而且都是无辜的人。"我说。

"我懂得计算成本,儿子。"他向前走了一步,又用手杖带路,"成千上万的人会被附身者杀死。如果你打破了召唤结界,数百万人将遭受痛苦。"

如果我打破它?我可以打破它。怎么打破?"格雷丝背叛我的时候有没有告诉你崔斯坦的事?"

格雷丝看起来很痛苦。"迈尔斯——"

"她不想告诉我你的巫师情人。"父亲摇了摇头,"在分享我们的秘密之前,你应该很清楚。当然,他必须得死。"

崔斯坦一副龇牙咧嘴的样子,"法师,你想让我死?那就来试试。"

我举起一只手,崔斯坦没有扑过来,但他的冲劲让他浑身颤抖着,"他之所以在这里,是因为半神国人注意到了这些,父亲。"

父亲眨了眨眼睛,更仔细地盯着崔斯坦,"半神国人?"

看来，妹妹并没有把一切都告诉他。"他们注意到兰尼尔的灵魂流动减少了。如果你不管不问的话，他们就会以为艾兰所有人都刚刚死去。半神国人会为此和你开战。"我说。

"让他们来吧。"父亲说，"你没有看到事情的全貌。十次死亡就可以使我们的力量增强一百倍。我们的辉煌将延续下去。"

我血管里的血液都凝固了。我稳住膝盖保持站立，"我们的辉煌，还是你们的？为了保持这种力量，你什么都做得出来，什么都愿意相信。但这样不对，父亲。这简直是丧心病狂。"

愤怒驱动着我——不是前进，而是后退。

我走进圈内，感受着周围的灵魂。由于没有巫师将力量沿着铜线输送到乙太能量站，灵魂汇集在了结界内，将其填满。

他们已经无处可去。

一切都水落石出了。我明白了。

他们需要一个归宿。

"现在结束了，父亲。已经完成了。"

艾兰死者的灵魂在我身边喧嚣着。当我在寻找释放他们的方法时，能量已经满了。空气中的原始力量把我烫伤，刺痛了我的皮肤，挤压着我的呼吸。这比待在汽车和检查室里还要难受。

崔斯坦往空气中抓了一把，父亲飞了出去，重重地撞在墙上，然后倒在了地上。他摸索着爬了起来，双手放在面前，眼睛瞪得大大的，却什么也看不见。

"我们得快点了。"崔斯坦跨过队伍，握住我的手，"他们会从你身边经过。"

"我知道。"我说。

我们的力量融合在了一起。"我来开路。"

我深吸了一口气。

"等等。"

格雷丝站在圆圈的边缘。我摇了摇头,试图给她最后一个微笑。再见了,妹妹。"我必须这么做,格雷丝。"

"我知道,"她说。她举起手来,我们之间绷紧的羁绊之链让我在压力下僵直了身子,有一瞬间,紧张的气氛一下子消失了,我踉跄了一下。

她让我自由了。

"介意我加入你吗?"她走到线外,"你需要一个召唤者。"

第二十五章

解救者

我伸出左手,她握住了我的手。

格雷丝对着魔法歌唱,召唤灵魂。崔斯坦解开了房间中央的空间,迎接明亮的光线,声音如一千只鼓胀的动物在敲击大地。我看到了崔斯坦弯曲的能量丝线,他用我的能量星光填满了中间脆弱的空间,将丝线编织在一起,就像治愈骨头一般。灵魂们听从了格雷丝的召唤,把我们周围的空气挤得透不过气来。

我惊呆了。像这样联结在一起,我同时感受到了崔斯坦和格雷丝的力量。在我们上方看不见的天空中,冷空气膨胀了起来,压强很大。云朵形成了。

我已经拥有了格雷丝的感官知觉。我沿着地面上的黄铜延伸着我的感知范围。它沿着我的神经发出尖叫,从中央复杂的印记向各方伸展成一条条直线,在半英里外的集线器那里连接了起来,以平行于铁轨的轨迹延伸到有精神疗养院的边界城镇。

这张网极其之大。这是多年建设的成果。我们必须阻止灵魂无助地被吸附到网络之上,并且释放他们。水分顺着我的嘴唇流下，舔到之后，我尝到了血的味道。

父亲把一只手伸到了召唤圈的边缘，然后又抽了回来，像是被烧伤了一样。

格雷丝把我扶了起来。我咳嗽的时候听到了她的抽泣声，一股红色的"火焰之花"从我的嘴唇里喷涌而出。但她仍旧呼唤着那些穿过我的灵魂。从未停歇过。

一个女人在尖叫，但我找不到声音的来源。艾兰的生命体涌入我的体内，他们的记忆也随之注入我的脑海。出生，学会走路，上学，工作，恋爱，生小孩，还有狩猎和园艺，记忆在我身上流转，让我心神不定。

十六岁那年，听到交响乐演奏《阿比安塔》时，我哭了，我知道自己永远不会坐在舞台上演奏。当我见过最漂亮的女孩说要做我的妻子时，我感觉内心雀跃不已。

我不知道自己还能站立多久。

安在边界上徘徊，随着我的晃动，她的手开始扭动。我不能不向她点头，向她微笑，向她保证会平安无事。但她勇敢地迈进圈子，在能量面前畏缩了一下，紧紧抓住我的肩膀。她敞开了心扉，通过我引导她的力量。我可以站直了。我的鼻子不再流血了。我胸口的灼热感消退了。

她灵魂的淡绿色光芒离开了她的躯体，与我缔结在一起。她的灵魂得到释放后，通过我注入了更多的能量，足以连接到崔斯坦的门户，从这里进入他的王国。

安的尸体躺在我脚边。其中一个被我释放的巫师向我靠近，把安的尸体抱走，然后把手放在我的头上，把他的力量给了我。

他死后，第三个巫师走上前来。接着是第四个。

父亲对我大喊大叫，但我听不见他说话。现在雷声更大了，微弱的叫喊声与隆隆的雷声相比，简直是小巫见大巫。他挣扎着向我们靠近，与失明作斗争，格雷丝编织了一阵大风把他吹了回去。理发师把我赤褐色的头发剪短时，我哭了，因为我已经十岁了，不再是一个小男孩了。格雷丝的声音沙哑了，但她仍一直在召唤。崔斯坦虽保持着通道畅通，但他的力量减弱了。

我给了他们一些巫师赐予我的力量，那些巫师把前人移到一边，在我之前牺牲了自己的生命，每个星星般的灵魂在我的脑海中飘浮着。在这十七个灵魂中，有些只是微弱地闪动着，把一切都给了最后一个人。

千百个声音在咆哮。号角声响起，格雷丝一遍又一遍地呼唤着。祖母把手放在我的掌心上，教我编织。我仍在努力加固崔斯坦打开的大门，追寻着那些线，使其硬化。

我的视线游走着，黑暗在我知觉的边缘蔓延。我的时间不多了。地板上的花边状印记由简单的直线连接起来，穿过地面，分枝越来越小，覆盖着地面……就像一个循环系统。

"迈尔斯。"崔斯坦说，"你看到它们了吗？"

我不知道他是什么意思，但他闭着眼。我也闭上了眼睛，让一幅幅以太网络的画面在脑海中绽放，太大了，我无法把所有的画面都真正记在脑子里，但通过他的感官，我看到了他所做的事情。

灵魂宛如星辰一般。在金斯顿的一个星系，还有更小的斑点标记着其他城市与城镇。崔斯坦向我展示了一个孪生的灵魂，第二个灵魂干涸了，血色变红，正伸展着要取代第一个。

我伸出手，将寄生的灵魂剥离出来。灵魂被吸进了以太网络，向我们疾驰而来。在网络的能量下，我连做一个深呼吸的功夫都没有。

我又找到了一个。还有一个。

"不能一个一个的来！"格雷丝喊道，"没时间了！"

她说的没错。但该怎么办呢？我现在能看到那些愤怒的灵魂，天空中的红星，已经不计其数。就像沙滩上的沙粒。

就像一种病毒。

我知道是什么让这些入侵的灵魂与活生生的灵魂变得不一样了。

我的一个星魂熄灭了。安正亲吻着她幼子的无色细发。另一个人眨了眨眼睛，和他的新婚妻子在广场上跳舞。尼克正在玻璃屋里催熟橘子。还有另一个正逐渐消失，它停止了呼吸。

"不，母亲，不要。"

我奋力想解开她与我之间的联结，但她把仅剩的力量倾注在我身上，她与我最后的接触是在我头顶上的一吻。我的胸口被撕开了一个洞，疼痛难忍。我痛惜她的力量流失，想把整个魔法之网扔在地上好好哭一场。

在我的治愈魔法的驱动下，成千上万只绳索伸向入侵的灵魂。我放出了能量丝线，他们找到了自己的目标并将其拉进了网络，让网络更加强大。

我学会了吹灵笛。我帮我哥哥做好去神庙的准备，用木梳梳理他闪亮的金发。我和怀有身孕的表妹坐在一起，她接到丈夫战死的噩耗后就哭个不停，我抱着她给她安慰。我低下头，一个天空祭师给我和村里所有的男人都施了咒语。我们拿起刀，带着他们对我们牺牲的祝福，奔赴战场。

兰尼尔人的灵魂们也从我身边经过。我看到了他们的遭遇，他们是如何战斗和死亡的，他们的天空祭司是如何知道艾兰的军队在征服的领土上建造了什么，他们是如何绑架祭司和见习修士，并把他们关在死亡引擎里。我明白了他们为什么如此要残酷地阻止我们，不惜大打出手。

但他们的复仇只会让灵魂机器变得更强大。

父亲说的没错。每一次死亡都会让以太网变得更加明亮。我们正在消耗它，但我们不能永远站在这里。在这扇门建成之前，灵魂已经找到了通往绚夏福地的路。我们必须打破以太网络。

但有什么办法呢？

疗养院通过铜线与发电站相连。巫师们召唤灵魂；精神疗养院里的铜线圈会把他们吸下来。我们必须关闭主线，然后灵魂要么来到我们建造的大门，要么找到自己的路。

"格雷丝。"

她也看到了，"帮帮我。"

我放下我的力量，格雷丝抓了过去，她同时在五个地方召唤着，离我们站的地方有一英里远。格雷丝把所有的能量丝线都变成了她想要的东西。天空乌云密布，显得巨大而黑暗，充满了湿气。暖空气在下面翻滚。

她用自己的意志化生出一个指头，然后指了一下，雷声在头顶上裂开，像半球形定音鼓一样滚动起来。接下来的一击让灯光瞬间熄灭,闪了两下才有一半的灯泡重新亮起。

随着格雷丝召唤的闪电不断落下,我们周围的能量开始逐渐减弱。一道接一道,每个人都说铜线断了,不是断成两半,而是成了碎片。

但她必须施展她的风咒才行,父亲走进圆圈内可怕的光芒中,一只手拿着他的银刃刀。他把刀举过头顶,又把刀落下,深深地插进崔斯坦的胸膛。

所有人都震惊了。疼痛使我们之间的联结开始动摇,父亲伸手去抓握能量,想把能量从我们身上夺走。

崔斯坦握住刀柄,将其抽了出来。鲜血从伤口处涌出,从他的嘴里溢出。

"不!"

崔斯坦没有放开我的手。他抬起头来,抓住他亲手做的大门。他会一直守到死为止,这是他做的最后一件事。

我不能眼睁睁看着他死。我把他肺上的划痕缝合起来,把那根粗大的动脉关上,然后封住。

"放开大门!"

他摇了摇头,"不行。"

"你会死的!"我的心跳得太快,太痛了。但我们还是做到了。崔斯坦动脉上的封印还在。血液流动着,但没有渗漏。动脉虽然在抽搐,但他至少活了下来。

然后我就不能呼吸了。坐在我身旁的格雷丝哽咽着,她用那只空着的手掐着自己的喉咙。

是父亲。他和我们站在一起,手里还握着那把血淋淋的刀。

"停下。"

我答不上话来。他无法从格雷丝那里夺取召唤的控制权——从我们三个人建立的联结中，从融合了我们自身与能量的纽带中。我可以阻止父亲窒息我们的企图，但如果我放开格雷丝或崔斯坦联结就会断裂。大门就会倒塌。

但如果我们昏迷了，门还是会塌。

格雷丝伸出手抓住父亲的手腕。从裸露的手腕可以看出，他的脉搏在格雷丝的手指下疯狂地跳动。血液在父亲的皮肤血管中流动着。他的肺里充满了拒绝我们的空气。愤怒和恐惧从他的内心喷涌而出，这是一种绝望的号叫，对我们摧毁一切的所作所为表示否认。

我伸出手穿过格雷丝的身体，触摸到父亲的心脏。我把它紧紧地箍住。我捏着它，确定它有疼痛感。他踉跄了一下，跪了下来。我更加用力地捏着。他拉住格雷丝的手，想挣脱出来。

我的喉咙畅通了，呼吸着潮湿的地下空气，空气中弥漫着人的努力和溅出的鲜血的味道。

我又捏了一下，父亲紧紧抱住胸口。

但格雷丝松开了他的手，拉着我们离开了大门，一路摇摇晃晃，鼻血直流。她惊险地避开了一匹天鹅绒般的黑马的乌黑蹄子——不，是白马——不，是花斑马——骑马穿过大门的是一个女人，她左手拿着一张角弓，随时准备拉开和松开右手指尖上蓄势待发的箭。另一匹如烟似银的马跟在后面，骑马的是另一个女人，她的金发束在身后，角弓蓄势待发。

十几个骑手从我们造的门里涌了出来。弓箭手从没有鞍的马背上滑下来,冲向崔斯坦。一个身穿白衣的男人跪在我身边,毫不在意我从最后那绝望的呼吸中喷出的血。

"帮帮他们吧。"我喘着气,然后眼前一黑。

我终究没死。

我呼吸着,泪水在喉咙里起伏,我舔着干燥的嘴唇。我在一个用火盆取暖的帐篷里。沉重的毯子把我压在下面,我在层层叠叠的被褥中挪动时,我意识到自己是赤裸的。"有人吗?"我的声音嘶哑了。我咳嗽了一声,又试了一次。

"有人吗?"

没有人回答我。我试着坐起来,光是推开毯子就耗费了我许多力气,我必须休息一下才能继续。我摇摇晃晃地穿过帐篷,跪在一个手工雕刻的木箱前面。木箱没有上锁,但我没有。

这是什么衣服?我拿出一件银色外衣。衣服的长度足以遮住我的膝盖,上面布满了常春藤刺绣。难道这里就没有我可以穿的衣服吗?

我翻遍了丝绸,绒面革,羊毛和天鹅绒的衣物。从内衬着雪松木材的箱子里取出像是童话故事里的衣服后,我不得不休息一下。我有点喘不上气,感觉浑身酸痛,颤抖无力,箱子已经空了,我却始终没有找到裤子。我看着那堆被丢弃的华丽服饰,寻找适合我穿的,装饰最少的衣服。

一股冷风吹进了帐篷。"你不该下床的。"一个白衣男子直奔我而来。

"我很好。崔斯坦在哪儿？格雷丝还活着吗？"

"你是个治疗师，"那人反驳道，"所以你是表现最差的那种病人。你并非无恙。我勉强救了你的命。你也不会死，因为你没有留在床上让自己的身体愈合的意识。"

"我可以走路。"我抗议道，他把我引回床上，"那崔斯——呢？"

"你可以躺下休息了。少给我添麻烦，也别想着自愈了。"

"你怎么知道——"

"因为治疗师都是白痴。"那人说，"我很清楚。如果你操控魔法来治疗自己，你就会解开我在你身上布下的网，然后你就会崩溃而死。你现在的实力就和风中摇曳的蜡烛差不多，你不会因为自己的愚蠢而死吧。"

"你的口气简直和罗宾一模一样。"我抱怨道。

他把厚厚的毯子盖在我身上，"你很尊重罗宾吗？"

"罗宾是我见过最好的护士。"

那位治疗师摸了摸毯子，暖意从毯子里散发出来，"很好。有人要见你。如果我让他进来，你会乖乖躺在床上吗？"

"是不是——"

"崔斯坦？是的。"

"我——你真好。"我说，"我是迈尔斯。"

"我是科马克。"

"很高兴认识你，科马克。"我又舔了舔嘴唇，科马克扶我坐起来喝水，水很干净，冰冰的。

"你坐着就好。"他又在我身后堆了一些枕头，我感激地靠了下去,"在你休息之前,你只有几分钟的时间。"

他打开帐篷,让崔斯坦进来。他从科马克身边冲过来,跪在我窄小的床边,抓住我的手。他把我的指关节按在嘴唇上,闭上了眼睛。

"崔斯坦,"我说,"没事的。我没死。"

"你不知道你离死有多近。"崔斯坦说,"我们在你身边坐了好几天,才让你活下来。"

"多久?"我问道,"我们现在在哪?"

"我们在拜韦尔的石头上,"崔斯坦说,"我们没法让你再往前走了。"

"今天几号了?"

"霜之月8号。"

已经过去了一个星期。"我们开战了吗?"我问。

"还没有。"崔斯坦抚摸着我的头发,"别担心。格雷丝还在努力中。"

"格雷丝?她没事吧?"

"我们都很好,迈尔斯。你需要恢复一段时间。"他俯身吻了吻我的眉毛,"按科马克说的做。不要试图加快愈合的速度。你下床后能把衣服扔得满地都是,这就是他高超治愈术的证明。"

那是我的衣服?哦。"崔斯坦。"我又舔了舔嘴唇,"你说我们还没有开战是什么意思?"

"绚夏福地和艾兰都在等着看你能不能活下来,"崔斯坦说,"皇家骑士们都说你是叛徒。艾菲女大公已经宣布你为解救者。试图进入营地的入侵者已经被射杀。"

他的意思是,有刺客。"我要活下去。告诉他们。"说这话的时候我意识到,如果我死了,可能更容易阻止战争,"士兵们叛变了吗?"

崔斯坦摇了摇头,"只是零星的事件。完全不像原来可能发生的那样。你做到了,星辰者。"

我闭上了眼睛,"那些人呢?"

"到处都停电了。全国各地都有迷失的灵魂,但半神国人和被释放的巫师们正在一起努力引导他们。举国上下震惊不已,现在都还没缓过来。"

我一直闭着眼睛。他们需要我,而我却不在他们身边。"父亲呢?"我问。

"在艾兰国的外交团队里。他要求见你。"崔斯坦说,"但没有人会让他接近你。格雷丝已经抛弃了隐巫者,现在在我们的营地里。你想见她吗?"

"是的。"

"等你休息好之后吧。"崔斯坦说道,然后俯身吻了吻我干涩的嘴唇,"她会和我们一起去绚夏福地。"

我挣扎着坐起来。"什么,我不能去绚夏福地,崔斯坦。我必须留在这里。"

他的手一直放在我的胸前,把我推回皮草和软垫中。"至少在接下来的一个月里,你不能接触魔法。如果我让你看看维持你生命的网……"

"但你可以。"我说,"你可以看到那张网,对吗?"

"是的。"

"那就给我看看是什么样子的。"

"不行。"

"我需要了解一下。给我看看。"

崔斯坦点了点头,我的手上冒出了绿光网格。这些线细如发丝,在网络中相互交叉,模拟着我的血管、神经、肌肉纤维的复杂分支,一直延伸到骨骼中的骨髓里。

"这是怎么……"

"科马克是个天才。"

我把手翻过来转过去,可以看到整个网的不同维度。真是不可思议。这需要消耗能量——非常多的能量。"这张网是怎么维持的?是什么在提供动力?"我问。

崔斯坦握着我的手,"我。"

我摇了摇头,帐篷开始旋转,"不是你吧。"

"确实是我。我把自己缔结于你了。这是唯一的办法。"崔斯坦抬起我的手吻了一下,现在已经摆脱了幻觉的束缚,"格雷丝也是。为了维持这张网的运转,我们都吃得像猪一样多。"

"我欠你一条命。"

崔斯坦耸了耸肩,"我的命就是你的。"

"只要我能做到,我就会放了你们两个。"

"我知道。"崔斯坦说,"但我想请你再来一次。"

"什么意思?"

他用双手捂住我,"半神国人有时确实会缔结羁绊。"

"真的吗?用来做什么?"

"结婚。"

我说不出话来。我忍受的所有痛苦都融化在皮肤的温暖中。

"我们结婚吧,迈尔斯。和我共度余生。不管之后做什么,我们都要在一起。"

"我们可以在一起吗?"

"可以的。半神国的子民都可以。"崔斯坦又吻了我的手,"快答应我。"

我不知道在我昏迷的一个星期里发生了什么事。以太的能量消失了,隐巫者已经掌控在一个视我为敌的男人手中。

但崔斯坦会在身边陪我度过这一切。我用一只手撑起身子,腾出手来触摸崔斯坦的脸。他显露出了真面目,如此空灵飘逸,具有超凡脱俗之美,但这并没有把我拖入迷恋的境地。这就是他,他的真面目,我笑的时候几乎感觉不到疼。

"我愿意。"我紧紧握住他的手,他的幸福感从胸口中心一直蔓延到手指上,缠住了我的手,"我很明白你的感受。"

"这是羁绊的一部分。你介意吗?"

我并不介意。与他结合,我就自由了。